Cycle de Guillaume d'Orange

Couronnement de Louis

L'auteur

Hélène Gallé est agrégée de Lettres modernes et maître de conférences en Langue et Littérature médiévales à l'université de Lille 3.

La collection *Clefs concours - Lettres médiévales*
est dirigée par **Danièle James-Raoul**.

Direction éditoriale des *Clefs concours - Lettres* :
Dominique Moncond'huy.

Direction littéraire des Clefs-concours : **Philippe Lemarchand**.

Édition : Michèle Mirroir, Florence Bastard.

ISBN : 978-2-35030-253-9

CLEFS CONCOURS LETTRES MÉDIÉVALES

Hélène Gallé

Cycle de Guillaume d'Orange

Couronnement de Louis

Atlande

SOMMAIRE

PROBLÉMATIQUES

LE TRAVAIL DU TEXTE

Notice

Un système de circulation entre fiches est proposé en cours de texte.

Exemple : (v. Repères).

Les renvois à la bibliographie sont indiqués entre crochets.

Exemple : [MICHA, 1965] renvoie à l'ouvrage de A. Micha de 1965 cité dans la bibliographie. Les lettres suivant la date (a, b ou c) permettent de différencier les ouvrages ou articles publiés par l'auteur la même année suivant leur ordre d'apparition dans la bibliographie. Un auteur entre crochets sans indication de date renvoie au seul ouvrage de cet auteur cité dans le présent ouvrage.

Les références bibliographiques citées en cours de texte sont des références annexes ne figurant pas dans la bibliographie.

L'* placé avant un mot, selon l'usage, signale qu'il s'agit d'un terme restitué.

INTRODUCTION

Le texte proposé en 2014 au programme des agrégations externes de lettres (lettres modernes, lettres classiques et grammaire) est une chanson de geste du XIIe siècle : *Le Couronnement de Louis.*

Ce poème épique n'existe pas seul : c'est une partie du cycle de Guillaume d'Orange, vaste ensemble racontant l'histoire épique d'un lignage, celui de Garin de Monglane. À l'histoire de Guillaume, la plus ancienne, s'agglomèrent les vies d'Aymeri, son père, et de Garin de Monglane, son arrière-grand-père. Le noyau le plus ancien du cycle est composé du *Couronnement de Louis*, du *Charroi de Nîmes* et de la *Prise d'Orange*, trois chansons qui construisent la figure de Guillaume d'Orange : s'affirmant comme l'inlassable protecteur du roi Louis (*Couronnement*), Guillaume conquiert ensuite une terre (*Charroi*), puis un fief et une femme (*Prise d'Orange*). Ces trois chansons, relativement brèves et étroitement liées les unes aux autres, peuvent être lues ensemble. Quoi qu'il en soit, il convient de retenir que le *Couronnement de Louis* est conçu non comme un tout, mais comme une partie d'un cycle.

Le Couronnement de Louis lui-même est une chanson politique : si la chanson de geste décrit souvent les rapports entre roi et vassaux, celle-ci s'attache à défendre un message politique précis, à savoir que la royauté est héréditaire. Charlemagne, devenu vieux, souhaite transmettre la couronne à son fils, et définit au préalable tous les devoirs du roi. Or le jeune Louis n'a aucune appétence ni aucune compétence pour l'exercice du pouvoir : il n'en demeure pas moins qu'il sera amené, plein de larmes et de terreurs, à régner. Pour compenser la faiblesse de l'enfant, il faut un vassal fidèle. Ce sera Guillaume, qui prend en charge la défense du roi et de la royauté, ainsi que l'accroissement de la chrétienté. Son service devient progressivement sacrifice, tant l'incompétence de Louis pèse sur sa propre destinée.

La chanson balance entre le rire et les larmes : certes, Louis pleure beaucoup et souvent, et les épreuves de Guillaume affligent maints chevaliers. Pour autant, Guillaume est un héros volontaire, déterminé à servir son roi et peu enclin à s'apitoyer sur lui-même (les plaintes viendront dans *Le Charroi de Nîmes* ou dans *Aliscans*). Se dessine déjà le portrait d'un héros excessif, aimant la vie et riant volontiers aux éclats. On verra dans *Le Charroi de Nîmes* et *La Prise d'Orange* comment Guillaume, par intérêt mais aussi par jeu, se déguise en marchand ou en sarrasin. Dans le *Couronnement*, Guillaume, par sa verve envers Corsolt, par ses railleries envers les ecclésiastiques, par sa fougue, parvient à faire sourire en dépit d'un tableau plutôt sombre du devenir de la France. Guillaume, avec son père Aymeri, représente en fait un nouveau type de héros épique : contrairement à Roland ou à Vivien, voués à la mort, contrairement aux héros révoltés, tourmentés et malheureux, le héros narbonnais est un héros solaire à la vitalité rayonnante.

Assurément, Guillaume est "une force qui va" – mais il sait où il va. Dans la chanson de geste, le héros est guidé par Dieu. Guillaume accomplit la volonté de Dieu en protégeant le roi Louis : c'est la mission qui lui revient sur terre. De même, Guillaume est l'agent de Dieu lorsqu'il combat les ennemis de la chrétienté, et s'adresse à lui directement. Aussi éprouvé qu'il puisse être par un roi peu impliqué, le Narbonnais n'est jamais seul : aidé par Dieu, porté par une foi profonde, Guillaume est aussi soutenu par son lignage. Son neveu Bertrand est constamment à ses côtés et le héros invoque régulièrement les noms de ses parents et de ses frères, notamment au moment de combattre, ce qui lui donne une force supplémentaire. Le lignage est en effet uni autour des mêmes valeurs. Bien que Guillaume soit l'un des rares chevaliers à défendre Louis, bien qu'il affronte les troupes de Galafre avec très peu d'hommes, il sait pouvoir compter sur un éventuel renfort. De ces certitudes, il tire une force bien peu comparable à celle des héros modernes.

L'édition proposée au programme du concours est l'édition Langlois, dans sa seconde version de 1920. Cette édition ancienne a l'avantage de proposer un texte généralement correct et compréhensible (à quelques passages près que la traduction d'André Lanly a bien mis en évidence) ; mais le texte établi par Ernest Langlois n'existe dans aucun manuscrit : c'est une recomposition de son cru, construite à partir des différents témoins. Aussi la pertinence de l'étude phonétique et morphologique est-elle toute relative, dans la mesure où elle conduit à étudier un ancien français du XXe siècle... Aussi l'étude littéraire gagne-t-elle parfois à s'appuyer sur le(s) texte(s) de l'édition d'Yvan Lepage, qui a le grand mérite d'éditer les différentes versions du *Couronnement de Louis* : la comparaison entre les différents témoins s'avère parfois judicieuse.

Le présent ouvrage définit, dans la partie "Repères", le genre qu'est la chanson de geste et le contexte historique. Les "Problématiques" mettent en évidence quelques-uns des différents aspects littéraires que contient le *Couronnement.* Enfin, le "Travail du texte" propose des conseils de méthode et une étude grammaticale du texte adaptée aux différents exercices donnés à l'épreuve de langue du concours de l'agrégation : traduction, phonétique, morphologie, syntaxe, vocabulaire.

REPÈRES

UN GENRE : LA CHANSON DE GESTE

Alors que le roman – langue vulgaire par opposition au latin, langue savante – devient progressivement une langue littéraire, la chanson de geste est le premier genre à s'affirmer dans la littérature française naissante : *La Chanson de Roland*, composée à la fin du XIe siècle, est ainsi le plus ancien texte littéraire connu en langue française.

Cette partie vise à définir les caractéristiques de l'épopée médiévale qu'est la chanson de geste.

La forme de la chanson de geste

La chanson de geste est avant tout un poème, et en tant que telle se plie à de nombreuses contraintes formelles.

• Le vers

Le vers épique par excellence est le décasyllabe. C'est le mètre utilisé dans *Le Couronnement de Louis.* Dans les chansons de geste de la fin du Moyen Âge, le décasyllabe est parfois remplacé par l'alexandrin.

La césure du décasyllabe se place le plus souvent après la quatrième syllabe, selon un rythme 4 / 6 :

Oiez, seignor, // que Deus vos seit aidanz ! (*CL* 1)

On trouve souvent dans la chanson de geste la césure dite épique, où l'on ne tient pas compte du *-e* atone se trouvant à la coupe même lorsque celui-ci est placé devant une consonne :

Vait s'en Guillelm(es) // li gentilz et li ber… (*CL* 272)

• La rime ou l'assonance

Les premières chansons de geste sont assonancées, comme *Le Couronnement de Louis*. À partir du XIIIe siècle, elles sont fréquemment rimées.

L'assonance repose sur l'homophonie de la dernière voyelle non caduque du vers : par exemple, dans le *Couronnement*, la laisse III est fondée sur une assonance masculine en *o* (***o**r*, *b**o**s*…), la laisse XIV sur une assonance féminine en *a-e* (***a**rm**e**s*, *m**a**ss**e***…).

Sur les assonances du *Couronnement de Louis*, voir LANGLOIS [1925, p. vii-xi].

• **La laisse**

Une laisse est une strophe de longueur libre, composée de vers tous pourvus du même mètre et de la même assonance ou rime.

Longueur des laisses

Plus la chanson est tardive, plus la laisse tend à s'allonger. *Le Couronnement de Louis* contient 63 laisses d'une longueur moyenne de 42,7 vers, ce qui est relativement long en comparaison de *La Chanson de Roland* (14 vers par laisse en moyenne) ou du *Charroi de Nîmes* (25,1 vers par laisse).

Le tableau récapitulatif qui suit met en évidence la longueur variable des laisses du *Couronnement*, de la plus courte (laisses V et VI, 3 vers) à la plus longue (laisse XXII, 152 vers). Les laisses les plus longues (XVIII, XIX, XXII, XXVI) se trouvent toutes dans la deuxième partie de la chanson, où Guillaume, à Rome, combat le Sarrasin Corsolt : c'est généralement le discours religieux, prière ou blasphème, qui provoque l'allongement de la laisse.

I	9	**XXII**	152	**XLIII**	61
II	10	**XXIII**	44	**XLIV**	73
III	7	**XXIV**	53	**XLV**	20
IV	12	**XXV**	26	**XLVI**	80
V	3	**XXVI**	108	**XLVII**	9
VI	3	**XXVII**	24	**XLVIII**	5
VII	27	**XXVIII**	99	**XLIX**	5
VIII	8	**XXIX**	61	**L**	14
IX	70	**XXX**	84	**LI**	63
X	10	**XXXI**	18	**LII**	19
XI	6	**XXXII**	26	**LIII**	41
XII	8	**XXXIII**	52	**LIV**	14
XIII	75	**XXXIV**	20	**LV**	29
XIV	23	**XXXV**	51	**LVI**	79
XV	54	**XXXVI**	56	**LVII**	73
XVI	17	**XXXVII**	43	**LVIII**	73
XVII	35	**XXXVIII**	29	**LIX**	75
XVIII	117	**XXXIX**	37	**LX**	53
XIX	119	**XL**	58	**LXI**	79
XX	22	**XLI**	35	**LXII**	7
XXI	47	**XLII**	18	**LXIII**	47

Composition des laisses

La laisse se construit en trois temps :

— le vers d'intonation, qui ouvre la laisse ;

— le corps de la laisse ;

— le ou les vers de conclusion.

Le vers d'intonation

Très typé, le vers d'intonation ouvre la laisse.

Il peut être une apostrophe, destinée au public ou à un personnage

Le jongleur s'adresse à son public, pour l'inviter à être attentif :

> Oiez, seignor, que Deus vos seit aidanz ! (I, 1)
>
> Seignor baron, plaireit vos d'un essemple
> D'une chançon bien faite et avenante ? (II, 10-11)
>
> Plaist vos oïr de la soe belté ? (XXXIII, 1378)

Différents personnages s'apostrophent également. Charlemagne interpelle son fils au début de la chanson, d'où une série de vers d'intonation très semblables :

> "Filz Looïs, vei ici la corone..." (VIII, 72)
>
> "Filz Looïs, ne te celerai mie..." (XII, 166)
>
> "Filz Looïs, a celer ne te quier..." (XIII, 174)
>
> "Hé ! Looïs", dist Charles, "sire filz..." (X, 150)
>
> "Se tu deis prendre, bels filz, de fals loiers..." (IX, 80)

On relève encore les vers d'intonation suivants, combinant apostrophe et nom propre :

> "Diva, Franceis", dist Corsolz li salvages... (XXIV, 879)
>
> "Oncles Guillelmes", ce dist Bertrans li ber... (LVI, 2210)
>
> "Amis, bels frere", dist Guillelmes li ber... (XXXVII, 1557)
>
> "Amis, bels frere", dist Guillelmes li frans... (LIX, 2435)

Il peut reprendre le nom d'un personnage, toujours sujet grammatical et généralement acteur principal de la laisse

Il peut s'agir d'un nom propre :

> Li reis Galafres est de son tref issuz (XX, 614)
>
> Li reis Galafres est de son tref issuz (XXIX, 1189)
>
> Acelins fu molt orgoillos et fiers (XLIV, 1838)
>
> Gui d'Alemaigne apela un message... (LVIII, 2362)

ou d'un nom commun renvoyant à un personnage précis :

Li Sarrazins l'apela fierement… (XXIII, 835)
Li Sarrazins se sent navré parfont… (XXVI, 958)
Li apostoiles fu molt bien enseigniez (XIX, 495)
Li gentilz abes l'en apela premier (XLI, 1724)

voire d'un groupe de personnes :

Quatorze rei armerent l'aversier (XXI, 636)
Li cinc s'en vont fuiant par mi un tertre (LIV, 2167)

La laisse commençant par une définition de ce que doit être le roi de France constitue donc une exception, puisqu'elle ne renvoie pas à une personne précise, mais à une entité abstraite :

Reis qui de France porte corone d'or… (III, 20)

Le nom de Guillaume est naturellement celui qui revient le plus souvent. L'occurrence la plus fréquente est *li cuens Guillelmes*, qui occupe le premier hémistiche du décasyllabe :

Li cuens Guillelmes se dreça sor ses piez… (XVII, 343)
Li cuens Guillelmes a la chiere membree… (XXVII, 1066)
Li cuens Guillelmes fu molt estolteiez… (XXVIII, 1090)
Li cuens Guillelmes fu molt bons chevaliers… (XXX, 1250)
Li cuens Guillelmes apela le portier… (XXXIX, 1629)
Li cuens Guillelmes fu molt chevaleros. (XLIII, 1777)
Li cuens Guillelmes fu molt bons chevalier… (XLVI, 1931)
Li cuens Guillelmes chevalche lez un mont… (LII, 2107)
Li cuens Guillelmes vint al pont toz premiers… (LIII, 2126)
Li cuens Guillelmes ra conduit les forriers. (LVII, 2289)
Li cuens Guillelmes en est sailliz en piez… (LXI, 2563)

Mais le nom du héros peut prendre plus d'ampleur et s'étendre à l'ensemble du vers, ce qui n'est jamais le cas pour le nom des autres personnages :

Li cuens Guillelmes al Cort Nes li marchis (XL, 1666)
Li cuens Guillelmes al Cort Nes li guerriers (LI, 2044)
Li cuens Guillelmes a l'aduré corage (XLII, 1759)
Li cuens Guillelmes a l'aduré corage (XLIX, 2025)
Li cuens Guillelmes a la fiere persone (XLV, 1911)
Li cuens Guillelmes a la fiere persone (XLVIII, 2020)
Li cuens Guillelmes a la chiere membree (L, 2030)

Plus rarement, le nom se réduit au seul prénom du héros :

Guillelmes fu sor le tertre montez (XXII, 683)

Guillelmes fu molt vertuos et forz (XXV, 932)

Une dernière possibilité consiste à placer en tête de vers/de proposition un constituant qui n'est pas le nom sujet : on parle d'inversion épique quand le verbe est en tête du vers, à l'initiale de la proposition. Dans ce cas, le sujet est postposé au verbe qui commence la phrase. Cet ordre des mots, possible en ancien français, est statistiquement plus fréquent dans le vers d'intonation que dans le corps de la laisse :

Al mostier fu Guillelmes Fierebrace… (XIV, 249)

Al mostier fu Guillelmes Fierebrace. (XVI, 326)

Vait s'en Guillelmes li gentilz et li ber… (XV, 272)

Vait s'en Guillelmes al Cort Nes li marchis. (XXXV, 1450)

Vait s'en Guillelmes li nobiles guerriers (XXXVI, 1501)

El tertre monte Guillelmes li marchis (LX, 2510)

Par dedenz Rome fu Guillelmes li frans (LXII, 2642)

Par dedenz Rome fu Guillelmes li ber (LXIII, 2649)

Treis anz toz pleins fu Guillelmes li ber (XLVII, 2011)

Un cas particulier d'inversion évoque Guillaume sans mentionner son nom, son titre et son apparence suffisant à l'identifier :

El mostier fu li cuens al fier visage… (XVIII, 378)

Il peut situer l'action dans le temps et l'espace

Une dernière tendance relevée dans le *Couronnement de Louis* consiste à commencer la laisse par une indication sur le lieu ou le moment où se situe l'action. Ce dernier type de vers d'intonation est moins classique que les précédents.

Ainsi, *Le Couronnement de Louis* commence toute une série de laisses par *quant*, la subordonnée temporelle qui suit donnant éventuellement des précisions sur le lieu ou les personnages :

Quant la chapele fu beneeite a Ais… (IV, 27)

Quant ont le jor de Looïs rei fait… (XI, 160)

Quant cil a Rome sont ensi repairié… (XXXII, 1352)

Quant li portiers entendi la novele… (XXXVIII, 1600)

Quant veit Guillelmes qu'il ont merci preié… (LV, 2181)

Une série de trois laisses insiste sur la solennité de *cel jor*, jour de couronnement rassemblant de nombreux personnages de haut rang :

> Cel jor i ot bien dis et uit evesques… (V, 39)
>
> Cel jor i ot oferende molt bele… (VI, 42)
>
> Cel jor i ot bien vint et sis abez… (VII, 45)

Enfin, deux autres laisses commencent également par une indication spatio-temporelle :

> La ou il jetent les chaitis de lor barges… (XXXI, 1334)
>
> Un dïemenche, quinze jorz aprés Pasques… (XXXIV, 1430)

Ce relevé des vers d'intonation met en évidence l'esthétique de la chanson de geste : celle-ci se fonde sur la répétition, les effets d'écho et de variation.

Le vers de conclusion

La fin de la laisse est moins typée que le début : dans certaines chansons, on rencontre parfois un refrain (comme dans *La Chanson de Guillaume*). Le cycle de Narbonne se caractérise par l'emploi d'un “petit vers” ou “vers orphelin”, un vers de six syllabes ne rimant pas avec le reste de la laisse. Mais dans *Le Couronnement de Louis*, les vers de conclusion ne se distinguent guère du reste de la laisse. On peut souligner, toutefois, une tendance à la tournure proverbiale ou à la sentence catégorique :

> Ce dit l'estoire coronez est a tort (*v.* 26)

Comme la fin de la laisse est le moment de relancer l'action ou de stimuler l'attention, c'est aussi le moment privilégié pour annoncer la suite des événements :

> … Com vos orrez ainz le soleil colchier (XXXI, *v.* 1377)
>
> Secors avra ainz que past li tierz dis (XXXV, *v.* 1500)
>
> Mais il orront ancui altres noveles,
> Qui lor seront doleroses et pesmes. (XXXVIII, *v.* 1627-1628)

L'intervention du trouvère est possible, comme dans le premier exemple, mais celui-ci se contente la plupart du temps d'annoncer, au futur, les faits à venir. Enfin, on remarque que dans le dernier exemple, la conclusion de la laisse s'étire sur deux vers.

Le corps de la laisse

Le premier vers de la laisse a un timbre musical spécifique, le timbre d'intonation ; le dernier vers est modulé sur un timbre de conclusion. Enfin, les vers à l'intérieur de la laisse ont également leur timbre ; mais on peut aussi retrouver le timbre d'intonation à l'intérieur de la laisse [BOUTET, 1993, p. 78-79].

Les liaisons entre les laisses

Les liaisons entre les laisses jouent également sur la poétique de la répétition. J. Rychner [1955, p. 74 *sqq.*] met en évidence trois cas.

L'enchaînement

L'enchaînement consiste à reprendre la fin de la laisse pour en répéter le contenu au début de la laisse suivante. Le thème ainsi repris, amplifié ou abrégé, crée un lien étroit entre les deux laisses : la fin d'une laisse annonce la suivante, laquelle s'appuie sur le récit amorcé avant de le poursuivre.

Voici quelques exemples de ce procédé dans *Le Couronnement de Louis* :

Laisse XIV, fin	**Laisse XV, début**
Vait s'en li cuens, de neient ne se targe.	*Vait s'en Guillelmes* li gentilz et li ber,
	Et Guielins et Bertrans l'alosez ;
	Desoz les chapes orent les branz letrez,
	Et ne por quant si orent il trossé
	Les bons halbers et les helmes dorez.
	Li escuier furent forment lassé
	Des forz escuz et des espiez porter.
De ses jornees ne sai que vos contasse :	*De lor jornees ne vos sai aconter*
Montjeu trespasse qui durement le lasse ;	*Montjeu trespassent, qui molt les a lassez,*
	Par Romenie se sont acheminé,
De ci a Rome n'aresta Fierebrace.	*De ci a Rome ne s'i sont aresté.*

La laisse XV amplifie le récit commencé à la fin de la laisse XIV : le voyage solitaire de Guillaume devient une expédition guerrière, menée avec d'autres membres du lignage et dans un équipage impressionnant.

L'enchaînement suivant montre le mouvement inverse : le récit achevant la laisse XV est recommencé et abrégé au début de la laisse XVI. Très vite on en revient au contenu de l'effrayante nouvelle annoncée à la fin de la laisse XV :

Laisse XV, fin	**Laisse XVI, début**
Li cuens Guillelmes s'est par matin levez,	*Al mostier fu Guillelmes Fierebrace.*
Al mostier vait le servise escolter,	
Totes ses armes fait metre sor l'altel ;	
De l'or d'Arabie les volt puis rachater.	
Et l'apostoiles fu molt gentilz et ber,	
Qui se revest *por la messe chanter.*	*Messe ot chantee li apostoiles sages ;*
Quant li servises fu diz et definez,	*Quant il l'ot dite,*
Es dous messages venant toz abrivez ;	*si vienent doi message,*
Ja conteront unes noveles tels	*Qui li aportent unes noveles aspres*
Dont mainz frans om fu le jor esfreez.	
	Que Sarrazin li font molt grant damage…

Enfin, l'enchaînement peut également être très rapide :

La reprise bifurquée

Laisse XVI, fin	**Laisse XVII, début**
Li apostoiles de neient ne se targe	
Prist un baston, si le hurte en l'espalle,	
Li cuens se drece, mostre li le visage.	*Li cuens Guillelmes* se dreça sor ses piez,
	Et *l'apostoiles* l'en prist a araisnier…

La reprise bifurquée consiste à commencer une laisse par un passage se trouvant au cœur de la laisse précédente (et non à la fin comme dans l'enchaînement). L'exemple qui suit est également cité par J. Rychner [1955] :

Laisse XXI, fin de la laisse	**Laisse XXII, début**
	Guillelmes fu sor le tertre montez,
…	De beles armes guarniz et conreez ;
Li cuens Guillelmes vit venir l'aversier,	*Veit le paien venir tot esfreé ;*
Lait et hisdos et des armes chargié	
S'il le redote, nuls n'en deit merveillier.	*S'il le redote, ne fait mie a blasmer.*
	A pié descent del destrier sejorné
	Contre Orient aveit son vis torné,
	Une preiere a dit de grant bonté
	[…]
Deu reclama le pere dreiturier :	*Deu reclama* par grant umilité :
"Sainte Marie, com ci a bon destrier !	"Glorios Deus, qui me fesistes né […]"
Tant par est bons por un prodome aidier	
Mei le covient des armes espargnier	
Deus le guarisse, qui tot a a jugier,	
Que de m'espee ne le puisse empirier!"	
De tel parole n'eüst coarz mestier.	

Début et fin de laisse ne coïncident pas : il n'y a donc pas d'enchaînement. Mais il y a bien une reprise d'une laisse à l'autre. Le récit se recommence et se poursuit.

En voici un dernier exemple :

Laisse XXII, *v.* 791-803	**Laisse XXIII, début**
[…] *Li Sarrazins* vint a lui esfreez,	*Li Sarrazins l'apela fierement :*
Ou veit Guillelme *si l'a araisoné :*	
"*Di mei, Franceis,* ne me seit pas celé,	"*Di va, Guillelmes,*
A cui as tu si longement parlé ?"	
— "Veir", dist Guillelme, "ja orras verité."	
[…]	
Dist li paiens : "*Tu as molt fol pensé.*	*molt as fol escïent,*
Cuides tu donc tes Deus ait poesté	*Quant celui creiz qui ne te valt neient.*
Que il te puist vers mei en champ tenser ?"	
	Deus est la sus, desor le firmament
	Ça jus de terre n'ot il onques arpent,
	Ainz est Mahom et son comandement.
	Totes voz messes ne toz voz sacremenz,
	Voz mariages ne voz esposemenz
	Ne pris je mie ne qu'un trespas de vent.
	Crestiienté est toz foleiemenz.
— *"Gloz", dist Guillelmes, "Deus te puist mal doner !"* […]	— "*Gloz*", *dist Guillelmes,* "*li cors Deu te cravent !*" […]

Le dialogue entamé au milieu de la laisse XXII se répète au début de la laisse XXIII. Mais dans la fin de la laisse XXII (non citée), le dialogue entre Guillaume et Corsolt se poursuit avec un autre thème, celui du lignage. Le début de la laisse XXIII correspond donc à un retour en arrière, qui conduit les adversaires à reprendre leur débat théologique.

Les laisses parallèles

Dans les laisses parallèles, le trouvère décrit une action qui se répète à l'identique, comme dans ce passage où Guillaume combat et conquiert à trois reprises :

Laisse XLVIII	Laisse XLIX	Laisse L
Li cuens Guillelmes a la fiere persone	*Li cuens Guillelmes a l'aduré corage*	*Li cuens Guillelmes a la chiere membree*
S'en est tornez vers Bordels sor Gironde ;	*S'en retorna* par devers Pierrelate	Vers Annadore *a sa veie tornee* ; Saint Gile assalt a une matinee ;
La conquist il le fort rei Amarmonde : *De Looïs i reçut la corone* *Et les onors, qui ierent granz et longes.*	*La conquist il* Dagobert de Cartage, *Qui tint la terre de Looïs le sage* *Et ses onors, qui ierent granz et larges.*	*Le borc ot pris* senz nule demoree. Tel chose fist qui a Jesu agree...

Il y a bien trois combats différents, dans des lieux différents. Ce procédé est assez peu exploité dans *Le Couronnement de Louis*, et d'autres chansons savent tirer un parti très différent de ce procédé :

> [...] si à chaque recommencement, le récit fait un pas en avant, comme dans les laisses parallèles, lyrisme et narration vont de pair, s'équilibrent. Mais si la narration, de laisse à laisse, n'avance plus qu'imperceptiblement, si son progrès ne consiste plus qu'en de légères variantes du même acte, comme dans les laisses similaires, alors cette halte dans la narration permet au lyrisme de s'épanouir.
>
> [Rychner, 1955, p. 93]

C'est ainsi que, dans *La Chanson de Roland*, la mort de Roland est racontée en deux triades de laisses similaires : l'action s'interrompt, le temps s'arrête. Dans *Le Couronnement*, il n'y a pas d'*horizontale lyrique*, pour reprendre la formule de Jean Rychner.

Toutefois, le trouvère du *Couronnement* exploite bien ce jeu de parallélisme, encore que de façon plus confuse. J. Rychner en donne plusieurs exemples – les laisses vii à ix [1955, p. 104-105], ou encore les laisses xxiv à xxvii [1955, p. 110-113] – et conclut que le *Couronnement* “présente de longues laisses effrontément composites et amorphes” [1955, p. 110].

Échos internes à la laisse

Assez sévère envers la composition du *Couronnement*, J. RYCHNER remarque des symétries internes à la laisse "dont on s'étonne, écrit-il, qu'elles ne soient pas 'externes', c'est-à-dire qu'elles ne constituent pas autant de laisses similaires" [1955, p. 113], et donne pour exemple la laisse XXXIII.

Pour autant, ce jeu de répétitions qui permet de souligner et de renforcer la structure strophique de la chanson de geste s'avère également assez efficace au cœur même de la laisse. On relève par exemple, dans les laisses XXII et XXIII, des apostrophes qui se répondent :

— Gloz", dist Guillelmes, "Deus te puist mal doner ! (XXII, *v.* 803)

— Gloz", dist Guillelmes, "Deus te puist mal doner ! (XXII, *v.* 811)

— Gloz", dist Guillelmes, "li cors Deu te cravent ! (XXIII, *v.* 845)

— Gloz", dist Guillelmes, "li cors Deu te cravent ! (XXIII, *v.* 864)

— Veir", dist li Turs, "tu as molt fier pensé. (XXII, *v.* 806)

— Veir", dist li Turs, "tu iés de grant fierté… (XXIII, *v.* 813)

Le procédé permet de savoir immédiatement qui parle, sans doute, mais il souligne aussi la personnalité des adversaires : Guillaume, soutenu par Dieu qu'il ne cesse d'invoquer, s'adresse à Corsolt avec un mélange de hauteur et de mépris, tandis que Corsolt ne peut s'empêcher d'exprimer son admiration pour le chrétien. D'emblée, la supériorité de Guillaume apparaît évidente. Ce dialogue trouve un écho avec les autres face-à-face entre Guillaume et ses ennemis :

— Gloz", dist Guillelmes, "Deus te doinst encombrier ! (LIII, *v.* 2141 et LXI, *v.* 2571)

— Gloz", dist Guillelmes, "Deus te puist maleïr ! (LX, *v.* 2533)

De fait, Guillaume est le seul de tout le *Couronnement de Louis* à utiliser cette apostrophe, qu'il associe toujours à une malédiction. L'écho interne à la laisse trouve une résonance discrète dans le reste de la chanson, de sorte que, progressivement, il semble que la parole de Guillaume, précédant sa victoire, porte en elle-même le jugement de Dieu.

Les jeux d'échos apparaissent donc déterminants dans l'étude stylistique de la chanson de geste. *Le Couronnement de Louis* ne fait pas exception à la règle, qui joue de façon assez peu classique avec les répétitions qui lui permettent, non pas tant de renforcer la structure strophique de la chanson, mais de mettre en valeur un trait de caractère, une situation, un personnage, un lignage… Ce jeu complexe de variations et de répétitions, qui mérite d'être commenté, s'avère généralement riche de sens.

“N’ot que .iii. gestes en France la garnie” (*Girart de vienne*, *v.* 11)

La matière épique est traditionnellement divisée en trois *gestes*, selon la répartition proposée par Bertrand de Bar-sur-Aube au début de *Girart de Vienne.*

Geste vient du latin *gesta*, “actions, exploits”, pluriel neutre du participe passé du verbe *gerere*, “agir”. Une chanson de *geste* est donc une chanson racontant des “hauts faits”, des “exploits” : c’est le premier sens du mot, qui met en évidence le fait que la chanson de geste participe du genre épique. De plus, la *geste* est le “récit même de ces exploits” ; enfin, la *geste* est aussi un “cycle”, autrement dit un ensemble de récits constitués autour d’un même thème, d’un même lignage ou d’un même personnage.

• La Geste du roi

Le prologue de *Girart de Vienne* ne dit pas grand-chose de la Geste du roi, si ce n’est qu’elle est “la plus seignorie” (la plus noble) (*v.* 13).

Cette geste regroupe les chansons consacrées aux rois carolingiens, principalement à Charlemagne. Elle évoque les combats que celui-ci a menés contre les païens : les Sarrasins dans *La Chanson de Roland*, *Anseïs de Carthage*, *Gui de Bourgogne*..., les Saxons dans *Les Saisnes*... De toutes ces chansons, *La Chanson de Roland* est de très loin la plus connue et de nombreux trouvères y font allusion. [Suard, 2011, p. 175-205]

• La Geste de Doon de Mayence

La Geste de Doon de Mayence, assez composite, s’organise autour de héros traîtres ou révoltés. Leur ancêtre commun est Doon de Mayence, d’où le nom de la geste, à laquelle la critique moderne donne souvent le nom de Geste des barons révoltés (v. l’arbre généalogique de la famille de Doon de Maience dans Moisan, 1986, p. 988).

Selon *Girart de Vienne*, le lignage de Doon de Mayence se compose d’une “gent fiere et hardie” (*v.* 17), autrement dit de chevaliers de valeur, mais qui ont le défaut d’être pleins d’orgueil ou de démesure. Doon de Mayence est le héros éponyme d’une chanson où on le voit rivaliser avec Charlemagne. C’est dans ce lignage que l’on retrouve Ganelon, l’archétype du traître, celui qui provoque la mort de Roland dans *La Chanson de Roland.* C’est également dans ce lignage que se rencontrent les héros révoltés, comme Ogier le Danois (*La Chevalerie*

Ogier de Danemarche) ou Renaut de Montauban (*Les Quatre Fils Aymon*). D'autres révoltés sont parfois rattachés à cette geste comme Raoul de Cambrai (*Raoul de Cambrai*) ou Isembart (*Gormont et Isembart*) [SUARD, 2011, p. 207-217, 219-223, 239-248].

• La Geste de Garin de Monglane

Comme la geste précédente, la Geste de Garin de Monglane porte le nom du héros fondateur du lignage ; mais cette geste constitue un ensemble très ferme, tant elle décrit en effet l'histoire d'un lignage, dont les membres, de génération en génération, se caractérisent par les mêmes traits et les mêmes valeurs. Garin a quatre fils : Hernaut de Beaulande, Milon de Pouille, Renier de Gennes et Girart de Vienne (voir l'arbre généalogique de la famille de Garin de Monglane dans A. MOISAN, 1986, t. II, vol. 5, p. 994). Hernaut de Beaulande a un fils, Aymeri de Narbonne. Ce dernier engendre sept fils et cinq filles : son fils le plus connu est Guillaume d'Orange, d'après lequel on nomme parfois également la geste. Guillaume, sans enfant, est toujours entouré de ses neveux, fils de ses nombreux frères et sœurs qui contribuent à perpétuer le lignage. La plus jeune fille d'Aymeri, Blanchefleur, épouse le roi Louis (voir l'arbre généalogique de la famille d'Aymeri de Narbonne dans MOISAN, 1986, t. II, vol. 5, p. 961).

La chanson de *Girart de Vienne* participe ainsi des trois gestes qu'elle définit dans son prologue : le lignage de Girart le rattache à la Geste de Garin de Monglane ; la présence du jeune Roland, qui rencontre dans la chanson celui qui deviendra son inséparable compagnon, Olivier, la relie à la Geste du roi ; enfin, le thème de la chanson rejoint celui de la Geste de barons révoltés, puisque Girart de Vienne se rebelle contre Charlemagne.

Comment *Girart de Vienne* décrit-il le lignage de Garin de Monglane ? Ce sont, dit le trouvère, “sage et hardi chevalier, / et conbatant et nobile [nobles] guerrier” (*v.* 51-52). Jamais ces chevaliers n'ont trahi le roi de France : au contraire, ils se sont toujours efforcés de le servir au mieux, de même qu'ils s'appliquent à soutenir et à défendre la chrétienté :

> Crestïenté firent molt essaucier,
> et Sarrazins confondre et essillier (*Girart de Vienne*, *v.* 56-57)
>
> [“Toujours ils exaltèrent la chrétienté, en combattant et détruisant les Sarrasins”.]

Les descendants de Garin de Monglane sont des vassaux loyaux, d'abord envers Charlemagne, puis envers Louis. Ils consacrent tous leur vie au service du roi et de la chrétienté : c'est l'un des éléments contribuant à la cohérence du cycle.

De plus, le retour des mêmes personnages dans les chansons du cycle concourt fortement à la cohésion de celui-ci. Au sens large du terme, le cycle comporte vingt-quatre chansons :

— autour de Garin de Monglane : *Les Enfances Garin de Monglane*, *Garin de Monglane* ;

— autour d'Aymeri de Narbonne : *Girart de Vienne* (jeunesse), *Aymeri de Narbonne* (conquête d'un fief, Narbonne, et d'une épouse, Ermengarde : fondation du lignage), *Les Narbonnais*, *Le Siège de Barbastre*, *Guibert d'Andrenas*, *La Prise de Cordres et de Sebille* (divers combats d'Aymeri entouré de ses fils, les Aymerides), *La Mort Aymeri de Narbonne* (mort d'Aymeri et d'Ermengarde). Cet ensemble est appelé “cycle de Narbonne” ou “petit cycle”, par opposition au “grand cycle” constitué par l'ensemble de la geste de Garin de Monglane [SUCHIER, 1898, p. III] ;

— autour de Guillaume d'Orange : *Les Enfances Guillaume* (jeunesse et adoubement de Guillaume, naissance de son amour pour Orable), *Le Couronnement de Louis* (Guillaume défend le roi et la chrétienté contre de nombreuses menaces), *Le Charroi de Nîmes*, *La Prise d'Orange* (Guillaume conquiert les villes de Nîmes et d'Orange et se marie enfin avec Orable, baptisée sous le nom de Guibourc), *Les Enfances Vivien*, *La Chevalerie Vivien*, *Aliscans*, *La Bataille Loquifer*, *Le Moniage Rainouart* (défense de la chrétienté sans cesse en péril), *Le Moniage Guillaume* (après la mort de Guibourc, Guillaume devient moine puis ermite) ;

— quelques chansons tardives ont pour héros les derniers descendants du lignage : *Fouques de Candie*, chanson portant le nom d'un petit-neveu de Guillaume, *Renier*, chanson consacrée au petit-fils de Rainouart (rattaché au lignage par son mariage avec Aélis, la fille du roi Louis et de Blanchefleur), *Galien le Restoré*, chanson rapportant les exploits du petit-fils de Renier de Gennes et fils d'Olivier ;

— d'autres chansons s'apparentent au cycle de Garin de Monglane, mais elles n'ont pas été intégrées aux manuscrits cycliques, vastes ensembles narratifs compilant les chansons du cycle : *La Chanson de Guillaume* est la forme ancienne d'*Aliscans* avant son intégration aux manuscrits cycliques, *Bueves de Commarchis* est un remaniement du *Siège de Barbastre* par Adenet le Roi.

La Geste de Guillaume raconte ainsi la vie d'un lignage, de génération en génération, mais aussi la vie, de l'enfance à la mort, de ses principaux héros. Les Narbonnais sont toujours solidaires les uns envers les autres : si Aymeri est menacé à Narbonne, ses enfants viennent à son secours (*Les Narbonnais*, *Le Siège de Barbastre...*). Si Guillaume a besoin d'aide et que le roi Louis hésite à la lui accorder, son père et ses frères lui offrent leur soutien et leurs hommes (*Les Narbonnais*, *Aliscans...*). Guillaume est assurément le héros principal du *Couronnement de Louis*, mais il n'est pas seul : la solidarité entre les membres du lignage est une autre constante du cycle. [FRAPPIER, 1955, t. 1, p. 11-43 ; SUARD, 2011, p. 131-161]

Les thèmes de la chanson de geste

• Un roi et son vassal

Les rapports entre roi et vassal constituent un thème essentiel de la chanson de geste. Si le roi est tyrannique et abuse de son pouvoir, le vassal est en droit de se révolter : c'est ce que souligne la Geste des Barons révoltés. Si le roi est faible et/ou incompétent, le vassal en pâtit. Les meilleurs d'entre eux doivent dans ce cas soutenir le roi en lui offrant leur bras et leur conseil : c'est le rôle qui échoit à Guillaume d'Orange dans la geste qui porte son nom.

• Sarrasins et chrétiens

Les affrontements entre Sarrasins et chrétiens sont habituels dans la chanson de geste, quel que soit le cycle. Dans le cycle de Guillaume, les Sarrasins tentent régulièrement de reprendre Narbonne, le fief d'Aymeri. Après l'épisode du *Couronnement de Louis*, Guillaume chasse les païens de Nîmes, puis d'Orange, et consacre sa vie et son énergie à les repousser hors de la chrétienté, ainsi dans *Aliscans*.

Mais les chrétiens peuvent aussi se lier d'amitié avec certains Sarrasins : si la plupart se convertissent ensuite et se fondent dans les rangs des chrétiens, comme Rainouart (*Aliscans*), d'autres gardent leur foi, ainsi Karaheu dans *La Chevalerie Ogier.* Son refus d'abjurer est une raison supplémentaire de l'estimer : n'est-ce pas une des vertus du chevalier que la fermeté de sa foi ?

Le cycle de Guillaume offre également abondance de belles Sarrasines, lesquelles sont toujours très sensibles aux qualités héroïques des chevaliers narbonnais. Orable, la reine sarrasine d'Orange, se convertit ainsi par amour pour Guillaume : elle tombe amoureuse de lui dans *Les Enfances Guillaume*, au bruit de sa réputation, et se marie avec lui à la fin de la *Prise d'Orange*, après avoir été baptisée et pris le nom de Guibourc.

• Les femmes

Les premières chansons de geste comportent de rares personnages féminins. Ainsi, Aude est la seule femme de *La Chanson de Roland*, et son rôle est réduit : elle entre en scène pour demander à Charlemagne où se trouve Roland, son fiancé, et meurt en apprenant son trépas. De même, *Le Couronnement de Louis* laisse peu de place aux personnages féminins, ce qui est assez rare dans le cycle de Guillaume : Ermengarde et Orable-Guibourc, notamment, sont de véritables dames épiques qui interviennent activement dans le récit, conseillant, soutenant leur lignage et prenant même parfois les armes.

À partir du XIIIe siècle, il arrive que la chanson de geste ait pour personnage principal une femme, comme dans *Aye d'Avignon* ou dans *La Belle Hélène de Constantinople.*

• Valeurs épiques

Le monde épique, quoique imparfait, est idéaliste : le bien s'oppose nettement au mal. Si les héros ne sont pas toujours exemplaires, si le roi n'est pas toujours juste, le trouvère a toujours une idée précise de ce qui *aurait* dû être. Ainsi, il est clair que le roi Louis a tort lorsqu'il attribue le fief d'un orphelin à un autre chevalier. Dans *Raoul de Cambrai*, c'est cette injustice initiale qui finit par déclencher une guerre entre barons chrétiens. Dans *Le Charroi de Nîmes*, cette hypothèse provoque la colère de Guillaume, lequel, refusant le fief du petit Béranger, jure de protéger l'orphelin sans défense. Tout le monde n'agit donc pas selon le bien, mais le bien est connu et clairement identifié.

Le bon chevalier doit donc s'appliquer à défendre le faible contre le fort, la justice contre l'injustice. Il doit combattre son adversaire, quel qu'il soit, loyalement et sans traîtrise. Il doit aussi défendre la chrétienté contre les agressions païennes ; car le bon chevalier est nécessairement chrétien. Un athée n'est pas envisageable, un renégat (comme Isembart dans *Gormont et Isembart*, Fromont dans *Gerbert de Metz*) inspire horreur et effroi, et pour qu'un chevalier païen soit vraiment bon, il faudrait qu'il se convertisse – ce que ne manquent pas de souhaiter les chrétiens lorsqu'ils admirent un adversaire de valeur.

Enfin, le héros épique ne saurait craindre la mort. Il n'est pas question de la rechercher : la folle témérité de Roland à Roncevaux, le vœu insensé de Vivien dans *La Chevalerie Vivien* ne sont pas donnés comme des exemples à suivre. Pourtant, il convient d'affronter l'ennemi, même lorsque le danger est grand et la mort probable. Si le héros repousse la peur, c'est qu'il se sait soutenu par Dieu, et c'est aussi qu'il a à cœur de s'illustrer : avant tout bonheur personnel, il aspire à la gloire et tend au dépassement de soi, sa personne étant mise au service de la communauté, du roi, de la foi chrétienne, de la défense du bien contre le mal.

• Le lignage

Les relations de parenté sont essentielles dans la chanson de geste. Les partis s'organisent en fonction du lignage, et non en fonction d'une idéologie ou d'un chef charismatique : ainsi, dans le cycle des Lorrains, le lignage lorrain s'oppose à celui des Bordelais. Dans *Girart de Vienne*, le jeune Aymeri se range aux côtés de son oncle Girart aussitôt qu'il apprend l'affront qui a été infligé à celui-ci par la reine ; car l'offense faite à Girart est une offense faite au lignage. Dans *Renaut de Montauban*, Aymes aide ses fils révoltés contre Charlemagne en dépit de la fidélité qu'il doit au roi : comment pourrait-il abandonner ses propres enfants ?

Le cycle de Guillaume, structuré par la généalogie, accorde au lignage une place prépondérante : tout membre du lignage menacé est immédiatement soutenu par les siens, ainsi dans *Les Narbonnais*, *Le Siège de Barbastre*, *Aliscans*... Aymeri combat souvent entouré de ses fils, Guillaume est généralement accompagné par l'un ou l'autre de ses neveux. Dès lors, tout acte d'héroïsme rejaillit sur la gloire du lignage, tandis que la moindre lâcheté le déshonore.

De plus, l'individu, partie du tout lignager, se définit au travers de ses ancêtres et de sa parenté : Guillaume, en se nommant, se déclare fils d'Aymeri de Narbonne. Dans *Le Couronnement de Louis*, il se présente à Corsolt en rappelant le nom de ses parents et de ses frères (*v.* 818-830), ce qui souligne à quel point le lignage est constitutif de son identité.

• Affronter la mort

La mort est omniprésente dans l'univers épique. Si le héros ne meurt pas, c'est son adversaire qui est anéanti : dans *Le Charroi de Nîmes*, la ruse de Guillaume évite à ses troupes de trop lourdes pertes ; mais les païens dans Nîmes sont exterminés.

Si le héros doit être prêt à affronter sa propre mort, il est aussi amené à supporter la mort des siens : confronté à cette souffrance, le héros se recueille, pleure, puis songe à la vengeance. Revenant de Roncevaux, au moment de la conquête de Narbonne, le jeune Aymeri songe ainsi à venger la mort de Roland. Guillaume, désespéré de la mort de Vivien, retourne ensuite sur le champ de bataille.

Le deuil prend une ampleur considérable lorsqu'il s'agit d'une mort au combat. À l'inverse, une mort "ordinaire", due à la vieillesse, est reçue plus paisiblement : lorsqu'Aymeri apprend la mort de ses parents, ses barons en concluent qu'il est temps pour lui de prendre femme. La mort des aînés est alors perçue comme une invitation à prolonger sa propre vie à travers celle d'enfants à venir.

• Rire et sourire

L'unité de ton, chère aux auteurs classiques, n'est pas de mise dans la chanson de geste : dans *Aliscans*, par exemple, la mort tragique de Vivien est suivie de l'entrée en scène de Rainouart, géant maladroit qui combat à coups de *tinel.*

La grandeur héroïque de Guillaume n'interdit en rien des épisodes comiques, où le chevalier fait rire à ses dépens ou aux dépens d'autrui. Ainsi, dans *Le Charroi de Nîmes*, au cours d'une scène véritablement carnavalesque, il revêt un déguisement qui provoque les railleries de ses compagnons. *La Prise d'Orange*, "parodie courtoise d'une épopée" selon Claude Lachet [LACHET, 1986], le décrit comme un amoureux transi, incapable d'agir. Dans *Le Moniage Guillaume*, ses démêlés avec les moines, terrifiés par un homme de sa force et de son appétit, ont également un effet comique contribuant à la satire des hommes d'Église.

UN CYCLE :
LA GESTE DE GUILLAUME D'ORANGE

Des manuscrits cycliques

Le cycle de Guillaume est conservé pour l'essentiel dans des manuscrits cycliques : autrement dit, les poèmes autour de Guillaume ont été rassemblés pour former un cycle qui raconte son parcours épique ainsi que celui de son lignage. On peut distinguer trois groupes de manuscrits :

— ceux qui ambitionnent de raconter l'intégralité de l'histoire du lignage, de Garin de Monglane à tous les descendants d'Aymeri (famille *B*) ;

— ceux qui, se limitant au "petit cycle" de Narbonne, rapportent l'histoire d'Aymeri, seul ou entouré de ses sept fils (famille *RH*) ;

— ceux qui privilégient l'histoire de Guillaume seul (famille *A*).

L'objectif est à la fois biographique (raconter toute l'histoire de Guillaume, de sa naissance à sa mort) et encyclopédique (dire tout sur un héros et son lignage).

La compilation opérée dans les manuscrits cycliques suppose un travail de réécriture, afin d'éviter les contradictions entre différentes chansons. C'est ainsi qu'*Aliscans*, chanson présente dans les manuscrits cycliques, est la version remaniée d'une chanson plus ancienne, *La Chanson de Guillaume.* Mais *La Chanson de Guillaume* est une exception : nous ne connaissons généralement pas la version primitive des chansons mises en cycle.

Le Couronnement de Louis fait partie du noyau cyclique le plus ancien, avec *Le Charroi de Nîmes* et *La Prise d'Orange* : il faut donc avoir en tête que la chanson, telle qu'elle existe aujourd'hui, est conçue pour être partie d'un cycle.

Généalogie et histoire épique de Guillaume

• L'arrière-grand-père : Garin de Monglane

Deux chansons racontent l'histoire de Garin : *Les Enfances Garin de Monglane* (XIVe siècle) et *Garin de Monglane* (XIIIe siècle). Ces chansons, relativement tardives et d'un esprit romanesque, racontent comment Garin, après une jeunesse aventureuse, épouse Mabille et obtient le fief de Monglane grâce à un géant, Robastre, et à un magicien, Perdigon.

• Le grand-père : Hernaut de Beaulande

Hernaut de Beaulande, fils de Garin et frère de Girart de Vienne, est absent des manuscrits cyliques. Une chanson tardive lui est toutefois consacrée dans le manuscrit de Cheltenham : *Hernaut de Beaulande* constitue la première partie de la *Geste de Monglane* (XIVe siècle). On y apprend comment Hernaut conquiert son fief, Beaulande, et sa femme, la belle Sarrasine Fregonde à l'aide des mêmes Robastre et Perdigon.

• Le père : Aymeri de Narbonne

Le jeune Aymeri, unique fils d'Hernaut, bouillant *bacheler* dans *Girart de Vienne* (fin du XIIe siècle), est le héros d'*Aymeri de Narbonne* (fin XIIe siècle – début XIIIe siècle) : dans cette chanson, il conquiert son fief, Narbonne, sur les Sarrasins. Il se marie avec Ermengarde, princesse de Pavie, dont il a douze enfants, sept fils et cinq filles.

La chanson se termine par l'énumération de ces douze enfants et de leur descendance, dont on rappelle les principaux exploits.

De plus, le vieil Aymeri est le héros de plusieurs chansons de geste : entouré de ses fils, il affronte les Sarrasins tentant de reprendre Narbonne et conquiert sur les païens des fiefs pour ses fils. C'est la trame des *Narbonnais* (début XIIIe siècle), du *Siège de Barbastre* (XIIIe siècle), de *Guibert d'Andrenas* (XIIIe siècle), de *La Prise de Cordres et de Sebille* (XIIIe siècle). Dans *La Mort Aymeri de Narbonne* (XIIIe siècle), il se bat notamment contre les Sagittaires, mi-hommes, mi-chevaux, et meurt au combat.

• Le fils : Guillaume

Le deuxième fils d'Aymeri commence sa carrière épique dans *Les Enfances Guillaume* (XIIIe siècle) : il s'illustre lors de ses premiers combats, rejoint Charlemagne à sa cour, où il est adoubé, et tombe amoureux d'Orable, reine d'Orange, à la seule évocation de sa beauté. Cet amour réciproque est un amour de loin : Guillaume ne rencontre Orable que dans *La Prise d'Orange*, chanson plus ancienne que *Les Enfances Guillaume* qui doit s'adapter au récit déjà existant.

C'est dans *Le Couronnement de Louis* (XIIe siècle) qu'il commence véritablement sa carrière de défenseur du roi et de la chrétienté.

Son dévouement n'est pas récompensé : *Le Charroi de Nîmes* (XIIe siècle) montre un roi Louis fermement installé sur son trône et oublieux des services rendus par Guillaume. Aussi ce dernier rappelle-t-il ses exploits, avant de réclamer sa récompense. Le roi n'a pas de fief à lui offrir ? Qu'à cela ne tienne, Guillaume ira conquérir un fief sur les Sarrasins. C'est ainsi qu'il part à la conquête de Nîmes avec son neveu Bertrand, dans laquelle il rentre par ruse, déguisé en marchand et à la tête d'un prétendu convoi – *charroi* – de marchandises.

Au début de *La Prise d'Orange* (XIIe siècle), Guillaume s'ennuie : que faire dans Nîmes, sans divertissement d'aucune sorte, et sans femme ? L'arrivée d'un prisonnier venu d'Orange est une distraction bienvenue : la description qu'il fait de la ville d'Orange et de la reine Orable donne à Guillaume le désir irrépressible d'aller les voir. Pour ce faire, il se déguise en Sarrasin ; mais il est évidemment reconnu, tant sa renommée est grande. Paralysé par l'amour, Guillaume a grand besoin de l'aide d'Orable et de ses neveux Bertrand et Guielin pour se libérer et pour prendre la cité. Après cette conquête, Orable reçoit le baptême, prend le nom de Guibourc et épouse Guillaume.

Dans *Aliscans* (XIIe siècle), Guillaume doit faire face à une impressionnante invasion des Sarrasins. La chanson se concentre d'abord sur les exploits de Vivien, qui refuse de reculer face à l'ennemi et meurt après une longue et douloureuse agonie. Guillaume, arrivé trop tard à son secours, doit lui-même battre en retraite après avoir perdu toute son armée. Il doit solliciter l'aide du roi Louis pour monter une nouvelle expédition, cette fois victorieuse, grâce notamment au géant Rainouart. Relégué aux cuisines, ce prisonnier sarrasin s'avère être un guerrier redoutable et le frère de Guibourc. Il combat d'abord à l'aide de son *tinel* (une sorte de bâton si lourd que personne ne peut le soulever), puis à l'épée. Il se convertit à la fin de la chanson et épouse Aélis, la fille du roi Louis et de Blanchefleur.

La dernière chanson réellement consacrée à Guillaume s'intitule le *Moniage Guillaume* (XIIe siècle) : après la mort de Guibourc, Guillaume aspire à la vie monastique. Mais l'adaptation à ce nouveau mode de vie est ardue pour un guerrier tel que lui. Comment cesser de combattre quand on a toujours combattu ? La rencontre entre le héros et les moines donne lieu à des épisodes comiques et à une satire de la vie monastique. La générosité inhérente au chevalier horrifie les autres moines, plus mesquins ; son grand appétit, sa haute taille, son caractère impétueux les effraient, si bien qu'ils cherchent à le faire tuer. Aussi Guillaume renonce-t-il à la vie monastique pour devenir ermite, ce qui ne l'empêche pas de sauver une dernière fois le royaume de France en affrontant en combat singulier Ysoré, géant païen venu assiéger Paris.

Le Couronnement de Louis et le cycle de Guillaume d'Orange

Les réécritures cycliques conduisent naturellement les chansons à se répondre.

Les Enfances Guillaume annoncent très précisément *Le Couronnement de Louis* : dans la laisse LXXI, Charlemagne évoque sa succession devant Guillaume. Son fils, dit-il, n'a que treize ans, et il aura grand besoin du soutien du jeune Guillaume. Lequel promet son aide à venir.

La première partie du *Charroi de Nîmes* rappelle le contenu du *Couronnement* : Guillaume, furieux de l'ingratitude de Louis, énumère tout ce qu'il a accompli pour lui. Il évoque ainsi :

— son mariage avorté avec la fille du roi Gaifier (laisse III).

— son combat contre Corsolt (laisse V), qui permet de rappeler l'épisode du nez coupé. *Le Charroi* ajoute une variante, selon laquelle le nez, mal soigné, serait maintenant orné d'une bosse.

— la capture de Dagobert devant Pierrelatte (laisse VI) fait allusion à la laisse XLIX du Couronnement de Louis.

— la suite de la laisse VI résume le début du Couronnement : l'hésitation de Louis à s'emparer de la couronne, la trahison d'Arneïs et l'intervention de Guillaume sont racontées par Guillaume lui-même.

— l'affrontement avec Richard de Rouen, père du "Normant orgueillous" (*Charroi*, *v.* 194) et la guerre contre Gui l'Allemand sont mentionnés dans les laisses VII-VIII.

Le dernier vers du *Couronnement* annonce l'ingratitude de Louis dans *Le Charroi* : les deux chansons sont donc étroitement liées.

Aliscans contient un épisode similaire au *Charroi* : Guillaume, furieux de l'ingratitude du roi, rappelle que c'est grâce à lui qu'il est couronné (laisse LXIX). Dans la même laisse, il arrache sa couronne à sa sœur la reine, tout comme il menace un peu plus tôt de déposer le roi de France (laisse LXVI). Le passage est donc le reflet inversé du couronnement de Louis.

Lorsque, dans *Le Moniage Guillaume*, Landri demande au roi Louis du secours pour Guillaume emprisonné, il ne manque pas, dans son plaidoyer, de lui rappeler qu'il est roi grâce à Guillaume qui l'a défendu contre Arneïs (laisse LXIII). L'argument porte, puisque Louis décide aussitôt de convoquer son armée pour venir en aide à Guillaume.

Enfin, la deuxième partie des *Narbonnais* (*i.e. Le Siège de Narbonne*, uniquement dans la rédaction *RH*) présente une version alternative au récit du *Couronnement* : Charlemagne meurt pendant le siège de Narbonne, et les Narbonnais venus demander des renforts découvrent que Louis lui a succédé. Le texte se limite à une rapide allusion à la trahison d'Arneïs et à l'intervention de Guillaume (laisse CLVII dans l'édition Suchier, 1898). Le jeune roi prend en personne le commandement de l'armée qui vient au secours d'Aymeri assiégé. Narbonne une fois libérée, Aymeri présente sa fille Blanchefleur à Louis, qui l'épouse dès le lendemain. Cette version, qui est celle éditée par H. Suchier, se substitue au *Couronnement de Louis* dans le "petit cycle" de Narbonne : elle présente l'originalité de montrer Louis comme un roi digne de ce nom, tenant conseil, prenant des décisions, et capable de commander une armée.

UNE HISTOIRE, ET L'HISTOIRE

La chanson compile plusieurs personnages et plusieurs événements historiques.

La question a été abondamment traitée dans l'introduction de l'édition Langlois de 1886, ainsi que dans la traduction d'A. LANLY [1983, p. 141-145]. On se référera également à [JEANROY, 1896 ; ROQUES, 1901 ; LANGLOIS, 1920 ; BÉDIER, 1924 (t. I, p. 103-285) ; SCHELUDKO, 1932 ; VAN WAARD, 1946 ; MICHA, 1965].

Guillaume

Guillaume, on le sait, a pour modèle historique Guillaume d'Aquitaine (env. 750 – env. 814), comte de Toulouse, petit-fils de Charles Martel et donc cousin de Charlemagne.

Ce dernier lui confie la tâche de protéger l'Aquitaine contre les Basques et les musulmans d'Espagne. En 793, une invasion sarrasine s'attaque aux environs de Narbonne. Guillaume engage la bataille près de l'Orbieu, un affluent de l'Aude. Écrasé par le nombre de ses ennemis, abandonné par ses alliés, il est vaincu ; mais il a infligé à ses adversaires des pertes si lourdes que ceux-ci préfèrent faire demi-tour. C'est la dernière incursion sarrasine au-delà des Pyrénées : en ce sens, la défaite de Guillaume d'Aquitaine est une victoire mémorable, que rappelle la trame d'*Aliscans*.

De plus, Guillaume a également la charge de protéger le fils de Charlemagne, Louis, que ce dernier a fait roi d'Aquitaine dès 781, et il l'accompagne ainsi lors du siège de Barcelone en 801. C'est dans ce rôle qu'on le voit dans *Le Couronnement de Louis.*

Enfin, le Guillaume historique choisit de se retirer dans un monastère à la fin de sa vie. Il fonde alors l'abbaye de Gellone (aujourd'hui Saint-Guilhem-le-Désert). Cette retraite religieuse est l'élément historique à l'origine du *Moniage Guillaume.*

Louis

Louis est le fils de Charlemagne, roi d'Aquitaine de 781 à 814, puis empereur de 814 à 840, date de sa mort. Il est surnommé Louis le Pieux ou le Débonnaire.

Pour autant, son couronnement se fait sans encombre, en 813 à Aix-la-Chapelle, peu avant la mort de son père, et il est alors âgé de trente-cinq ans. Il est donc probable que *Le Couronnement de Louis* s'inspire non seulement de lui mais de plusieurs rois de l'histoire de France. On peut penser à Louis VI le Gros (roi de 1108 à 1137), qui se fit sacrer en hâte à la mort de son père, Philippe Ier, afin d'éviter la sédition d'une partie des seigneurs, et qui eut précisément à affronter le duc de Normandie.

Mais le couronnement d'un enfant correspond à celui de Louis VII (dit le Jeune, roi de 1137 à 1180), fils de Louis VI : Louis VII est sacré roi en 1131 aussitôt après la mort de son frère aîné, alors qu'il est âgé de dix ans seulement. Louis VI réprime sévèrement les troubles qui éclatent à la mort de son fils aîné, ce qui montre que l'absence d'héritier couronné est bien source de difficultés pour le royaume.

Il est également possible de faire le rapprochement avec Louis IV d'Outremer, roi de 936 à 954. Couronné alors qu'il a une quinzaine d'années, c'est un roi sans pouvoir et sans richesses, qui doit affronter notamment la noblesse normande.

Gaifier

Gaifier est le nom d'un prince de Salerne qui fut assiégé par les Sarrasins de 871 à 873, et qui fut secouru par les Francs du roi d'Italie, Louis, fils de Lothaire.

Gui l'Allemand

Gui est probablement inspiré de deux personnages historiques, Gui de Spolète et Othon d'Allemagne.

Gui de Spolète (?-894) combat les Allemands en Italie.

Othon d'Allemagne (912-973), fondateur du Saint Empire germanique, fait à plusieurs reprises des incursions militaires en Italie. Il marche sur Rome et se fait couronner empereur par le pape Jean XII en 962. Son nom n'est pas mentionné dans *Le Couronnement*, mais il apparaît dans *Le Charroi de Nîmes* (*v.* 213).

PROBLÉMATIQUES

STRUCTURE ET COMPOSITION DU *COURONNEMENT DE LOUIS*

La composition du *Couronnement de Louis* a suscité de nombreuses études et des critiques, qui ne sont pas toujours élogieuses [Bédier, 1924 ; Hoggan, 1968 ; Frappier, 1965 ; Trottin, 1976 ; Schenck, 1978 ; Brault, 1984 ; Pickens, 1986 ; Bennett, 1989 ; Heinemann, 1994...]. En effet, la chanson donne une impression de disparate, puisqu'elle est composée de l'assemblage de différents épisodes ou "branches", de longueur variable. Mais cette apparente hétérogénéité ne contribue-t-elle pas à construire le sens de l'œuvre ? Les jeux de répétitions et de variations montrent en effet une progression très cohérente au fil des aventures de Guillaume.

UN POÈME DISPARATE ?

Cinq "branches"

Les différentes parties du *Couronnement de Louis* sont indiquées dans l'introduction de l'édition Langlois (p. iv). Rappelons, pour mémoire :

1°) Couronnement de Louis (*v.* 1-227)

2°) Attaque des Sarrasins contre Rome et combat de Guillaume contre Corsolt (*v.* 228-1380)

3°) Rébellion d'Acelin le Normand (*v.* 1381-2222)

4°) Lutte contre Gui l'Allemand (*v.* 2223-2649)

5°) Nouvelle révolte des vassaux contre le roi Louis (*v.* 2650-2695)

Ces branches indépendantes, poursuit prudemment Langlois, pourraient exister séparément. Peut-être cela a-t-il été le cas ; mais la version du *Couronnement de Louis* que nous connaissons est celle des manuscrits cycliques, lesquels recomposent les textes pour les intégrer à un ensemble plus vaste. Dans cette version, *Le Couronnement de Louis* est conçu comme une unité, ce que Joseph Bédier s'attache à démontrer, avec autant d'énergie que d'ironie, dans *Les Légendes épiques* :

> "En ce poème qui fut si souvent écartelé et mis en pièces, osons pour la première fois admirer l'unité de la structure et reconnaître que [...] le *Couronnement de Louis* [...] n'a de sens et de beauté, n'existe que par la solidarité qui le lie et qui dès l'origine le lia aux autres poèmes du cycle."
>
> [Bédier, 1924, p. 305]

Dans une perspective similaire, Jean Frappier voit dans le *Couronnement de Louis* "une épopée à tiroirs".

> "Mais, ajoute-t-il, ne doit-on pas se demander si ce procédé relativement facile de composition ne se trouve pas utilisé ici à bon escient, pour des raisons logiques et naturelles, et en fin de compte avec adresse et efficacité ?"
>
> [1965, p. 116]

De nombreux lieux

Autrement dit, la diversité des actions et des lieux nuit-elle réellement à la cohérence de l'œuvre ?

Ainsi, le récit commence à Aix-la-Chapelle, capitale du roi de France [épisode 1] :

> Quant la chapele fu beneeite a Ais... (*CL* 27)

Il se continue à Rome [épisode 2] :

> De ci a Rome n'aresta Fierebrace. (*CL* 271)

Lorsque Guillaume revient en France, il va en Brie, en direction de la ville de Tours :

> De ci en Brie n'arestent ne ne targent (*CL* 1449)
>
> De ci a Tors ne voldrent atargier (*CL* 1518)

Acelin et Richard une fois vaincus, il s'attache à accroître le royaume de Louis, en Poitou, à Bordeaux, à Pierrelate (selon Moisan [1986, t. II, p. 1323], "probablement Peralada, sur le versant espagnol des Pyrénées-Orientales"), à Saint-Gilles (dans le Gard)...

> **XLVLI**. Treis anz toz pleins fu Guillelmes li ber
> Dedenz Peitou la terre conquester (*CL* 2011-2012)
>
> **XLVIII**. Li cuens Guillelmes a la fiere persone
> S'en est tornez vers Bordels sor Gironde... (*CL* 2020-2021)

XLIX. Li cuens Guillelmes a l'aduré corage
S'en retorna par devers Pierrelate (*CL* 2025-2026)

L. Li cuens Guillelmes a la chiere membree
Vers Annadore a sa veie tornee ;
Saint Gile assalt a une matinee… (*CL* 2030-2032)

Il remonte ensuite vers la Bretagne et s'aventure en Normandie, où Richard tente de se venger de celui qui a tué son fils. Guillaume livre Richard au roi, qui réside alors à Orléans [épisode 3] :

Tote Bretaigne comence a costeier. (*CL* 2049)

Tresqu'a Roem ne se volt atargier… (*CL* 2054)

Tant ont par force espleitié et erré
Qu'il sont venu a Orliens la cité. (*CL* 2216-2217)

Puis il repart à Rome, qu'il doit libérer des armées de Gui l'Allemand, avec l'aide de Louis et de son armée [épisode 4] :

De ci a Rome ne se sont aresté. (*CL* 2279)

Quand ils reviennent en France, le roi se rend dans sa capitale, Paris, et Guillaume à Montreuil-sur-Mer, où il espère se reposer :

Vait s'en li reis a Paris la cité,
Li cuens Guillelmes a Mosteruel sor mer. (*CL* 2655-2656)

Pourquoi Montreuil ? Sans doute parce que Montreuil fut le lieu où s'exila Berthe, la mère de Louis le Gros, après avoir été répudiée, et où elle mourut en 1094. La ville, associée à la famille royale, est par excellence un lieu d'exil [Van Waard, 1946, p. 58].

Mais les nouveaux troubles qui agitent le royaume ramènent Guillaume à Paris. Il conduit le roi Louis à Laon (*CL* 2684) pour qu'il soit en sûreté [épisode 5] :

Il prent l'enfant que il ot a guarder,
Si l'en porta a Loon la cité… (*CL* 2683-2684)

Ce bref résumé de l'itinéraire de Guillaume suffit à souligner la diversité des lieux et des actions. Le roi lui-même ne cesse de se déplacer : ainsi, au début de la chanson, la capitale du royaume semble être Aix ; cependant, par la suite, Louis retourne, non plus à Aix, mais à Paris. Ce changement de lieu correspond en fait au changement de roi : Charlemagne siège à Aix, et la légende, évoquée dans les *Narbonnais*, veut même qu'il y soit enterré assis, prêt à reprendre le combat contre les ennemis de l'empire et de la chrétienté. Louis, tant bien que mal, est le roi de France et il s'installe dans des villes au cœur du royaume : si ce n'est Paris, c'est Orléans ou Laon. Jean Frappier y voit une autre explication :

"En réalité le trouvère se fait de la France une conception idéale. Il superpose consciemment dans son imagination et dans son œuvre la France de l'empire carolingien et la France du XIIe siècle, tantôt restreinte au domaine royal des Capétiens, tantôt approximativement étendue aux limites que lui attribuait le traité de Verdun (843). Cette sorte de synthèse historique et géographique n'est pas une exception dans l'épopée."

[FRAPPIER, 1965, p. 114]

Quant à Guillaume, ses déplacements dépendent de ceux du roi (il le rejoint à Tours puis à Orléans et à Paris), mais pas seulement, puisque ses expéditions romaines ne suscitent guère d'enthousiasme de la part de Charlemagne comme de Louis :

Li reis li done corroços et iriez… (*CL* 236)

Et Looïs comença a plorer. (*CL* 2247)

Si l'on schématise, les déplacements de Guillaume pourraient être résumés comme suit : 1°) France (Aix-la-Chapelle), 2°) Rome, 3°) France (le royaume entier, jusqu'à l'Espagne), 4°) Rome, 5°) France (Paris et Laon).

Dans cette perspective, la France apparaît au centre des préoccupations de Guillaume : il la quitte pour y revenir toujours et défend un royaume de France assurément en pleine mutation, mais dont il rejoint toujours le cœur.

Des ennemis divers

La diversité des lieux correspond à un grand nombre d'actions : Guillaume s'oppose dans le *Couronnement* à une multitude d'ennemis, pour des motifs multiples.

Le premier adversaire qu'il doit affronter est Arneïs, un chrétien qui ne devrait pas être un ennemi et que Guillaume ne veut d'ailleurs pas tuer :

Arneïs trueve molt bien apareillié
En talent ot qu'il li colpast le chief,
Quant li remembre del glorios del ciel,
Que d'ome ocire est trop mortels pechiez. (*CL* 124-126)

Il n'y a pas de combat, pas d'affrontement à proprement parler :

Il prent s'espee, el fuere l'embatié,
Et passe avant ; quant se fu rebraciez,
Le poing senestre li a meslé el chief,
Halce le destre, enz el col li assiet

L'os de la gole li a par mi brisié ;
Mort le trebuche a la terre a ses piez. (*CL* 128-133)

Or le héros épique affronte généralement son adversaire en armes, et c'est au cours du combat qu'il montre sa valeur. Ce premier épisode ne correspond donc en rien à l'habituelle représentation du guerrier épique ; pour autant, le geste devient caractéristique de Guillaume – surnommé Fierebrace –, qui le renouvelle dans le *Charroi de Nîmes* [ROUSSEL, 1982]. Après cette exécution, Guillaume ne manifeste pas de remords ou de regrets ; au contraire, il est certain d'avoir bien agi :

"Je te cuideie un petit chasteier,
Mais tu iés morz, n'en donreie un denier." (*CL* 140-141)

Le geste vise donc non à grandir le héros, mais à abaisser l'adversaire, indigne d'être combattu comme un chevalier, un procédé que Guillaume renouvelle contre Acelin.

Le deuxième adversaire de Guillaume est Corsolt, un géant sarrasin "hisdos come aversier" (*CL* 505). Le combat singulier met en valeur Guillaume, "petit ome" (*CL* 923) face au monstrueux Corsolt. Ce duel de la deuxième branche correspond donc davantage à la glorification du héros épique affrontant un ennemi largement plus fort que lui : Guillaume combat Corsolt sous les yeux des chrétiens et des Sarrasins réunis. Les péripéties du combat sont notamment commentées par les chrétiens qui en appellent ensuite à l'aide de Dieu :

Tuit cil de Rome s'escrient a esforz… (*CL* 937)

Tuit cil de Rome s'escrient a un ton… (*CL* 1060)

Tuit cil de Rome haltement s'escrïerent… (*CL* 1085)

La victoire du champion chrétien n'empêche en rien la mêlée que le duel était censé éviter. Là encore, Guillaume s'illustre :

Tuit cil de Rome s'en issent a un hu ;
Guillelmes s'est el premier renc tenuz,
Li gentilz cuens, si lassez come il fu […]
Mais sor toz altres fu Guillelmes cremuz. (*CL* 1205-1221)

Après avoir vaincu le roi Corsolt en combat singulier, il vainc le roi Galafre et son armée.

Retour en France, retour aux traîtres : le troisième adversaire de Guillaume est Acelin. L'affrontement entre les deux personnages est d'abord verbal, par l'intermédiaire d'un messager, Alelme. Mais, dès qu'ils sont en présence, le sort d'Acelin est scellé : alors que Bertrand veut le tuer à l'épée, Guillaume lui demande d'y renoncer et frappe Acelin d'une arme improvisée, un pieu arraché à une treille. Pourquoi ? Parce qu'un traître ne mérite pas de mourir en chevalier :

> "Bels niés", dist il, "ne l'adesez vos onques.
> Ne place a Deu, qui forma tot le monde,
> Que il ja muire par arme de prodome !
> Je l'ocirai ainceis a molt grant honte,
> Que tuit si eir en avront grant reproche." (*CL* 1926-1929)

Richard connaît donc un châtiment similaire :

> Richart trova a l'altel apoié ;
> Nel laissa mie por ce qu'iert al mostier :
> Le poing senestre li a meslé el chief,
> Tant l'enclina que il l'a embronchié ;
> Halce le destre, enz el col li assiet ;
> Tot estordi l'abati a ses piez,
> Que toz les membres li peüst on trenchier
> Ne remuast ne les mains ne les piez. (*CL* 1957-1964)

Comme Arneïs, Richard est dans un lieu saint, ce qui ne le protège pas le moins du monde ; comme Arneïs, il est d'abord frappé à la tête par le poing gauche de Guillaume, puis par le droit. Seule différence : Richard, seulement assommé puis tondu, a la vie sauve. C'est pour être à nouveau humilié lorsqu'il tentera, plus tard, de se venger de Guillaume. Fait prisonnier, il est livré à Louis et meurt en sa "chartre" (*CL* 2220-2222).

Le quatrième adversaire de Guillaume le ramène, avec l'armée du roi Louis, en la cité de Rome, occupée par les forces de Gui l'Allemand. Cette fois, l'affrontement commence par une mêlée entre les deux armées, suivie d'un combat singulier opposant Gui l'Allemand à Guillaume. Autrement dit, la structure de l'épisode est inversée par rapport au premier épisode romain. Mais le duel entre Gui et Guillaume n'est pas sans rappeler la lutte entre Guillaume et Corsolt : Guillaume rappelle son lignage, Gui lui propose une alliance, Guillaume souffre sous les coups de son adversaire, Gui est vaincu en dépit de son arrogance (*CL* 2510-2641). L'analogie entre les deux combats est faite par Guillaume lui-même :

> "Et je meïsmes une bataille en fis,
> En som cest tertre, a Corsolt l'Arabi,
> Le plus fort ome qui de mere fust vis.
> Si me colpa le nés desus le vis." (*CL* 2522-2525)

Au terme de ce duel, les partisans de Gui se rendent sans plus combattre, et Louis est couronné empereur.

La dernière branche évoque des "guerres" (*CL* 2679) en France, et ne donne pas à Guillaume d'adversaire précis. Il s'agit donc, une dernière fois, de combattre les traîtres au roi de France.

La diversité des ennemis et des lieux révèle ainsi, en définitive, une certaine cohérence : en France, Guillaume lutte contre la trahison, et la trahison se punit par une mort dégradante. D'autres ennemis, à Rome, méritent davantage d'efforts et d'exploits. Ainsi, la première branche répond à la troisième, la deuxième à la quatrième, la cinquième branche ayant, dans sa brièveté et son imprécision, plus valeur de conclusion au *Couronnement* [Trottin, 1976, p. 43]. Le *Couronnement* apparaît ainsi comme une œuvre circulaire, s'ouvrant et s'achevant sur le même motif du couronnement de Louis :

> Veit la corone qui desus l'altel siet :
> Li cuens la prent senz point de l'atargier,
> Vient a l'enfant, si li assiet el chief
> "Tenez, bels sire, el nom del rei del ciel,
> Qui te doinst force d'estre bons justiciers !" (*CL* 142-146)

> Par dedenz Rome fu Guillelmes li frans
> Prent son seignor tost et isnelement,
> En la chaiere l'assiet de maintenant,
> Sil corona del barnage des Frans. (*CL* 2642-2645)

Lieux	*Adversaires*	*Motif*	*Affrontement*
1. France (Aix)	Arneïs	Traître	Exécution sommaire => *premier couronnement de Louis*
2. Rome	**Corsolt** **Galafre**	**Païen** **Païen**	**Combat singulier** **Mêlée contre l'armée du roi Galafre**
3. France	Acelin Richard	Traître Traître	Exécution sommaire Exécution ébauchée, puis mort en captivité
4. Rome	**Gui l'Allemand**	**Envahisseur**	**Combat singulier, précédé d'une mêlée entre les deux armées** => *second couronnement de Louis*
5. France (Paris, Laon)	pas d'ennemi nommé	Traîtres	Guerres

Seule la deuxième branche a pour motif la défense de la chrétienté, tandis que les autres épisodes sont consacrés à la défense et à l'exaltation de la royauté. Mais Rome n'appartient-elle pas à l'empire de Charlemagne ? Défendre le siège de la chrétienté, c'est toujours défendre les possessions du roi :

> Par dreit est Rome nostre empereor Charle… (*CL* 885)

Pour être disparate, *Le Couronnement de Louis* n'est pour autant pas dépourvu de cohérence. Au contraire, la multiplication des épisodes ne ferait-elle pas sens ?

UN ÉTERNEL RECOMMENCEMENT

Ainsi, le *Couronnement de Louis* apparaît comme l'éternel recommencement des mêmes épreuves.

Le jeu des transitions

Le passage d'un épisode à l'autre permet souvent de souligner ce phénomène de répétition [TROTTIN, 1976].

Après avoir couronné Louis à Aix-la-Chapelle, Guillaume sollicite la permission de partir en pèlerinage à Rome :

> Devant le rei se vait agenoillier
> "Dreiz emperere, je vos demant congié,
> Car il m'estuet errer et chevalchier
> Tot dreit a Rome, por saint Pere preier
> Bien a quinze anz, a celer ne vos quier,
> Que m'i promis, mais ne poi espleitier.
> Cestui veiage ne vueil je plus laissier." (*CL* 229-235)

C'est le seul voyage que Guillaume fasse de sa propre volonté, et la façon dont il présente sa demande indique bien que le fait est exceptionnel : depuis quinze ans qu'il souhaite entreprendre ce pèlerinage, il n'en a pas eu la liberté. À peine arrivé à Rome, à peine entré en prière, Guillaume est interrompu dans ses dévotions :

> Al mostier fu Guillelmes Fierebrace.
> Messe ot chantee li apostoiles sages ;
> Quant il l'ot dite, si vienent doi message,
> Qui li aportent unes noveles aspres […]

Li apostoiles de neient ne se targe
Prist un baston, si le hurte en l'espalle,
Li cuens se drece, mostre li le visage. (*CL* 326-329 et 340-342)

Même la tranquillité du pèlerin lui est déniée.

Lorsque Rome est délivrée des armées sarrasines, Guillaume pense pouvoir s'établir :

Un dïemenche, quinze jorz aprés Pasques,
Esteit a Rome Guillemes Fierebrace,
Feme dut prendre et faire mariage [...]
Quant de vers France li sont venu message
Qui li aportent unes noveles aspres... (*CL* 1430-1434)

Des messagers font irruption dans une scène paisible pour annoncer des nouvelles si inquiétantes qu'elles brisent la quiétude à peine retrouvée, et interrompent définitivement l'action en cours : au jour même où son mariage aurait dû avoir lieu, Guillaume part au secours du roi.

Guillaume libère le roi, combat les traîtres, conquiert de nouvelles terres, livre au roi Richard de Normandie. Après tant d'efforts, il pense pouvoir se reposer :

Or se cuida Guillelmes reposer,
Vivre de bos et en riviere aler ;
Mais ce n'iert ja tant com puisse durer.
Es dous messages poignant toz abrivez... (*CL* 2223-2226)

Mais voilà que surgissent à nouveau les messagers porteurs de funestes nouvelles. À nouveau, Guillaume agit sans tarder : l'armée du roi est convoquée dans les quinze jours (2271) et Guillaume se met en route.

Enfin, après avoir vaincu Gui l'Allemand et être revenu en France, Guillaume imagine qu'il pourra se délasser :

Or se cuida Guillelme reposer,
Deduire en bos et en riviere aler ;
Mais ce n'iert ja tant com puisse durer,
Car li Franceis pristrent a reveler [...]
Uns mes le vait a Guillelme conter... (*CL* 2657-2660 et 2664)

Une fois encore, un messager porteur de mauvaises nouvelles interrompt ses rêves de repos : jamais de trêve, jamais de plaisirs ! Le héros doit combattre et se dévouer pour le bien du royaume. Ainsi, le seul moment de loisir que connaît Guillaume, c'est *avant* le couronnement de Louis :

Sempres fust reis quant Guillelmes i vient ;
D'une forest repaire de chacier.
Ses niés Bertrans li corut a l'estrier ;

Il li demande : “Dont venez vos, bels niés ?
— En nom Deu, sire, de la enz del mostier,
Ou j’ai oï grant tort et grant pechié.
Arneïs vuelt son dreit seignor boisier
Sempres iert reis, que Franceis l’ont jugié.
— Mar le pensa”, dist Guillelmes li fiers. (*CL* 113-121)

Dès lors que Charlemagne renonce à la couronne et qu’il est question de le remplacer par Louis, Guillaume n’a plus le temps de chasser : il doit constamment veiller à la sécurité du jeune roi. Aussi le texte montre-t-il une progression : la relative liberté de Guillaume se transforme en service pesant qui ne lui laisse plus un seul instant de loisir, pas plus pour sa vie personnelle que pour son simple délassement.

L’arrivée des messagers, inopinée, confère toujours un caractère d’urgence à la nouvelle mission qui incombe à Guillaume. C’est pour cette raison que les transitions d’une branche à l’autre paraissent brutales. Mais la chanson de geste n’est-elle pas un récit d’action ? Point de délai, de description, d’introspection : l’action ne souffre aucun retard. La même célérité se rencontre lorsque Guillaume part à la conquête de Nîmes ou d’Orange :

Vet s’en Guillelmes o sa compaigne bele ;
A Deu commande Francë et la Chapele,
Paris et Chartres, et tote l’autre terre.
Passent Borgoigne et Berri et Auvergne…
(*Charroi de Nîmes*, 782-785)

Vet s’en Guillelmes, li marchis au vis fier
Et Gilebert et Guïelin le fier.
Li quens Bertrans est retornez arrier,
Et cil s’en tornent, n’i ont plus delaié.
(*La Prise d’Orange*, 396-399)

Mais l’intensité dramatique est moindre. Dans *Le Couronnement de Louis*, lorsque les messagers arrivent, leur apparence trahit d’emblée l’urgence de la situation :

Es dous messages poignant toz abrivez ;
De Rome vienent, chevals ont toz lassez
Et recreüz, confonduz et matez. (*CL* 2226-2228)

Les mêmes vers, au lieu près, apparaissent au moment du mariage interrompu de Guillaume :

Es dous messages poignant toz abrivez
De France vienent, s’ont lor chevals lassez
Et recreüz, confonduz et matez. (*CL* 1384-1386)

Les chevaux épuisés annoncent la gravité de la nouvelle avant qu'elle soit dite. La scène est chargée d'émotion et de larmes :

> Guillelmes baise la dame o le vis cler,
> Et ele lui, ne cesse de plorer. (*CL* 1413-1414)
>
> De pitié plore Guillelmes Fierebrace… (*CL* 1441)
>
> Al departir en plore li barnages. (*CL* 1445)

La dame pleure le départ de son presque mari. Les barons semblent, à l'heure de son départ, pleurer le sort de Guillaume. Mais Guillaume, pourquoi pleure-t-il ? Ses larmes, dirait-on, sont dues au sort du roi : le héros ne s'apitoie pas sur lui-même.

Après de telles interruptions, la rapidité est de mise. Les voyages de Guillaume sont donc toujours faits dans la hâte :

> De lor jornees ne vos sai aconter
> Montjeu trespassent, qui molt les a lassez,
> Par Romenie se sont acheminé,
> De ci a Rome ne s'i sont aresté. (*CL* 279-281)
>
> Vait s'en li cuens, qui de riens ne se targe,
> Montjeu trespasse, qui durement le lasse.
> De lor jomees ne sai que vos contasse
> De ci en Brie n'arestent ne ne targent. (*CL* 1446-1449)
>
> De lor jornees ne vos sai aconter
> Montjeu trespassent qui molt les a penez,
> De ci a Rome ne se sont aresté. (*CL* 2277-2779)

La brutalité des transitions, loin d'être une maladresse, contribue ainsi à souligner l'éternel dévouement du héros sacrifiant sa personne au salut du roi et du royaume.

De nombreux échos

Si le sacrifice de Guillaume, toujours recommencé, est mis en exergue par le jeu des transitions, la similitude des épreuves qu'il affronte ne manque pas d'accentuer cette impression de répétition. À deux reprises, Guillaume doit libérer Rome (épisodes 2 et 4). À deux reprises, il livre un combat singulier contre un adversaire redoutable (2 et 4). À deux reprises, face à Corsolt, il prononce une prière du plus grand péril (2). À deux reprises, il rencontre des inconnus (un pèlerin, un portier) qui font l'éloge de son lignage, fidèle au roi légitime (3). À deux reprises, il abat son poing sur un traître (1 et 3). À deux reprises, il est interrompu dans ses dévotions (2 et 3) :

Li apostoiles de neient ne se targe
Prist un baston, si le hurte en l'espalle,
Li cuens se drece, mostre li le visage. (*CL* 340-342)

A tant es vos Gualtier, un clerc, ou vint :
Bien reconut Guillelme le marchis,
Desor s'espalle li a son deit assis :
Tant le bota que li cuens le senti.
Li cuens se drece, si li mostre le vis :
"Que vuels tu, frere ? guarde n'i ait menti." (*CL* 1683-1688)

À deux reprises, il relève le jeune Louis à genoux devant lui, le second épisode représentant une amplification du premier (1 et 3) :

Il vint al conte, si li cheï as piez.
Li cuens Guillelmes le corut redrecier… (*CL* 215-216)

Li gentilz abes l'en apela premier :
"Filz a baron, guarde ne t'esmaier :
Vei la Guillelme, va li cheeir al pié."
L'enfes respont : "Bels sire, volentiers."
Devant le conte se vait agenoillier,
Estreitement li a le pié baisié,
Et le soler que li cuens ot chalcié.
Pas nel conut Guillelmes li guerriers,
Car de clarté aveit pou al mostier :
"Lieve tei, enfes", ce dist li cuens preisiez… (*CL* 1724-1732)

À deux reprises, il couronne le roi Louis (1 et 4). À trois reprises, il le défend contre des traîtres à la royauté légitime (1, 3 et 5). Après chaque épreuve, il souhaite se reposer. Avant chaque épreuve, un messager surgit et sème la désolation. Cette variation autour des mêmes motifs va bien au-delà du jeu ordinaire de technique formulaire – dont *veit le Guillelme*, récurrent au premier hémistiche (*CL* 974, 1112, 1457, 1889, 1917, 1965, 2091, 2106, 2110, 2248, 2604, 2614), est un bon exemple –, et révèle implicitement que la tâche de Guillaume n'a pas de fin.

De plus, les mêmes vers reviennent à l'intérieur de la chanson, et ponctuent le récit à la manière d'un refrain latent. Si le procédé est courant pour les vers d'intonation, qui scandent à plaisir le nom de Guillaume dans le *Couronnement* (v. Repères), s'il est habituel dans l'enchaînement de deux laisses, il est moins banal à l'intérieur de la laisse. Il est pourtant extraordinairement fréquent dans *Le Couronnement*. Ainsi se répète le même supplice, en un chiasme antithétique :

Ardeir en feu ne (o/ou/et) en aive neier (*CL* 196, 533, 579, 587, 1868)

Les porteurs de mauvaises nouvelles sont des messagers

Qui li aportent unes noveles aspres (*CL* 329 et 1435)

La nouvelle est du reste toujours promesse de désespoir :

Ja conteront unes noveles tels
Dont mainz frans om fu le jor esfreez. (*CL* 324-325)

Mais il orront ancui altres noveles,
Qui lor seront doleroses et pesmes. (*CL* 1627-1628)

De même, la jeunesse du roi Louis est maintes fois répétée, par le traître Arneïs d'abord :

Mes sire est jovenes, n'a que quinze anz entiers… (*CL* 103)

Puis par Louis lui-même :

Et je sui jovenes et de petit eage (*CL* 259, 2408 et 2427)

Le roi pose une question, et donne la réponse dans la même laisse :

A il Franceis qui por mon cors le face ? (*CL* 2410)

N'i a Franceis qui por mon cors le face… (*CL* 2426)

Le trouvère annonce à son public la suite de l'histoire,

Com vos orrez ainz qu'il seit avespré… (*CL* 314 et 1383)

Com vos orrez ainz le soleil colchier (*CL* 1377, enchaînement avec la laisse qui suit)

Un événement passé, en l'occurrence la réconciliation entre Richard et Guillaume, peut être rappelé au discours direct par un personnage, en des termes très similaires au récit :

La paiz fu faite ainz qu'issist del mostier,
Si se baisierent veiant maint chevalier… (*CL* 1975-1976)

La paiz fu faite a Tors, enz el mostier ;
La nos baisames, veiant maint chevalier. (*CL* 2131-2132)

Dans *Le Couronnement de Louis*, tout se répond, tout se croise. Quel est le but de ce jeu d'échos, bien trop systématique pour relever de la maladresse du chanteur ? La construction en laisses parallèles, qui faisait la beauté classique de la *Chanson de Roland*, est remplacée dans le *Couronnement* par une composition en miroirs et reflets. Ainsi, chaque épisode répond à l'autre et l'amplifie : un roi qui s'agenouille devant son vassal, est-ce anodin ? C'est un enfant qui n'est pas encore investi par la fonction royale, peut-être. Mais un roi qui, une seconde fois, embrasse les pieds de son baron, c'est assurément un signe : il n'a pas la stature et la dignité d'un roi, telles que la laisse III du *Couronnement* a pris soin de les définir. Le baiser de paix échangé entre Guillaume et Richard est solennellement rappelé par Guillaume : si le Normand l'attaque, c'est une trahison devant Dieu et devant les hommes. Pour cette raison, Guillaume le traite sans aucun ménagement :

> Je ne te pris plus qu'un chien enragié. (*CL* 2142)

Dans le *Couronnement de Louis*, la répétition, amplification discrète et sinueuse, fait sens : les boucles du récit amènent le lecteur moderne à revenir en arrière, et à reconsidérer sa lecture. La formule allusive, le geste esquissé acquièrent, une fois réitérés, une nouvelle densité.

L'éternelle errance du héros

Or cette répétition des mêmes exploits, ce combat éternel contre les mêmes ennemis, tout le cycle de Guillaume le scande. *Le Couronnement* apparaît ainsi comme une sorte de mise en abyme de tout le cycle. La fin de la chanson insiste sur ce recommencement sans fin des mêmes épreuves : la dernière laisse, qui représente à elle seule l'épisode 5, décrit à dessein des événements vagues, dont la multiplication dit assez que les efforts de Guillaume se prolongent à l'infini. Il n'est plus question d'*un* ennemi précis, clairement identifié et nommé, mais *des* Français :

> Car li Franceis pristrent a reveler,
> Li uns sor l'altre guerreier et foler. (*CL* 2660-2661)

> Dedenz un an les ot il si menez
> Que quinze contes fist a la cort aler,
> Et qu'il lor fist tenir lor eritez
> De Looïs qui France ot a guarder… (*CL* 2689-2692)

La mention des quinze comtes dans les tout derniers vers de la chanson montre que Guillaume répète, de fief en fief, les mêmes combats. Plus n'est besoin de détailler : l'on sait, à la fin du *Couronnement de Louis*, à quel point tout épisode est amené à être revécu. L'on connaît aussi, depuis la fin de l'épisode 3, l'errance perpétuelle du chevalier au service de son roi, que les laisses XLVIII à L, similaires, mettent parfaitement en évidence : chaque laisse ouvre sur le nom de Guillaume, puis annonce un lieu (Bordeaux, Pierrelate, Annadore) et la soumission d'un homme puissant qui rend hommage à Louis (Amarmonde, Dagobert, Julien). Les noms, à la vérité, importent peu ; mais la répétition de la même action est significative : Guillaume n'a jamais de repos.

C'est une constante du héros épique. Ainsi, Charlemagne pleure à la fin de la *Chanson de Roland*, lorsque l'archange Gabriel l'envoie à nouveau combattre au secours de la chrétienté menacée :

Li emperere n'i volsist aler mie :
"Deus", dist li reis, "si penuse est ma vie !"
Pluret des oilz, sa barbe blanche tiret.
(*Chanson de Roland*, 3999-4001)

Au début d'*Aymeri de Narbonne*, ses hommes refusent de prendre Narbonne : chacun aspire à la paix, au repos, aux joies de la vie de famille, après avoir tant guerroyé. Le service du chevalier est donc régulièrement opposé à un humain désir de tranquillité – tranquillité à laquelle les héros du cycle de Guillaume d'Orange n'ont jamais droit. Dans le cycle de Narbonne, Aymeri, qui a conquis la ville sur les Sarrasins, doit sans cesse combattre leur retour : dans *Aymeri de Narbonne* même, ces derniers reviennent faire le siège de la ville. Chassés, ils tentent une nouvelle attaque dans la deuxième partie des *Narbonnais*, justement intitulée *Le Siège de Narbonne.* D'autres tentatives ont lieu dans *Le Siège de Barbastre* ou *La Mort Aymeri de Narbonne.* Aymeri doit sans cesse défendre son propre fief, et la guerre contre les Sarrasins n'a pas de fin. De même, dans *Aliscans*, la bataille est toujours recommencée : l'armée chrétienne une fois anéantie, il faut en constituer une autre et retourner au combat. Les larmes de découragement de Guillaume n'y changent rien (voir *Aliscans*, laisses L-LV, ou *La Chanson de Guillaume*, laisse CXLVIII). Tel est le destin du héros épique : toujours guerroyer, toujours souffrir, éventuellement mourir (comme Roland ou Vivien). Mais le sort de Guillaume est de survivre et de reprendre le combat. Aussi la répétition des mêmes épreuves, dans *Le Couronnement de Louis*, est-elle à l'image de l'ensemble du cycle.

À la différence d'Aymeri défendant Narbonne, ou des combattants d'*Aliscans* revenant toujours sur le même champ de bataille pour affronter les mêmes ennemis, Guillaume ne cesse, dans *Le Couronnement de Louis*, de voyager d'un adversaire à l'autre :

Puis fu Guillelmes tels treis anz toz entiers
Qu'il ne fu jorz, tant par fust halz ne fiers,
Que il n'eüst le brun helme lacié,
Ceinte l'espee, armez sor le destrier ;
A nule feste que on deüst preier,
Jor de Noel, que on deit sorhalcier,
Que il ne fust armez et halbergiez.
Grant peneance sofri li chevaliers
Por son seignor maintenir et aidier. (*CL* 2002-2010, avec reprise dans la laisse suivante)

Ces déplacements incessants, cette armée toujours en marche le rapprochent de son frère Aÿmer, connu dans le cycle pour être un chevalier errant : au moment de son adoubement, Aÿmer jure de combattre sans relâche les Sarrasins et de ne jamais passer la nuit sous un toit, dans une demeure confortable (*Les Narbonnais*, première partie, laisse LXXIV). Dans les chansons du cycle (par exemple, *Les Narbonnais*, *Le Siège de Barbastre*, *Aliscans*), on voit périodiquement surgir les troupes d'Aÿmer aux armes noires, ainsi que le rappelle Guillaume en se nommant à Corsolt :

> "Si est mes frere li gentilz Aïmers,
> Qui n'entre en loge ne feste chevroné,
> Ainz est toz jorz al vent et a l'oré,
> Et si detrenche Sarrazins et Esclers ;
> La vostre gent ne puet il point amer." (*CL* 826-830)

Le chevalier errant dévoué à l'exaltation de la chrétienté ne trouve-t-il pas son double dans son frère Guillaume, inlassablement dévoué à son roi ? Le motif de l'errance trouve ainsi également un écho dans l'ensemble du cycle.

Le recommencement des mêmes épreuves, caractéristique du *Couronnement de Louis*, apparaît comme un thème récurrent du cycle, à cette différence près qu'il est généralement dû à l'éternel retour des Sarrasins. Or dans le *Couronnement*, Guillaume combat surtout pour défendre le roi légitime, plus menacé que la chrétienté. En outre, les répétitions – de vers, de situations, de transitions – sont largement supérieures au rythme habituel dans le reste du cycle, d'où une impression d'insistance et d'urgence.

UN ÉLÉMENT DE TRAGÉDIE

Des personnages figés

Et si la cause est urgente, est-elle pour autant glorieuse ? L'éternel recommencement des mêmes épreuves ne serait-il pas dû au fait que les personnages, figés dans leur essence, vieillissent sans évoluer ?

Louis est un enfant : il n'a que quinze ans au début de la chanson (103, épisode 1). Le texte insiste sur son jeune âge, en l'appelant *enfant* à de nombreuses reprises (87, 144, 147, 214). Lui-même se dit *jovenes et de petit eage* (259), Guillaume l'appelle *dameisels* (217). Si l'on en croit le texte, cinq ans s'écoulent entre la tentative avortée d'Arneïs et la mort de Charlemagne (163). Louis devrait donc avoir une vingtaine d'années au moment où il appelle Guillaume à son secours. Pour autant, dans l'épisode 3, il est toujours considéré comme un *enfant* (1468, 1723, 1727, 1733,

1744, 1950), le *petit Looïs* (1460, 1497). Guillaume l'appelle toujours *dameisels sire* (1946). Ce petit Louis, il faut même le garder et le protéger :

> D'els ne se guarde li abes de franc lin
> Qui ot en guarde le petit Looïs. (*CL* 1496-1497)

Guillaume rappelle cette tâche à l'abbé :

> Mon dreit seignor vos voldreie laissier :
> Guardez le bien… (*CL* 1986-1987)

Louis n'est donc toujours pas un adulte autonome et responsable, il n'est toujours pas capable de se défendre, en dépit de son âge. Guillaume passe ensuite trois ans (2002, 2011) à soumettre les ennemis du roi, puis retourne à Rome combattre Gui l'Allemand. Au terme du *Couronnement*, Louis "est alors un homme de vingt-cinq ans" [Bédier, 1914, p. 289]. Pour autant, dans l'épisode 5, il est encore un enfant qu'il convient de protéger, comme s'il était incapable d'agir par lui-même :

> Il prent l'enfant que il ot a guarder (*CL* 2683)

Le temps qui passe, les dangers qui le menacent ne font rien à l'affaire : enfant il est, enfant il reste. Éternellement mineur, il est pourtant roi (2214, 2218, 2229…). Cette appellation ne lui est donnée qu'à partir du vers 2214, "précisément au moment où Richart est livré dans les fers à Louis dans sa ville d'Orléans, moment qui marque la fin des guerres contre les barons révoltés" [Hoggan, 1968, p. 323]. Le nom de roi ne lui confère pas la moindre autorité supplémentaire : le faible Louis continue de pleurer et de solliciter l'aide d'autrui.

> Et Looïs comença a plorer. (*CL* 2247)

> Tendrement plore desoz les pels de martre. (*CL* 2413)

Si les fourrures de martre indiquent la noblesse du personnage, ses larmes indiquent sa faiblesse. Louis pleure devant le danger, tout comme il pleurait d'angoisse au moment du départ de Guillaume pour Rome :

> Plorant apele Guillelme Fierebrace (*CL* 255)

Quel que soit son âge, il sollicite de l'aide, auprès de Guillaume afin qu'il le soutienne en son jeune âge (épisode 1, 256-260), afin qu'il le venge de Richart (épisode 3, 1950-1952) ou auprès de ses barons (épisode 4, 2410). Et il fait bien d'en demander, car la seule fois où on le voit sur un champ de bataille, c'est pour fuir :

> Et Looïs s'en vait fuiant a pié,
> De tref en autre se vait par tot mucier ;
> A sa voiz crie : "Bertrans, Guillelme, ou iés ?
> Filz a baron, car me venez aidier.
> Si Deus m'aït, or en ai grant mestier." (*CL* 2311-2315)

L'enfant grandit, mais ne devient pour autant ni un bon roi, ni un bon chevalier. Sans courage et sans noblesse, il est figé dans sa chétive stature d'être faible.

Quant à Guillaume, il est décrit comme un *bacheler* (2018), un jeune homme sans fief ni femme. Le pape lui conseille pour cette raison d'épouser la fille du roi Gaifier :

> "Sire", dist il, "prendrai je la moillier ?
> — Oïl, bels sire, de gré et volentiers.
> Bachelers estes, de terre avez mestier." (*CL* 1367-1369)

Ce statut ne laisse pas d'étonner pour un homme suffisamment âgé pour avoir un neveu en âge de combattre : Bertrand, fils de son frère Bernard, l'accompagne tout au long de la chanson et rêve de jouter à l'égal de son oncle. De surcroît, Guillaume attend depuis quinze ans (233) de pouvoir faire un pèlerinage. Il est bien considéré comme un chevalier expérimenté, puisque c'est à lui que Charlemagne recommande son fils :

> Et altre chose te vueil, filz, acointier,
> Que, se tu vis, il t'avra grant mestier
> Que de vilain ne faces conseillier [...]
> Mais de Guillelme le nobile guerrier... (*CL* 204-209)

Il est pourtant *bacheler*, en dépit de ses qualités, de ses combats, de son expérience, et demeure, dans tout le *Couronnement*, le fils d'Aymeri (210) :

> J'ai nom Guillelmes li marchis, a nom Dé,
> Filz Aimeri, le vieil chenu barbé... (*CL* 818-819)

> J'ai non Guillelme, fill le conte Aimeri,
> Cel de Narbone, le preu et le hardi. (*CL* 2516-2517)

C'est ainsi qu'il est décrit et perçu :

> Et se i fust Aimeris li guerriers,
> Voz gentilz pere, qui tant fait a preisier,
> Et tuit vo frere, qui sont bon chevalier,
> Ne l'osereient en bataille aprochier. (*CL* 570-573)

Guillaume semble ainsi rester dans l'ombre de son père, absent du *Couronnement* mais le dominant par son prestige. Autrement dit, il n'évolue pas davantage que Louis, bien qu'il soit sans cesse au combat et en mouvement. Enfermés dans leur rôle, les personnages subissent la répétition des mêmes événements. Sans doute rêveraient-ils, l'un et l'autre, d'échapper à leur sort ; mais leur destin est tel qu'ils sont voués à leur fonction de roi pour l'un, de protecteur pour l'autre.

Une relation qui évolue

Si les rôles de l'un et de l'autre sont figés, la relation entre Louis et Guillaume évolue pourtant. Au début de la chanson, Guillaume est tout dévoué à Louis, auquel il promet son aide :

> Se me mandez par seels et par chartre,
> O par tel ome qui bien en seit creables,
> Ja ne lairai por nul ome que sache
> Ne vos secore o mon riche barnage. (*CL* 264-267)

Il a, semble-t-il, la naïveté de croire que son seigneur pourrait l'aider en retour. Lorsqu'il apprend l'invasion sarrasine à Rome, il songe d'abord à demander l'aide de son roi :

> Ainz nos covient porquerre un messagier,
> A Looïs le covient enveier,
> Que il nos vieigne et secorre et aidier… (*CL* 361-363)

Non seulement il se passe de toute aide, mais encore il se précipite au secours de Louis dès que la nouvelle lui parvient du danger où il se trouve. C'est en effet son devoir, lui dit le pape :

> En peneance vos vueil je comander
> Que Looïs vo seignor secorez.
> C'iert granz damages s'il est deseritez. (*CL* 1408-1410)

Guillaume obéit, renonce à son mariage (grâce auquel il aurait cessé d'être un simple *bacheler*), se porte au secours de Louis dont il exauce le moindre désir (laisse LXVI). Puis il continue ses efforts, seul : alors qu'il combat pour asseoir l'autorité du roi, le roi ne se bat pas à ses côtés. Ces sacrifices ne font pas fléchir Guillaume, toujours dévoué au roi :

> Car en grant peine vueil ma jovente user.
> Ainz que cist reis n'ait ses granz eritez. (*CL* 2213-2214)

Pourtant, il se lasse et devient critique :

> Hé, povre reis, lasches et assotez,
> Je te cuidai maintenir et tenser
> Envers toz cels de la crestiienté,
> Mais toz li monz t'a si coilli en hé
> En ton servise vueil ma jovente user
> Ainz que tu n'aies totes tes volentez. (*CL* 2249-2254)

Au dévouement de Guillaume s'ajoute une certaine amertume : il a cru pouvoir maintenir le roi, mais comment défendre un roi contre sa propre incompétence, qui le rend haïssable par le monde entier ? Contrairement à Charlemagne qui pleurait de lassitude à la perspective de la prochaine bataille,

Louis pleure à l'idée de combattre Gui l'Allemand… alors que jamais il n'a combattu. Lâche et bête, il est pourtant le seigneur légitime que Guillaume doit servir. Le sacrifice librement consenti au début de la chanson se fait alors pesant, d'autant plus que la guerre contre Gui l'Allemand montre Louis sous un jour de plus en plus défavorable. Il fuit sans se battre, *a pié* (2311) : comme roi, conformément à ses devoirs, il devrait commander ses troupes ; comme chevalier, conformément à son rang et à sa dignité, il devrait être à cheval et non à pied comme un simple soldat. Guillaume, parti fourrager, redresse la situation et transforme la victoire de Gui en défaite. Après cette bataille, Gui réclame un combat singulier que Louis esquive également, en réclamant le secours de ses barons. La réserve de ces derniers le fait fondre en larmes, ce qui exaspère Guillaume :

> Toz armez entre en la tente de paile
> Et veit le rei qui sospire en granz lairmes
> Quant il le veit, a pou que il n'enrage.
> Lors li escrie, oiant tot le barnage :
> "Hé ! povres reis, li cors Deu mal te face !
> Por quei plorez ? Qui vos a fait damage ?" (*CL* 2416-2421)

Pauvre roi que sert Guillaume ! Désormais, il le méprise ouvertement et le maudit : quelle gloire peut-on trouver à soutenir un pareil monarque, qui n'a même pas la présence d'esprit de solliciter son meilleur champion ? La réaction de Guillaume laisse présager la future ingratitude de Louis, tout en soulignant sa bêtise :

> "Reis", dist Guillelmes, "li cors Deu mal te face !
> Por vostre amor en ai fait vint et quatre :
> Cuidiez vos donc que por ceste vos faille ?
> Nenil, par Deu ! Je ferai la bataille.
> Tuit vo Franceis ne valent pas meaille." (*CL* 2429-2431)

Et s'il n'en reste qu'un, il sera celui-là : pas un Français, pas un chrétien, ne désire aider un tel roi. Même Bertrand, fidèle aux mêmes valeurs, né du même lignage, finit par rêver d'abandonner le service du roi :

> Respont Bertrans : "Car le laissiez ester.
> Car laissons France, comandons l'a malfé,
> Et cestui rei, qui tant est assotez :
> Ja ne tendra plein pié de l'erité."
> Respont Guillelmes : "Tot ce laissiez ester :
> En son servise vueil ma jovente user." (*CL* 2669-2673)

Chimérique tentation, car il faut bien défendre le roi légitime en dépit de tout, et Guillaume ne renonce pas. Plus qu'une personne, il défend une certaine idée de la royauté. Désormais, le sacrifice de Guillaume devient tragique. Il offre sa vie à un idéal qui ne se réalisera pas en Louis, et il le sait.

> "Ne peut-on découvrir un élément de tragédie dans le sacrifice toujours consenti de Guillaume ?"
>
> [FRAPPIER, 1965, p. 286, repris dans FRAPPIER, 1968, p. 119]

Selon David Hoggan, le revirement de Guillaume envers Louis lors de l'affrontement avec Gui est le "nœud stylistique du poème tout entier" [HOGGAN, 1968, p. 328] :

> "Nous venons de voir que la seule raison suggérée par le poète pour motiver cette évolution dramatique dans les rapports entre Guillaume et Louis, évolution qu'il marque avec tant de soin, c'est que Louis est dès lors arrivé à un âge où l'on était en droit de s'attendre à un comportement plus viril de sa part [...]. Il n'est certainement plus un mineur dans la réalité, quoiqu'il le reste, indignement, au point de vue psychologique, tout au long du récit."
>
> [HOGGAN, 1968, p. 329]

Plus le roi est petit et plus Guillaume est grand. Qu'il combatte l'ennemi païen, c'est après tout le devoir de tout chevalier. Qu'il défende le faible contre le fort, l'enfant roi seul contre la coalition des barons, c'est encore son devoir de chevalier. C'est l'attitude qu'il adopte spontanément dans le *Charroi de Nîmes*, lorsque les droits du jeune Béranger sont menacés. Mais défendre un roi sans qualités tient plus de l'épreuve que du devoir. Quoique figé dans son rôle, Guillaume acquiert ainsi progressivement une grandeur tragique. Guerrier prodigieux autant qu'inlassable, il se distingue également par une force morale hors du commun. À quoi se sacrifie-t-il ? À la défense d'un roi qu'il découvre bête, lâche et faible. Pourquoi ce sacrifice absurde ? Parce qu'au-delà de la personne, Guillaume défend la royauté et le royaume. La terre qu'il arpente sans relâche, c'est la France. La couronne qu'il protège, c'est encore la France. Guillaume, à lui seul, s'attache à préserver le prestige de la France, tel que les premières laisses de la chanson le décrivent :

> **II.** [...] Quant Deus eslut nonante et nuef reiames,
> Tot le meillor torna en dolce France.
> Li mieldre reis ot a nom Charlemaine ;
> Cil aleva volentiers dolce France ;
> Deus ne fist terre qui envers lui n'apende ;
> Il i apent Baiviere et Alemaigne
> Et Normandie et Anjou et Bretaigne
> Et Lombardie et Navarre et Toscane.

III. Reis qui de France porte corone d'or
Prodom deit estre et vaillanz de son cors ;
Et s'il est om qui li face nul tort,
Ne deit guarir ne a plain ne a bos
De ci qu'il l'ait o recreant o mort :
S'ensi nel fait, donc pert France son los ;
Ce dit l'estoire coronez est a tort. (*CL* 12-26)

La France est un grand royaume, le meilleur de tous ; elle s'incarne à travers son roi, Charlemagne, le meilleur de tous. Si le roi vient à changer, s'il n'est ni *prodom* ni *vaillanz*, la France en pâtit. Dès lors, il convient de pallier les faiblesses du premier pour sauver la grandeur de la seconde. C'est ainsi que Guillaume s'emploie à anéantir tous ceux qui font du tort au roi, en tant qu'il est la vivante incarnation du royaume. Couronné à tort, sans doute, Louis n'en est pas moins le seul roi légitime : il n'y a pas d'autre voie pour Guillaume que celle qui consiste à donner son temps et sa vaillance à son roi.

L'annonce du *Charroi de Nîmes*

Bien que le *Couronnement de Louis*, entrelaçant les motifs, soit de construction circulaire, voire sinueuse, ses épisodes vont *crescendo* pour exalter la gloire de Guillaume. La fin de la chanson semble donc, dans cette perspective, lourde de sens. Elle est particulièrement abrupte :

En grant barnage fu Looïs entrez :
Quant il fu riches Guillelme n'en sot gré. (*CL* 2694-2695)

Ainsi, les efforts de Guillaume sont couronnés de succès : il parvient à rendre à Louis la puissance qui doit être celle du roi de France. Mais ce succès est amer, car il conduit à ajouter l'ingratitude à la liste déjà longue des défauts de Louis. La composition du *Couronnement de Louis* trouve donc son apogée dans l'annonce du *Charroi de Nîmes*, où Guillaume rappelle tout ce qu'il a fait pour le jeune roi sans en retirer la moindre récompense personnelle.

Le *Charroi* débute comme un écho au *Couronnement*. Le récit commence au moment où Guillaume, revenant de la chasse, apprend de Bertrand les dernières nouvelles de la cour :

Li cuens Guillelmes reperoit de berser
D'une forest ou ot grant piece esté. [...]
En mi sa voie a Bertran encontré,
Si li demande : "Sire niés, dont venez ?"
Et dist Bertrans : "Ja orroiz verité :
De cel palés ou grant piece ai esté ;
Assez i ai oï et escouté..."

(*Charroi de Nîmes*, 17-18 et 31-35)

Les circonstances sont analogues au début du *Couronnement* :

Sempres fust reis quant Guillelmes i vient ;
D'une forest repaire de chacier.
Ses niés Bertrans li corut a l'estrier ;
Il li demande : "Dont venez vos, bels niés ?
— En nom Deu, sire, de la enz del mostier,
Ou j'ai oï grant tort et grant pechié." (*CL* 113-118)

C'est ainsi que Guillaume apprend que Louis a distribué des fiefs, et qu'il l'a oublié :

"Dex ! dit Guillelmes, comme ci a longue atente
A bacheler qui est de ma jovente !"

(*Charroi de Nîmes*, 88-89)

Toujours *bacheler*, Guillaume entreprend de rappeler à Louis les sacrifices qu'il a faits pour lui : pour le servir, il a renoncé à la fille du roi Gaifier et aux terres que lui aurait rapportées ce mariage (laisse III) et il a livré maints combats (laisses IV-VIII, v. Repères). Tout en redisant ses exploits – autre effet d'écho contribuant à unir étroitement les deux chansons –, il en revient au constat établi à la fin du *Couronnement* : le roi Louis est un lâche, un incompétent et un ingrat. Il ne sait pas se battre :

"De ceus de Rome ne te daignas gaitier ;
Monté estoient plus de quinze millier,
Devant ton tref s'en vinrent por lancier [...]
D'un tref en autre t'en fuioies a pié
En la grant presse, com chetif lïemier.
A haute voiz forment escriiez :
'Bertran, Guillelmes, ça venez, si m'aidiez !'
Lors oi de vos, dans rois, molt grant pitié."

(*Charroi de Nîmes*, 229-231 et 235-239)

Cette allusion extrêmement fidèle au *Couronnement* (*v.* 2311-2315) souligne l'indignité du roi autant que le dévouement de Guillaume. Mais tandis que le chevalier ne se plaint jamais de son sort dans le *Couronnement*, il énumère dans le *Charroi* l'ensemble de ses griefs, notamment son dénuement, et semble osciller entre colère et désespoir :

"... Tant t'ai servi que le poil ai chanu.
N'i ai conquis vaillissant un festu,
Dont en ta cort en fusse mielz vestu ;
Encor ne sai quel part torne mon huis"

(*Charroi de Nîmes*, 257-260)

Le *Charroi* apparaît ainsi comme l'amère conclusion du *Couronnement* : la *jovente* de Guillaume, encore évoquée dans les premiers vers du *Charroi*, laisse la place aux cheveux blancs. Le service incessant de Guillaume n'a jamais reçu la moindre récompense, à tel point qu'il ne sait comment nourrir son cheval, voire comment se vêtir correctement. On ne saurait rêver de héros plus grand ni de roi plus petit.

La tragédie initiée dans le *Couronnement* se continue donc dans le *Charroi*, où elle finit par se dissoudre dans la comédie. Guillaume, en effet, n'obtient pas satisfaction du roi ; mais il entreprend de se conquérir un fief sur les païens et, pour ce faire, déguise toute son armée au cours d'une sorte de joyeux carnaval. La tension accumulée dans le *Couronnement* et dans la première moitié du *Charroi* se résout ainsi à la satisfaction de tous, grâce à Guillaume et à son neveu Bertrand qui trouvent une solution là où le roi n'en trouve pas. Dans le *Couronnement*, cette issue heureuse et libératrice n'est pas encore envisagée : la chanson se termine sur l'ingratitude du roi, motif repris et amplifié au début du *Charroi*. Le sacrifice de Guillaume est alors complet : il a sacrifié son temps, son énergie, son épanouissement personnel à un roi qui lui donne à peine les moyens de vivre à sa cour. Au lieu d'être célébré pour ses exploits, Guillaume est raillé pour sa pauvreté. Quelle leçon faut-il en tirer ?

"Ensi vet d'ome qui sert mauvés seignor :
Quant plus l'alieve, si i gaaigne pou."

(*Charroi de Nîmes*, 303-304)

Maintenant que Louis est un roi incontesté, Guillaume peut reconnaître qu'il n'est pas bon de servir un mauvais roi.

Il semble donc difficile de considérer que le *Couronnement de Louis* soit constitué de branches disparates. Sa composition, complexe, est fondée sur la répétition et la variation des mêmes motifs. Faisant des boucles sur lui-même, le poème souligne le retour des mêmes épreuves. L'effort de Guillaume n'a pas de fin : le héros, pareil à "une force qui va", ne cesse de combattre et de chevaucher. Mais cette circularité de l'œuvre, où le roi Louis est couronné deux fois, au début et à la fin, se combine avec la progression du héros : de grand, Guillaume devient sublime, car il prend progressivement conscience qu'il se sacrifie pour un roi indigne. Il persiste pourtant, seul contre tous, certain d'œuvrer pour le bien du royaume et de la royauté. Lorsque le seigneur est faible, son vassal doit être fort à sa place. Vaillant au combat, Guillaume est héroïque dans son renoncement de soi et dans sa fidélité en un idéal disparu avec Charlemagne. La tension croissante entre le vassal et le roi trouve son paroxysme dans la chanson qui suit, *Le Charroi de Nîmes* : la composition de l'œuvre se comprend à l'échelle du cycle, dans lequel on relève de nombreux échos au *Couronnement.* Ainsi, le *Couronnement de Louis* apparaît comme la chanson fondant la gloire de Guillaume, fils d'Aymeri.

L'ÉPISODE DU COURONNEMENT (ÉPISODE 1, *v.* 1-227) : D'UN DOUBLE *CHASTOIEMENT* À UNE DOUBLE ROYAUTÉ ?

La première branche du *Couronnement de Louis* représente non seulement le début de la chanson, mais aussi le début de l'histoire épique de Guillaume, dans la mesure où la chanson des *Enfances Guillaume* est un texte postérieur (composé au XIIIe siècle).

Contexte historique. La chanson du *Couronnement*, sans doute "composée entre 1131 et 1150 au plus tard" [FRAPPIER, 1968, p. 59], ne fait pas tant référence au couronnement de Louis le Pieux, fils de Charlemagne en 813, qu'à celui de Louis VII, couronné enfant en 1131 du vivant de son père Louis VI le Gros :

> Avec le grossissement et les simplifications de l'épopée, le poème reflète surtout la réalité politique du XIIe siècle, et plus précisément, la destinée assez incertaine encore de la dynastie capétienne à l'époque où s'achevait le règne de Louis VI le Gros, alors que son héritier, le futur Louis VII, pouvait apparaître comme trop frêle pour le poids de la couronne. La cérémonie dans la chapelle d'Aix évoque le sacre de Louis VII à Reims en 1131 autant ou plus que l'événement de 813.
>
> [FRAPPIER, 1964, p. 195]

Les similitudes entre l'histoire et la légende sont en effet nombreuses :

> Les historiens de l'époque célèbrent à l'envi la magnificence et la pompe de la cérémonie de Reims où le jeune Louis fut couronné au milieu du grand nombre de hauts dignitaires qui s'étaient assemblés au concile. Ce qui a frappé surtout les imaginations, c'est la présence du pape [...]. Louis était un frêle enfant de dix ans que les textes

appellent *puerulus* ou *puer.* Quelques années après son avènement, le pape le traite encore comme un petit écolier qu'il faut instruire et corriger [...]. L'impression qu'il a faite sur les prélats et les grands réunis à Reims a dû ressembler au portrait du fils de Charlemagne que nous offre le *Couronnement.*

Comme Charlemagne dans le poème, Louis VI a survécu cinq à six ans au sacre de son fils, puisqu'il est mort en août 1137.

Est-il téméraire de supposer qu'entre 1131 et 1137, disons vers 1136, lorsque Louis le Gros "usé" par sa vie rude de guerrier avait déjà un pied dans la tombe, et que ses familiers voyaient avec angoisse approcher le jour où un enfant de quinze ans, intelligent, mais moine plutôt que roi, aurait à tenir tête à tous les troubles que provoquait ordinairement une succession, un poète de talent, fervent partisan de la monarchie, eut l'idée d'écrire un roman qui célébrerait la fidélité au roi légitime, héréditaire, même si ce roi était jeune, faible, peureux ?

[Van Waard, 1946, p. 55]

Ainsi, le premier épisode du *Couronnement* semble avoir un solide fondement historique, lequel conduit à s'interroger sur la portée politique du récit.

Structure. L'épisode se décompose comme suit :

— Le prologue (*v.* 1-26) donne la parole au trouvère, qui vante sa chanson, chante le royaume de France et définit sa conception de la royauté. Jean Frappier considère que le prologue se termine au vers 11 [Frappier, 1961, p. 159], mais en revenant quelques années plus tard à cette étude du prologue, il le prolonge jusqu'au vers 26 [Frappier, 1965, p. 59 *sq.*]. À son tour, Philip Bennett est tenté d'allonger le prologue aux laisses suivantes :

Selon l'auteur des *Chansons de geste du Cycle de Guillaume d'Orange*, le "prologue" ne se constitue que des trois premières laisses : le "poète" annonce l'excellence du poème (1) ; l'*exemplum* patriotique (2) ; la leçon à tirer du poème (3). Quant à moi, je suis de l'avis que la situation ambiguë des laisses 4 et 5 de la rédaction AB dans la structure de la chanson, l'omission desquelles dans les rédactions C et D ne semble pas être sans signification, nous oblige à les considérer comme appartenant autant au "prologue" qu'au premier épisode du poème. Puisqu'il s'agit d'une charnière constituée par les deux premières laisses d'une série de laisses similaires dont la troisième figure sans ambiguïté au premier épisode narratif, cette double appartenance à deux domaines distincts du texte a une importance toute particulière pour la "mise en chant"

> du programme idéologique du poème. Le glissement (ou l'oscillation) des laisses 4 et 5 entre le texte même et ce que Gérard Genette a appelé le péritexte auctorial donne une force peu commune au message politique que le lecteur-auditeur est invité à intérioriser.
>
> [BENNETT, 1997, p. 297-298]

Pour autant, et même si le trouvère intervient encore dans la laisse IV, la réflexion théorique cesse après le vers 26, et le récit commence ("Quant la chapele fu beneeite a Ais...", *CL* 27).

— Puis commence le récit du couronnement de Louis à proprement parler (*v.* 27-159). La cérémonie, longue d'une journée, est dominée par la figure de Charlemagne qui prodigue ses conseils à son jeune fils.

— Un délai de cinq ans (*CL* 163) sépare le jour du couronnement de celui où Louis reçoit de nouvelles recommandations de son père, et obtient de Guillaume la promesse d'être secouru en toutes circonstances (*v.* 160-227).

Ce premier épisode représente une réflexion sur le pouvoir royal, tant de la part du trouvère que de la part de Charlemagne qui monopolise la parole : que doit être un roi ? qui est le roi ? Mais en creux, c'est aussi le rôle du vassal qui se définit. Aussi pourrait-on voir cet épisode comme un double *chastoiement*, une double définition de l'exemplarité d'un roi et d'un vassal.

Le *chastoiement* est un discours, généralement prononcé par un homme expérimenté, rappelant à un homme plus jeune en quoi consistent les devoirs de la fonction qu'il s'apprête à remplir. Souvent prononcé au moment d'un adoubement, il est ici formulé par Charlemagne à l'occasion du couronnement de son fils.

Si le mot de *chastoiement* n'apparaît pas dans la chanson, celle-ci se présente bien comme un *essemple* (*CL* 10), c'est-à-dire comme un récit visant à offrir un enseignement moral :

> Le poème du *Couronnement* est un *essemple*, parce qu'il doit servir à illustrer une doctrine politique et qu'il constitue une leçon sur les devoirs des rois, un "miroir" (E.R. Curtius), une "somme" de la royauté.
>
> [FRAPPIER, 1965, p. 64-65]

Encore faudrait-il que cette ambitieuse exemplarité, définie par l'empereur comme par le trouvère et exigée des différents protagonistes, puisse se réaliser dans les faits...

L'EXEMPLARITÉ ROYALE : CE QUE DOIT ÊTRE UN ROI

Les discours de Charlemagne ainsi que le prologue du trouvère permettent de définir ce à quoi doit ressembler un roi idéal. Le propos se fait sentencieux, déontique : un roi a des devoirs plus que des droits.

Rendre justice

Avant tout, le roi doit rendre justice. C'est dans ce but que **Charlemagne** rassemble sa cour, avant même qu'il soit question de transmettre la couronne à son fils :

> Por la justice la povre gent i vait ;
> Nuls ne s'i claime que tres bon dreit n'i ait. (*CL* 31-32)

La première image du roi dans le *Couronnement* est donc celle d'un roi rendant justice et rassemblant autour de lui tout son peuple, les puissants comme les petits.

Louis est appelé à remplir ce même rôle : il ne doit

> "Ne orfe enfant retolir le suen fié,
> Ne veve feme tolir quatre deniers..." (*CL* 83-84)
>
> "Par tel covent le puisses retenir
> Qu'a orfe enfant ja son dreit ne tolir,
> N'a veve feme vaillant un angevin..." (*CL* 152-154)
>
> "Quant Deus fist reis por pueple justicier,
> Il nel fist mie por false lei jugier, [...]
> Ne orfe enfant por retolir son fié,
> Ne veve feme tolir quatre deniers..." (*CL* 175-179)

La triple recommandation de Charlemagne appelle le futur roi à respecter le droit des faibles (un orphelin, une veuve sans défense), qu'il s'agisse de seigneurs (possédant un fief) ou de pauvres (soucieux de leurs deniers). La justice du roi est féodale :

> [...] ce devoir de protection des orphelins est ici compris au sens purement féodal et non humanitaire : il ne s'agit pas de fonder des orphelinats, de recueillir ou de protéger les orphelins démunis, mais de ne pas saisir le fief d'un feudataire, à la mort de celui qui le tenait, lorsque celui-ci a des héritiers, même très jeunes.
>
> [FLORI, 1998, p. 134]

Il n'en demeure pas moins que le roi rend justice pour tous et sait se mettre au niveau de tous :

> "Envers le povre te deis umeliier ;
> Se il se claime, ne te deit enoier,
> Ainceis le deis aidier et conseillier,
> Por l'amor Deu de son dreit adrecier..." (*CL* 182-185)

Selon Huguette Legros, cette justice est favorable aux vavasseurs, même si le terme lui-même n'apparaît pas dans le texte :

> Louis VI le Gros a forcé les petits vassaux à la fidélité par l'octroi de fiefs ou par le respect de leurs droits (l'hommage pour ces fiefs prévaut alors sur l'hommage vassalique et Louis VI est ainsi parvenu, en favorisant certains lignages fidèles, à se créer une clientèle). De plus, ces passages nous font penser à ce qu'écrit Suger dans la *Vie de Louis VI le Gros* : le roi est responsable de la justice de son royaume et doit se montrer équitable.
>
> [LEGROS, 1984, p. 68]

Le roi assure ainsi la cohésion du royaume et son harmonie :

> "Tes chevaliers pense de chiers tenir ;
> Par els seras onorez et serviz,
> Par totes terres et amez et cheriz." (*CL* 157-159)

Ainsi, le roi, accessible à tous, fait preuve de justice autant que de bonté. Son véritable ennemi, ce sont les injustices :

> "Ainz deit les torz abatre soz ses piez." (*CL* 180)

Défendre la chrétienté

Louis est couronné, non pas seulement roi de France, mais aussi **empereur de Rome** :

> "Filz Looïs, vei ici la corone
> Se tu la prenz, emperere iés de Rome..." (*CL* 72-73)

Il doit donc combattre pour défendre la chrétienté et même l'accroître :

> "Tu puez en ost bien mener cent mile omes,
> Passer par force les aives de Gironde,
> Paiene gent craventer et confondre,
> Et la lor terre deis a la nostre joindre." (*CL* 74-77)

La référence à Rome est loin d'être anodine : au XIIe siècle, elle rappelle le temps lointain où Charlemagne, couronné en 800 par le pape Léon III, a été empereur d'Occident. Son empire a été disloqué après la mort de son fils Louis, et l'empire ne renaît qu'en 962, lorsqu'Otton Ier de Saxe se fait couronner à Rome empereur du Saint Empire romain germanique :

> La fondation de l'empire romain germanique ne pouvait provoquer au royaume de France qu'un sentiment de frustration [...]. En tout cas il est sûr qu'au temps de Louis VI le Gros et de l'abbé Suger la royauté française, affermie, commence à manifester davantage sa volonté de concurrence avec l'empereur allemand. Cette politique ira en s'accentuant au cours du XIIe et du XIIIe siècle.
>
> [FRAPPIER, 1964, p. 203]

L'empire romain évoque donc non seulement la défense de la foi chrétienne mais aussi les revendications et les ambitions de la royauté française.

Aux combats s'ajoute **une exemplarité morale**. Jean Flori souligne en effet le parallèle entre les devoirs du roi et les devoirs de l'homme :

> En tant que souverain chrétien, il se doit de montrer l'exemple d'une bonne conduite morale, l'exemplarité de sa vie privée étant en quelque sorte la source et le garant de son bon comportement en tant que roi.
>
> [FLORI, 1998, p. 134]

Le roi doit être fidèle aux commandements de la foi et ne pas commettre de péché :

> "Par tel covent **la** te vueil je doner :
> Tort ne luxure ne pechié ne mener..." (*CL* 64-65)
>
> "Se tu deis prendre, bels filz, de fals loiers,
> Ne desmesure lever ne essalcier,
> Faire luxure ne alever pechié..." (*CL* 80-82)
>
> "Quant Deus fist reis por pueple justicier,
> Il nel fist mie por [...]
> Faire luxure, ne alever pechié..." (*CL* 175-177)

Les conseils du père, toujours trois fois répétés, se font sur une modalité injonctive, avec emploi de l'infinitif prohibitif et référence à l'indiscutable volonté de Dieu. Le roi doit être un exemple pour tous : il suit les commandements de l'Église, se consacre à son service, pour la plus grande gloire de Dieu et pour son salut :

> "Et sainte eglise pense de bien servir,
> Que ja deables ne te puisse honir." (*CL* 155-156)

Incarner son royaume

Enfin, **la grandeur du roi est aussi celle de son royaume** : qui offense le roi abaisse également la gloire de la France. La douceur, la mesure, l'harmonie recherchée quand il s'agit de rendre justice ne sont plus de mise dès lors que l'autorité du roi est remise en question. Charlemagne préconise la plus grande férocité :

> "Vers l'orgoillos te deis faire si fier
> Come liepart qui gent vueille mangier
> Et s'il te vuelt de neient guerreier [...],
> Se le puez prendre ne a tes mains baillier,
> N'en aies onques manaide ne pitié,
> Ainceis li fai toz les membres trenchier,
> Ardeir en feu ou en aive neier..." (*CL* 186-196)

Le roi ne doit pas accepter la moindre remise en cause de son autorité. Si celle-ci n'est pas indiscutable, c'est admettre qu'il pourrait ne pas être obéi, voire qu'un autre que lui pourrait être roi. S'il veut conserver sa fonction, il doit donc être inflexible. De plus, la France elle-même est atteinte à travers la figure royale :

> S'ensi nel fait, donc pert France son los ;
> Ce dit l'estoire coronez est a tort. (*CL* 25-26)

Ces deux vers représentent la conclusion du prologue, conclusion pour le moins assertive et catégorique. Charlemagne, qui, pragmatique, envisage les rapports de force entre le roi et ses barons, ne revient pas sur le lien entre le roi et son royaume ; mais pour le trouvère, il faut que le roi soit grand pour que le pays le soit aussi. Aussi insiste-t-il avec force sur la nécessaire puissance du roi.

Toutefois, il est clair que le roi ne peut être puissant seul, ce que souligne Jean Flori dans son étude du *chastoiement* de Charlemagne dans le *Couronnement* :

> Le roi, nous dit l'empereur Charles, doit bien *tenir* son royaume. Entendons par là qu'il doit être fort, capable d'imposer son ordre, son autorité. Et c'est en cela qu'il a besoin de ses vassaux, de ses hommes, de ceux, précisément dont il aura su préserver les fiefs.
>
> [Flori, 1998, p. 135]

La chanson de geste s'attache ainsi à décrire **un système politique structuré** et, dans l'idéal, équilibré : les barons peuvent s'appuyer sur le roi, lequel peut compter sur leur aide.

Le premier épisode du *Couronnement de Louis* peut donc se lire comme une leçon de politique : il insiste sur la nécessaire grandeur du roi qui fait régner pour tous ordres, justice et vertu, afin de mieux pouvoir défendre la chrétienté et accroître la gloire de son propre royaume.

Mais cette définition du pouvoir royal s'incarne-t-elle en Louis ? Si les devoirs d'un roi sont clairs, il est moins évident de comprendre ce qui en fait la légitimité. Louis, couronné pendant l'épisode, est-il un roi légitime ? Qu'est-ce qui rend un roi légitime ?

Sa hardiesse ?

• Une nécessaire hardiesse

Si la hardiesse est une qualité pour un roi guerrier, alors Arneïs pourrait faire un bon roi. Sa proposition d'assurer la régence, en lieu et place d'un héritier qu'il écarte ouvertement pour sa jeunesse et sa lâcheté, ne manque pas d'audace :

> "Mes sire est jovenes, n'a que quinze anz entiers,
> Ja sereit morz quin fereit chevalier.
> Ceste besoigne, se vous plaist, m'otreiez,
> Tresqu'a treis anz que verrons comment iert.
> S'il vuelt proz estre ne ja bons eritiers,
> Je li rendrai de gré et volentiers,
> Et acreistrai ses terres et ses fiez." (*CL* 103-109)

Pour l'heure, Louis n'est ni vaillant ni bon héritier, déclare Arneïs, qui en conclut qu'il peut s'attribuer le pouvoir. "Orgoillos et fiers" (*CL* 100), il ne déplaît pas à Charlemagne qui accède immédiatement, et sans hésitation, à sa demande. Le récit souligne pourtant qu'Arneïs est un *losengier* prononçant des *losenges* (*CL* 101), comme sa parentèle (*CL* 111), et il paraît évident à Bertrand qu'Arneïs veut "son droit seignor boisier" (*CL* 119). Si Charlemagne ne perçoit pas cette trahison évidente aux yeux des spectateurs, c'est qu'il est déçu par la pusillanimité de son fils, et que la hardiesse d'Arneïs, par constraste, lui apparaît sous un jour favorable.

Le roi ne doit-il pas non seulement conquérir le pouvoir, mais savoir le conserver ? Aussi Charlemagne conseille-t-il à son fils d'être sans pitié envers les rebelles :

> "Car se Franceis te veient entrepiez,
> Diront Normant en nom de reprovier :
> 'De si fait rei n'avions nos mestier.
> Mal dehé ait par mi la croiz del chief
> Qui avuec lui ira mais osteier,
> Ne a sa cort ira por corteier !'" (*CL* 197-202)

L'allusion aux Normands fait allusion à la suite de la chanson, avec la rébellion d'Acelin, mais aussi aux difficultés des rois de France à les soumettre. Le discours prêté aux Normands souligne combien ces vassaux indisciplinés sont prompts à mépriser la faiblesse : force et hardiesse s'avèrent donc nécessaires pour régner.

• Un jeune homme faible, sauvé par Guillaume

Mais Louis n'a justement pas la hardiesse de s'avancer pour prendre la couronne :

> Ot le li enfes, ne mist avant le pié. (*CL* 87)

Il lui suffit d'entendre les exigences du métier de roi pour hésiter, là où un *bacheler* brûle ordinairement d'affronter les pires dangers (ainsi Roland dans *Aspremont*, Aymeri dans *Girart de Vienne*...). Le jeune Louis n'a rien de l'impétuosité qui caractérise généralement la jeunesse dans la chanson de geste : la suite de la chanson le montre bien incapable de dompter la rébellion normande. Privé de sa liberté, il est sauvé par Guillaume qui tue Acelin et soumet Richard ; de même, seul Guillaume a la hardiesse de s'avancer pour interrompre le couronnement d'Arneïs :

> "Mar le pensa", dist Guillelmes li fiers.
> L'espee ceinte est entrez el mostier,
> Desront la presse devant les chevaliers :
> Arneïs trueve molt bien apareillié... (*CL* 121-124)

La suite du *Couronnement* le montre, et ce premier épisode le laisse présager : Louis ne brille pas par sa hardiesse, ni même par sa présence. Il est en effet presque toujours muet, sa seule intervention se limitant, sur les conseils de son père, à solliciter l'aide de Guillaume (*CL* 215-223). Il ne prend donc, de tout l'épisode, aucune initiative, et ne prend la parole que pour avouer sa faiblesse. De fait, il est loin d'avoir l'autorité et le rayonnement de Charlemagne et semble incapable de s'imposer face aux barons. Sa légitimité semble dès lors discutable.

Sa naissance ?

La naissance de Louis, fils de Charlemagne, le rend-elle davantage légitime à exercer le pouvoir ?

• Une royauté héréditaire

Charlemagne se propose de céder sa couronne à son fils, selon la coutume des rois francs qui transmettent leur royaume de leur vivant :

“Charles li maines a molt son tens usé,
Or ne puet plus ceste vie mener.
Il ne puet plus la corone porter :
Il a un fill a cui la vuelt doner.” (*CL* 53-56)

La royauté est donc héréditaire. C’est la volonté de Charlemagne, c’est le vœu de l’archevêque qui annonce la nouvelle, et c’est également le désir des barons :

Quant cil l’entendent, grant joie en ont mené ;
Totes lor mains en tendirent vers Dé :
“Pere de gloire, tu seies mercïez
Qu’estranges reis n’est sor nos devalez !” (*CL* 57-60)

Les seigneurs présents à la cour de Charlemagne se réjouissent du couronnement de Louis, largement préférable à un roi étranger, qui ne leur inspirerait pas la même confiance. Il y a sur ce point une totale unanimité. Cette transmission de la couronne assure une certaine stabilité :

“Filz Looïs, ne te celerai mie,
Or avras tot mon reiame en baillie,
Aprés ma mort, si Deus me beneïe.
Qui me guerreie, bien sai qu’il te desfie,
Cil qui me het, bien sai ne t’aime mie…” (*CL* 166-169)

La transmission héréditaire du pouvoir contribue à maintenir les alliances politiques et les haines, tout en évitant l’incertitude à la mort du roi en place : elle est donc rassurante pour l’ensemble du royaume et de ses habitants.

• Des doutes anéantis par la ferme intervention de Guillaume

Le principe de la royauté héréditaire est pourtant remis en question par Arneïs autant que par Charlemagne, tout prêt d’accepter les propositions de son baron. L’empereur remet même sa paternité en doute, tant Louis le déçoit :

“Delez ma feme se colcha paltoniers
Qui engendra cest coart eritier.” (*CL* 91-92)

La transmission héréditaire de la couronne n’est donc pas aussi naturelle qu’elle aurait pu le paraître : la légitimité de Louis à devenir roi est remise en question par celui-là même qui veut la lui transmettre. “Coart eritier”, Louis semble disqualifié avant d’avoir prononcé un seul mot. Il n’en demeure pas moins que le principe d’une royauté héréditaire est cher au trouvère comme au héros. Plus loin, lorsqu'Acelin prétend devenir roi, Guillaume lui dénie ce droit :

> "Richarz tes pere ne porta onc corone." (*CL* 1915)

Quel est ce paradoxe ? Une chanson semblant défendre la royauté héréditaire remet en question la légitimité du successeur qu'elle propose… Comme le démontre Dominique Boutet, cet apparent paradoxe ne vise qu'à insister sur ce principe supérieur qu'est l'hérédité de la couronne :

> […] il n'est pas question ici des dispositions naturelles, caractérologiques pourrait-on dire, de l'héritier ; ce dont il s'agit, c'est de sa capacité à maintenir, par son action royale, la gloire, le "los" de la France. Un mauvais héritier peut devenir un bon roi, par la vertu du sacre. Et si, comme on le verra pour Louis, tel n'est pas le cas, il suffira, pour la gloire de la France et le prestige de la royauté, qu'un grand personnage, "prodom" et "vaillanz de son cors", se dévoue au roi corps et âme. Or – et c'est ici que le cercle se referme – ce dévouement ne saurait être une simple relation d'homme à homme : seul le principe supérieur de l'hérédité de la couronne peut lui insuffler cette vigueur. Voilà pourquoi, malgré les prétendues contradictions du texte, Louis n'est pas couronné à tort. Guillaume n'est pas seulement le soutien du jeune roi et le représentant de l'hérédité absolue de la couronne. Il est la *justification* de cette théorie : aucun roi "étranger" n'aurait pu susciter semblable dévouement.
>
> [Boutet, 1992, p. 59]

Dans l'esprit de Guillaume, il n'y a pas de place pour le doute : Louis est son "dreit seignor" (*CL* 136) et il s'adresse à lui en le nommant "bels sire" (*CL* 145). Peu importe l'incompétence du jeune roi, peu importent les possibles compétences d'Arneïs, rien de tout cela n'entre en ligne de compte.

Dieu ?

• Le sacre, une cérémonie religieuse

Enfin, le couronnement du jeune Louis a lieu après la messe, dans une église (la couronne est placée sur l'autel [*CL* 48]), devant un grand nombre d'hommes de Dieu :

> **V.** Cel jor i ot bien dis et uit evesques,
> Et si i ot dis et uit arcevesques ;
> Li apostoiles de Rome chanta messe.
>
> **VII.** Cel jor i ot bien vint et sis abez… (*CL* 39-41 et 45)

Le pape en personne est présent à Aix-la-Chapelle. C'est un archevêque qui prend la parole – et s'adresse à la "crestiienté" (*CL* 51) – pour annoncer la transmission de la couronne du père au fils. Le changement de roi est ainsi visiblement soutenu et encadré par l'Église.

• La toute-puissance de Dieu

Dieu lui-même a créé les royaumes et fait la grandeur de Charlemagne :

> Quant Deus eslut nonante et nuef reiames,
> Tot le meillor torna en dolce France.
> Li mieldre reis ot a nom Charlemaine ;
> Cil aleva volentiers dolce France ;
> Deus ne fist terre qui envers lui n'apende… (*CL* 12-16)

La puissance du roi ne dépend donc pas uniquement de son autorité propre, de son énergie ou de sa hardiesse. Tout dépend de la volonté de Dieu :

> Deus est prodom, qui nos governe et paist (*CL* 36)

Si Louis est couronné, c'est nécessairement par la volonté de Dieu, qui fait les royaumes et les rois.

• L'intervention de Guillaume

Or aucun ecclésiastique n'intervient pour soutenir Louis, le pape venu célébrer la messe ne se prononce pas sur le choix du roi : aucun de ces nombreux dignitaires de l'Église ne prend ouvertement parti pour la monarchie héréditaire que représente le choix de Louis. C'est peut-être parce que la papauté elle-même n'est pas hostile à un changement dynastique, qui lui permettrait plus facilement d'asseoir son autorité sur le nouveau roi [Boutet, 1992, p. 59]. Dieu se manifeste-t-il davantage ? Il n'y a pas de miracle, pas d'intervention apparente du divin pour se prononcer en faveur ou en défaveur de Louis, contrairement à *La Chanson de Roland* ou à *La Chevalerie Ogier* où un archange apparaît au roi pour lui donner une mission ou pour le conseiller… à moins que le miracle ne soit l'irruption de Guillaume sur le lieu du couronnement. Ce n'est pas le pape qui couronne Louis, c'est le vassal qui couronne le roi, au nom de Dieu :

> Veit la corone qui desus l'altel siet :
> Li cuens la prent senz point de l'atargier,
> Vient a l'enfant, si li assiet el chief :
> "Tenez, bels sire, el nom del rei del ciel,
> Qui te doinst force d'estre bons justiciers !" (*CL* 142-146)

Dieu, qui a fait la puissance de Charles, veut que Louis soit faible : son couronnement même l'atteste. Alors que Charlemagne invite son fils à se saisir lui-même de la couronne, sans se laisser couronner par quelque puissance temporelle que ce soit :

> "Pren la corone, si seras coronez..." (*CL* 69)

Celle-ci passe par les mains de Guillaume qui la pose sur la tête de Louis.

La scène du couronnement est donc ambiguë, en ce qu'elle définit un idéal royal dont chacun sait que Louis n'y correspond pas. C'est un *essemple* présentant un roi qui n'a rien d'exemplaire. Pourtant, si Louis n'a pas les qualités humaines pour être roi, il est de fait héritier de la couronne par la naissance et par la volonté de Dieu. Chaque remise en question de sa légitimité est par conséquent contrée par la figure de Guillaume, hardi guerrier et fervent défenseur du roi, incarnation de la volonté de Dieu sur terre.

L'EXEMPLARITÉ D'UN LIGNAGE ET D'UN HOMME

Contrairement à celles du roi, les qualités de Guillaume dans cette première branche du *Couronnement* ne font aucun doute.

Un lignage exemplaire

• Un lignage fidèle

Charlemagne recommande à son fils de s'appuyer sur la noblesse, qui lui sera seule fidèle :

> "Et altre chose te vueil, filz, acointier,
> Que, se tu vis, il t'avra grant mestier :
> Que de vilain ne faces conseillier,
> Fill a prevost ne de fill a veier :
> Il boisereient a petit por loier..." (*CL* 204-208)

Cette critique des *vilains*, qu'on ne retrouve pas dans la suite de la chanson (le pèlerin et surtout le portier sont les alliés de Guillaume et soutiennent le roi légitime), est un faire-valoir du lignage de Guillaume ; car le jeune Louis doit se faire aider...

> "... de Guillelme le nobile guerrier.
> Fill Aimeri de Narbone le fier,

Frere Bernart de Brubant le guerrier :
Se il te vuelent maintenir et aidier,
En lor servise te puez molt bien fiier." (*CL* 209-213)

Si Charlemagne mentionne non seulement Guillaume mais aussi sa parentèle, c'est que dans la geste de Guillaume d'Orange, le lignage narbonnais se distingue par son immuable fidélité au roi (v. Repères). Dans *Le Couronnement de Louis*, Guillaume est toujours accompagné de Bertrand, le fils de Bernard de Brubant. Son père et ses frères, absents du récit, sont pourtant nommés par Charlemagne, ce qui permet de rappeler la force et l'unité du lignage.

• Une nouvelle génération

Guillaume et Bertrand apparaissent en effet comme fidèles au jeune roi, qu'ils nomment leur "dreit seignor" (*CL* 119, 136). Les deux chevaliers vivent à la cour de Charlemagne, l'un présent à la cour, l'autre revenant de la chasse. Ils ne possèdent rien en propre. Selon Huguette Legros, Guillaume

> est le porte-parole d'une classe d'âge qui devient, de fait, une classe sociale et ce n'est pas un hasard si la fonction de sacrer Louis lui est dévolue. Il a toutes les qualités morales et physiques pour être le garant d'une monarchie héréditaire ; il est prêt à se rallier au principe de la royauté quelle que soit la personne du roi : il a tout à gagner à cette conception qui mettra en valeur son courage et sa fidélité [...]. En fait, il est le porte-parole de toute une couche de la féodalité qui n'a plus rien à espérer des grands féodaux et qui se tourne vers la monarchie dont le pouvoir s'affirme.
>
> [LEGROS, 1984, p. 69]

Les jeunes gens représentent donc une nouvelle génération prête à se dévouer au service du nouveau roi, de même que dans l'univers épique la vieillesse de Charlemagne coïncide avec la vieillesse d'Aymeri. Incarnation d'un lignage mais aussi d'une classe sociale, ils sont mis en valeur par le jeune roi, qui de son côté a besoin d'eux. Dans cette nouvelle génération, les deux lignages se complètent donc à merveille :

"Vostre lignages a le mien essalcié." (*CL* 149)

déclare Charlemagne à Guillaume. Mais en grandissant Louis, Guillaume se grandit lui-même. Un nouveau couple épique se constitue ainsi dans le cycle de Guillaume, après l'association complémentaire entre oncle et neveu, mari et femme : celui du roi faible et du vassal puissant.

Une entrée en scène fracassante

L'entrée en scène de Guillaume, dans ce premier épisode, n'en fait-elle pas d'emblée un personnage de premier plan ?

Reflet de celle du *Charroi de Nîmes*, elle décrit **un personnage impétueux** qui n'hésite pas un instant avant d'agir. Au récit fait par Bertrand, Guillaume répond par ces seuls mots, puis il passe à l'assaut :

> "Mar le pensa", dist Guillelmes li fiers.
> L'espee ceinte est entrez el mostier,
> Desront la presse devant les chevaliers... (*CL* 121-123)

Prompt à l'action, il entre tout armé dans une église, et bouscule tous les spectateurs assemblés : on ne saurait imaginer d'entrée en scène plus éclatante pour le héros, qui intervient à la dernière minute, juste avant que ne soit commis l'irréparable :

> Sempres fust reis quant Guillelmes i vient (*CL* 113)

Véritable *deus ex machina*, il résout l'aporie de ce couronnement, où l'on recherche un prétendant légitime *et* hardi : que Louis soit le roi légitime, et il sera hardi et vaillant pour lui ! De surcroît, c'est lui qui accomplit le geste de couronner Louis. Dans *Le Charroi de Nîmes*, il entre dans la grand-salle en faisant trembler le parquet (*v.* 55-56), furieux contre un roi qui l'oublie ; mais au début du *Couronnement*, sa colère est muette et dirigée contre les ennemis du roi. Sans une parole, sans un reproche, Guillaume fracasse la tête d'Arneïs. C'est seulement une fois que celui-ci est mort qu'il rappelle, devant lui, les devoirs du vassal :

> "Por quei voleies ton dreit seignor boisier ?
> Tu le deüsses amer et tenir chier,
> Creistre ses terres et alever ses fiez." (*CL* 136-139)

Tel est le programme de Guillaume dans la suite du *Couronnement.*

Le "cassage de gueule", selon la formule de Jean RYCHNER [1955, p. 138], contribue également à **créer le personnage de Guillaume** :

> Autant qu'on puisse en juger d'après les textes conservés, c'est le trouvère du *Couronnement* qui a rendu plus pittoresque le signalement épique de Guillaume [...] en faisant [...] de *Fierebrace* le spécialiste du coup mortel asséné sur la nuque avec le poing droit, le poing gauche maintenant par les cheveux la tête de la victime dans la position appropriée [...] l'assommade par le poing droit [...] est réservée au châtiment des traîtres et revêt ainsi une signi-

fication morale. Avouons toutefois qu'avivée ainsi d'une verve pittoresque l'épopée ne gagne pas en majesté, si elle ne risque plus guère de se guinder.

[Frappier, 1965, p. 163-164]

Homme d'action, Guillaume est un héros énergique et plaisant : la pesante scène du couronnement, où chacun suspend son souffle en attendant un geste de Louis et pleure en voyant sa passivité, devient vivante, animée, et presque drôle, tant le *chastoiement post mortem* de Guillaume est inapproprié à la solennité de l'instant. Avant son arrivée, l'atmosphère est au deuil :

Por lui plorerent maint vaillant chevalier,
Et l'emperere fu molt grains et iriez... (*CL* 88-89)

Après son intervention, Charlemagne est à nouveau joyeux :

Veit le li pere, de son enfant fu liez... (*CL* 147)

La vitalité de Guillaume fait contraste avec la passivité de Louis et de tous les autres protagonistes, Bertrand y compris, lequel se contente de jouer auprès de Guillaume le rôle d'un informateur. Ainsi, la scène du couronnement, tout en montrant un roi effacé et effrayé, s'attache à mettre en valeur le vassal.

Une promesse

• Un engagement

Enfin, la première branche du *Couronnement* est le lieu d'une promesse. Sur les recommandations de Charlemagne, Louis sollicite l'aide de Guillaume :

Il vint al conte, si li cheï as piez.
Li cuens Guillelmes le corut redrecier ;
Il li demande : “Dameisels, que requiers ?
— En nom Deu, sire, et manaide et pitié. [...]”
Respont li cuens : “Par ma fei, volentiers.”
Il li jura sor les sainz del mostier
Ja n'en avra vaillant quatre deniers,
S'il ne li done de gré et volentiers. (*CL* 215-227)

La scène est étonnante : un roi couronné, fût-il enfant, tombe aux pieds de son vassal. Cette humilité est-elle excessive ? Guillaume ne s'en formalise pas, à la différence de l'épisode tourangeau. Le roi est jeune, et Guillaume, en bon chevalier, protège le faible contre le fort, comme il le fera aussi au début du *Charroi de Nîmes* en prenant la défense de l'enfant Béranger que Louis veut déposséder de son fief. C'est ainsi qu'il affiche envers Louis une bienveillance extrême, et satisfait à sa demande sans rien demander en retour. Il s'engage donc par une promesse solennelle, "sor les sainz del mostier", de se donner entièrement au service de son roi.

• Un destin

Cette promesse engage le destin de Guillaume, de la même façon que le vœu de Vivien au moment de son adoubement scelle son sort. Par la suite, Guillaume persiste à servir Louis, même alors qu'il n'a plus aucune confiance en ses capacités et en sa reconnaissance :

> Respont Bertrans : "Car le laissiez ester.
> Car laissons France, comandons l'a malfé,
> Et cestui rei, qui tant est assotez :
> Ja ne tendra plein pié de l'erité."
> Respont Guillelmes : "Tot ce laissiez ester :
> En son servise vueil ma jovente user." (*CL* 2669-2674)

Ce service désabusé se rencontre à l'identique dans les autres chansons où Guillaume est à nouveau confronté au roi Louis (*Charroi de Nîmes*, *Aliscans*, *Moniage Guillaume*). Sans doute Guillaume est-il engagé par ses valeurs et par ses convictions ; mais sa promesse l'oblige également à soutenir Louis contre tout espoir d'amélioration, même alors que Bertrand, pourtant narbonnais également, pourtant également fidèle à une royauté héréditaire, souhaite abandonner Louis à ses errements. Le vœu de Guillaume engage ainsi son destin.

La première branche du *Couronnement* trace donc tout l'avenir épique du héros : déjà défini par son lignage, le personnage de Guillaume se construit ici entre tragédie et comédie. Entraîné par son destin, dévoué tout entier à une cause, Guillaume garde malgré tout une personnalité dynamique et souriante, plus encline au rire qu'aux larmes.

EN GUISE DE CONCLUSION : COURONNEMENT DE LOUIS, COURONNEMENT DE GUILLAUME ?

Si l'exemplarité de Guillaume est certaine, celle de Louis est d'emblée mise en doute : plus le texte insiste sur les nécessaires qualités du roi, plus l'on devine que Louis ne les a pas. C'est ainsi que s'engage la tragédie du *Couronnement* : un homme de valeur est enchaîné au service d'un roi faible, qui ne le vaut pas. Si l'on fait de ce premier épisode une lecture politique, le lignage prime la valeur. Mais d'un point de vue symbolique, on peut se demander si cela ne revient pas à couronner Guillaume.

Guillaume couronné

Wagih AZZAM [2001, p. 169-170] fait ainsi remarquer que la définition du roi par Charlemagne trouve sa correspondance dans la personne de Guillaume. À son fils, Charlemagne déclare :

> "Vers l'orgoillos te deis faire si fier
> Come liepart qui gent vueille mangier" (*CL* 186-187)

Le trouvère, plus loin dans le récit, écrit à propos de Guillaume :

> Vers orgoillos se faiseit molt tres fiers,
> Come lieparz qui gent deie mangier… (*CL* 1932-1933)

Si le roi est offensé, il doit convoquer son armée, affirme l'empereur :

> "Et s'il te vuelt de neient guerreier,
> Mandez en France les nobles chevaliers
> Tant qu'en aiez dusqu'a trente miliers…" (*CL* 188-190)

Or, pour défendre le royaume menacé, Guillaume convoque une armée :

> Li cuens Guillelmes fu molt bons chevaliers :
> Par mi la terre a ses briés enveiez,
> Si fait mander les barons chevaliers ;
> Ainz que passast quinze jors toz entiers
> En assembla plus de trente miliers… (*CL* 1996-2000)

Ces effets d'écho, dont on sait le parti qu'en tire le trouvère du *Couronnement*, sont-ils l'effet du hasard ? Sans doute pas. De plus, la couronne, qui symbolise la royauté, ne doit être touchée que par celui qui accepte la fonction de roi. Charlemagne insiste sur ce point avec force :

> "Pren la corone, si seras coronez ;
> O se ce non, filz, laissiez la ester :
> Je vos defent que vos n'i adesez. (*CL* 69-71)

S'ensi vuels faire, je te doins la corone ;
O se ce non, ne la baillier tu onques. (*CL* 78-79)

Se tu deis prendre, bels filz, de fals loiers, [...]
Ceste corone de Jesu la te vié,
Filz Looïs, que tu ne la baillier." (*CL* 80 et 85-86)

Or ce sont les mains de Guillaume qui prennent la couronne... pour la poser sur la tête de Louis. Le geste, on le voit, est là encore ambigu, d'autant que Guillaume acquiert par la suite une stature véritablement royale.

Aussi est-il possible de voir dans Guillaume une sorte de roi masqué : sa promesse l'engage à servir Louis, mais il remplit de fait toutes les fonctions royales. Joël Grisward ne voyait-il pas déjà en Aymeri une "royauté masquée" [GRISWARD, 1989] ? Son lignage prestigieux, sa force et sa hardiesse, sa piété, son dévouement envers les faibles et les opprimés, tout qualifie Guillaume pour remplir cette fonction. Le héros, qui s'adresse directement à Dieu dans les prières du plus grand péril (voir épisode 2), qui est, dans le *Couronnement* et dans tout le cycle qui lui est consacré, un guerrier renommé (voir épisode 2, 3, 4, 5) combattant d'ailleurs à l'aide de Joyeuse, l'épée de Charlemagne, qui peut occasionnellement s'occuper de rassembler de la nourriture (voir épisode 4) : il conduit les *forriers*, vers 2285, 2289, 2316 pour nourrir l'armée, et il affirme plusieurs fois son goût pour la chasse (v. Problématiques. Structure et composition, Un éternel recommencement, Le jeu des transitions), participe des trois fonctions. Or le roi, dans le système trifonctionnel indo-européen, représente la synthèse des trois fonctions. Dans cette perspective, *Le Couronnement de Louis* serait plutôt un couronnement de Guillaume, le premier épisode fournissant la démonstration de son aptitude à régner, tant il ressemble au roi rêvé par Charlemagne.

Cette royauté, toutefois, reste masquée : à la différence d'Arneïs qui cherche à obtenir la couronne pour lui, Guillaume n'aspire pas à un pouvoir personnel. La couronne, il la laisse à Louis (épisode 1). Les richesses, il les dédaigne (épisode 2). La souveraineté, il la refuse (épisode 4). Il affirme toujours son désintéressement, face à Corsolt :

"Veir", dist li Turs, "tu as molt fier pensé.
Se tu voleies Mahomet aorer,
Et le tuen Deu guerpir et desfier,
Je te donreie onor et richeté
Plus que n'ot onques trestoz tes parentez.
— Gloz", dist Guillelmes, "Deus te puist mal doner !
Que ja par mei n'iert mais Deus desfiez." (*CL* 806-812)

comme face à Gui :

> "Iés tu ce, va, Guillelmes li marchis,
> Cil de Narbone, filz al conte Aimeri !
> Faisons la paiz et seions bon ami,
> Et je et tu avrons Rome a tenir.
> — Gloz", dist Guillelmes, "Deus te puist maleïr !
> Por preechier ne vin je pas ici ;
> Je ne vueil mie mon dreit seignor traïr,
> Je nel fereie por les membres tolir." (*CL* 2529-2536)

Mais ce que Guillaume dit, ses actes le démentent : il se conduit bien comme se conduirait un roi, mène les guerres que Louis devrait mener, et plus tard se montre juste à sa place. Cette suprématie est reconnue dans le *Couronnement* par Louis qui s'incline devant lui par deux fois. Si cette royauté du héros reste masquée, c'est parce que Guillaume est avant tout un homme fidèle et loyal :

> Aucun autre héros peut-être dans l'épopée médiévale ne donne pareille impression de rectitude et de lucide élan, de "force qui va" vers un but librement déterminé.
>
> [FRAPPIER, 1965, p. 168-169]

Guillaume pécheur

L'analyse trifonctionnelle pourrait amener toutefois à nuancer cette analyse. Dans un article intitulé "Le petit cycle de Guillaume et les trois péchés du guerrier", Andrea Fasso, revenant sur la scène du couronnement de Louis, souligne que l'intervention "providentielle" de Guillaume est malgré tout un "mortels pechiez" (*CL* 127) : il tue un homme devant l'autel, ce pour quoi il doit faire pénitence.

> Comme Starkahdr, comme Héraclès, Guillaume est voué au service d'un roi, qui ne semble pas en être digne. Ces héros guerriers sont décidément plus vaillants et plus nobles que leurs rois ; mais ils savent que la royauté ne leur est pas destinée. Dans le cas de Guillaume l'aspect pénitentiel me paraît particulièrement accusé […] son service nous apparaît particulièrement pénible, consacré qu'il est à un roi faible, injuste, incapable et surtout loin, qui le laisse seul à soutenir le poids de la défense de la Chrétienté.
>
> [FASSO, 1997, p. 433]

Ce premier péché de Guillaume caractérise le guerrier, un homme susceptible d'être possédé par le *furor* et qui ne maîtrise donc pas toujours sa force. Guillaume n'avait pas l'intention de tuer Arneïs, il l'a pourtant fait. Or le roi

> doit posséder non seulement la force et le courage, mais aussi la sagesse et la mesure (Ire fonction), grâce auxquelles il saura administrer aussi bien la guerre que la paix, aussi bien l'usage de la force (IIe fonction) que celui de la richesse et de l'amour (IIIe fonction). C'est bien le souverain qui réunit les trois fonctions dans sa personne […]
>
> Il ne suffit pas d'être un guerrier vaillant pour être un bon roi. Le roi doit exceller aux trois niveaux fonctionnels : il doit être sage, vaillant, tempérant. Si le meilleur des guerriers pèche aux trois niveaux, cela signifie qu'il n'est pas digne de la royauté.
>
> [FASSO, 1997, p. 437-438]

Guillaume serait ainsi à la fois digne et indigne d'être roi. Peut-être est-ce la raison pour laquelle il reste un roi masqué, en remplissant tous les devoirs du roi mais sans porter la couronne. L'*essemple* proposé dans le prologue vaut donc non pour les personnes, nécessairement pécheresses et faillibles, mais pour les valeurs qu'elles incarnent, royauté héréditaire et indéfectible loyauté. La double imperfection de Louis et de Guillaume conduit dès lors à une double royauté, qui relève, pour l'un comme pour l'autre, de la pénitence.

LE HÉROS, DIEU ET SA FOI

Oiez, seignor, que Deus vos seit aidanz ! (*CL* 1)

L'univers médiéval, et plus spécialement l'univers de la chanson de geste, est créé par Dieu qui lui donne sens et forme. Le héros épique, par conséquent, est accompagné par Dieu. À l'exception de rares figures de rénégats comme Fromont dans la geste des Lorrains ou Isembart dans *Gormont et Isembart*, il obéit toujours à la volonté d'un Dieu qui le guide, le soutient et le protège – ainsi les eaux d'un fleuve s'apaisent pour laisser à Ogier la possibilité de s'enfuir : c'est, dit le texte, un "miracle" (*Chevalerie Ogier*, *v.* 8035).

Qu'en est-il de Guillaume ? Quel est son rapport avec le divin ?

UNE RELIGION OMNIPRÉSENTE

Dans un monde où Dieu est omniprésent, l'Église joue un rôle de premier plan. Mais Guillaume, quoique profondément croyant, fait une claire distinction entre Dieu lui-même et les hommes de Dieu.

Un espace chrétien

L'espace du *Couronnement de Louis*, ponctué de lieux de culte et de recueillement, est un espace spirituel.

• Rome, centre du monde chrétien

D'un point de vue géographique, Rome est le centre du monde chrétien : le nom de la ville où réside le pape revient dans le récit bien plus fréquemment que tout autre lieu, non seulement parce qu'elle doit être défendue contre les incursions sarrasines, mais aussi parce qu'elle est la ville de Dieu, un lieu où l'on est proche du divin. Ainsi Corsolt est un démon

Qui contre Deu vuelt Rome chalengier. (*CL* 502)

Qui contre Deu vuelt Rome desraisnier… (*CL* 560)

S'attaquer à Rome, c'est s'attaquer à Dieu. Or la ville s'avère étonnamment vulnérable :

> ... le trait paradoxal le plus frappant dans la présentation de Rome par nos textes, c'est la *faiblesse* qu'on lui prête : faiblesse [...] d'une "marche" de la Chrétienté occidentale devant les invasions sarrasines et les attaques byzantines, de ce mythique "centre du monde" duquel sa position marginale fait plutôt le pôle positif d'un champ magnétique confronté à d'autres champs.
>
> [BATANY, 1977, p. 51]

C'est ainsi que Guillaume doit défendre Rome à deux reprises, une fois contre Corsolt (épisode 2), une fois contre Gui (épisode 4). Mais Rome n'est pas seulement le lieu où Guillaume combat, c'est la ville où il vient prier :

> "Car il m'estuet errer et chevalchier
> Tot dreit a Rome, por saint Pere preier..." (*CL* 231-232)

Guillaume fait son premier voyage à Rome en tant que pèlerin, et non en tant que guerrier. Aller à Rome suppose, de la part du croyant, un effort particulier, une démarche volontaire : il prend du temps pour Dieu et cherche à se rapprocher de lui en allant prier dans l'église de saint Pierre plutôt que dans n'importe quelle autre église.

• Guillaume à l'autel

Car Guillaume est un chevalier pieux, qui va, dans *Le Couronnement de Louis*, d'un autel à un autre. Le premier épisode se déroule dans la "chapele [...] beneeite a Ais" (*CL* 27), où l'on voit Guillaume exécuter Arneïs, puis prendre la couronne sur l'autel pour en couronner Louis :

> Veit la corone qui desus l'altel siet :
> Li cuens la prent senz point de l'atargier,
> Vient a l'enfant, si li assiet el chief... (*CL* 142-144)

Une fois à Rome (épisode 2), il s'empresse d'aller prier :

> Li cuens Guillelmes s'est par matin levez,
> Al mostier vait le servise escolter,
> Totes ses armes fait metre sor l'altel... (*CL* 316-318)

Autre lieu, autre autel, mais même utilisation de l'espace : sont posés sur l'autel, et ainsi sacralisés, les objets symbolisant les fonctions de roi et de guerrier. Dès lors, il semble que Louis soit roi et Guillaume guerrier par la volonté de Dieu. L'objet placé sur l'autel est le signe d'un monde organisé par Dieu.

C'est dans ce cadre que le pape se représente Guillaume :

Dont li remembre del conte Fierebrace
Tot adobé el mostier devant l'arche. (*CL* 492-493)

L'*arche*, comme l'a montré Yves Lefèvre, est la Confession de saint Pierre, "le lieu privilégié où l'on vénère saint Pierre" [LEFÈVRE, 1969, p. 118]. Guillaume apparaît ainsi comme un chevalier devant Dieu, priant ou agissant devant l'autel.

Plus tard, à Tours (épisode 3), Guillaume prie avant d'engager le combat contre les ennemis du roi :

El mostier entre, croiz fist devant son vis ;
Desor le marbre, devant le crucefis.
La s'agenoille Guillelmes li marchis
Et prie Deu qui en la croiz fu mis
Qu'il li enveit son seignor Looïs. (*CL* 1678-1682)

À nouveau, on le retrouve en oraison, dans une église. Dans cette même église, il châtie Richard, bien que ce dernier se soit réfugié devant l'autel :

Richart trova a l'altel apoié ;
Nel laissa mie por ce qu'iert al mostier… (*CL* 1957-1958)

L'environnement de Guillaume symbolise donc la présence de Dieu dans le monde temporel.

L'Église, représentante de Dieu ou puissance politique ?

• Une omniprésence dans la chanson

Les ecclésiastiques contribuent-ils également à indiquer la présence du divin ? Chaque décision importante des protagonistes est accompagnée par un homme de Dieu qui commente ou conseille. Lorsque Charles décide de transmettre sa couronne à son fils, c'est un archevêque qui annonce la nouvelle dans l'église :

Uns arcevesques est el letrin montez,
Qui sermona a la crestiienté :
"Baron", dist il, "a mei en entendez :
Charles li maines a molt son tens usé,
Or ne puet plus ceste vie mener.
Il ne puet plus la corone porter :
Il a un fill a cui la vuelt doner." (*CL* 50-56)

L'Église guide donc les décisions du roi lui-même. À Rome, le pape demande l'aide militaire de Guillaume, mais intervient pour donner son avis, promettre une récompense, annoncer le nombre de combattants disponibles, et va négocier en personne auprès de Galafre (voir laisse XVIII). Lorsque Gaifier propose à Guillaume d'épouser sa fille, ce dernier demande tout naturellement conseil au pape :

> Veit l'apostoile, d'une part l'a sachié :
> "Sire", dist il, "prendrai je la moillier ?
> — Oïl, bels sire, de gré et volentiers.
> Bachelers estes, de terre avez mestier."
> Respont li cuens : "Bien fait a otreier." (*CL* 1366-1370)

Le conseil est suivi sans autre délibération. Même démarche lorsque le mariage de Guillaume est interrompu par les messagers qui demandent du secours pour Louis :

> Veit l'apostoile, d'une part l'a torné :
> "Sire", fait il, "quel conseil me donez ?"
> Dist l'apostoiles : "Deus en seit aorez !
> Qui conseil quiert bien li deit on doner [...]."
> Respont li cuens : "Si com vos comandez,
> Ja voz conseilz ne sera refusez." (*CL* 1404-1412)

Guillaume sollicite un conseil, qu'il suit sans hésiter. Le pape préside donc à la destinée de Guillaume, comme il a présidé au couronnement de Louis. Son goût pour les manœuvres politiques le conduit même à tenter de remplacer l'un par l'autre :

> **"Sire Guillelmes", dist l'apostoiles ber,**
> **"En dolce France vos en covient aler.**
> Ci remandra Galafres l'amirez,
> De vostre part avra Rome a guarder."
> **Respont li cuens** : "De folie parlez.
> De traïson ne fui onques retez :
> D'or en avant m'en dei je bien guarder.
> **— Sire Guillelmes", dist l'apostoiles ber,**
> **"En dolce France vos en covient aler,**
> Mil chevaliers avuec vos en menrez,
> D'or et d'argent trente somiers trossez
> Toz as conquis, ses en deis bien porter."
> **Respont li cuens** : "Ce fait a mercïer." (*CL* 1417-1429)

Le refus catégorique de Guillaume amène le pape à reformuler immédiatement son discours : s'adaptant aussitôt à son interlocuteur, il offre non plus le pouvoir mais des moyens supplémentaires pour combattre.

Cet effet d'écho interne à la laisse suggère un esprit ayant le goût des manœuvres politiques plus que des convictions réelles !

À Tours, les ecclésiastiques sont également très présents : les uns participent au complot contre Louis, d'autres cherchent à le protéger. Un abbé s'enfuit avec lui et le cache :

> Mais uns frans abes, que Deus puist beneïr,
> En une crote del mostier Saint Martin
> En a l'enfant ensemble o lui foï... (*CL* 1466-1468)

Il continue après l'intervention de Guillaume qui lui demande de remplir le rôle d'un protecteur :

> Il en apele le bon abé Gualtier :
> "[...] Mon dreit seignor vos voldreie laissier :
> Guardez le bien ; s'il vait esbaneier,
> Qu'il meint o lui al meins cent chevaliers [...]."
> Et dist li abes : "En pardon en plaidiez.
> Mielz iert guardez que li sainz del mostier." (*CL* 1982-1995)

La présence ecclésiastique se fait ensuite moins forte, après la mort du pape (*CL* 2241) et pendant le siège de Rome. Il n'en demeure pas moins que l'influence des hommes de Dieu sur le devenir de la France et du héros est considérable.

• La promesse de la vie céleste

Conseillers dans la vie terrestre, les ecclésiastiques promettent également la vie céleste. Le pape promet ainsi l'absolution et le Paradis à celui qui libérera Rome, la ville de saint Pierre :

> "Vei ci saint Pere, qui des anemes est guarde ;
> Se por lui, sire, fais ui cest vasselage, [...]
> Ne feras mais pechié qui tant seit aspres, [...]
> En paradis avras ton herberjage,
> Que nostre sire a ses bons amis guarde..." (*CL* 388-396)

Cette promesse, note Jean Flori,

> ressemble fort à celle de Léon IX aux guerriers qu'il avait recrutés pour les lancer contre les Normands qui, eux aussi, menaçaient Rome en 1053, et qui furent, dit-on, couronnés de gloire et admis parmi les saints. Plus qu'à la croisade, elle me semble bien devoir être rapprochée des promesses que firent aux guerriers francs les papes Léon IV et Jean VIII lorsque, menacés dans Rome même par les incursions des Sarrasins (pillage de Rome et de l'église Saint-Pierre en 846), ils durent faire appel aux guerriers francs pour les repousser.

> En 847, Léon IV promet l'entrée au paradis pour tous ceux qui viendraient à mourir "pour la vérité de la foi, le salut de la Patrie et la défense des chrétiens", esquissant ainsi une assimilation qui fera fortune : celle de la défense de l'Église romaine à la protection de la Patrie, de la *Res Publica*, de la chrétienté ; un peu plus tard, menacé à son tour, Jean VIII promet l'indulgence de leurs péchés et l'entrée dans la vie éternelle à ceux qui tomberaient en combattant les infidèles ; il n'est pas impossible que l'auteur du *Couronnement de Louis*, qui puise, comme toutes les premières épopées, le thème de son poème dans le passé carolingien, se soit inspiré de cet épisode ou, pour le moins, de la mentalité qui en est issue, à savoir que saint Pierre récompense de l'entrée en paradis ceux qui perdent la vie pour la défense de son patrimoine, cœur de l'Église, symbole de la chrétienté tout entière."
>
> [FLORI, 1997, p. 489-490]

L'Église représenterait ainsi la volonté de Dieu et se ferait l'interprète de saint Pierre. C'est le propos du pape, qui se présente comme messager de Dieu :

> "Sire", fait il, "je sui ci uns messages
> Deu et saint Pere, qui des anemes est guarde. (*CL* 452-453)

Malgré tout, le *Couronnement de Louis* montre des ecclésiastiques très impliqués dans la vie politique : ils font et défont les rois – du moins c'est leur ambition. Le pape, qui participe au couronnement du roi et guide Guillaume dans sa vie privée comme dans sa tâche de protecteur de Louis, est représentatif de ces hommes de Dieu très ancrés dans le siècle.

Le pouvoir de Dieu, le pouvoir de l'Église : un certain anticléricalisme

• La justice de Guillaume

Cette ingérence de l'Église dans la vie publique n'est guère appréciée par Guillaume. Non seulement il refuse sèchement l'invitation du pape à régner sur Rome, mais il est prompt à châtier les moines traîtres au roi, en accord avec ses chevaliers :

> Il en apele ses gentilz chevaliers :
> "Un jugement vueil or que me faciez :
> Puis que l'om est coronez al mostier
> Et il deit vivre por lire son saltier,
> Deit il puis faire traïson por loier ?

— Nenil, bels sire", dïent li chevalier.
— Et s'il le fait, quels en est li loiers ?
— Penduz deit estre comme lerre fossiers."
Respont li cuens : "Bien m'avez conseillié..." (*CL* 1747-1755)

Les religieux méritent d'être punis, car ils sont sortis de leur fonction d'*oratores* : ils n'ont pas à s'impliquer dans la vie politique, encore moins si c'est pour trahir le roi légitime. Si Guillaume ne veut pas les tuer, parce qu'ils sont les représentants de Dieu sur terre, il les fait malgré tout battre et chasser d'un lieu saint où ils n'ont plus leur place :

Li cuens Guillelmes de neient ne se targe,
Tresqu'al chancel en est venuz en haste,
Ou a trové et evesques et abes ;
Por le pechié ne les volt tochier d'armes,
Mais as bastons les desrompent et batent,
Fors del mostier les traïnent et chacent,
Ses comanderent a quatre vinz deables. (*CL* 1768-1774)

Frappés, les dignitaires de l'Église ont perdu leur dignité en même temps que les insignes de leur pouvoir, leur crosse, que Guillaume leur arrache :

Iluec trova et evesques et abes
Et le clergié qui a lor seignor falsent ;
Totes les croces fors des poinz lor esrache,
A Loois son dreit seignor les baille... (*CL* 1762-1765)

La crosse symbolise en effet le rôle de pasteur et de guide que jouent les hommes de Dieu : les traîtres, qui perturbent l'ordre voulu par Dieu, ne sauraient désormais remplir le rôle de conseiller. Le commentaire lapidaire du trouvère montre qu'il approuve ce châtiment :

Qui traïson vuelt faire a seignorage
Il est bien dreiz que il i ait damage. (*CL* 1775-1776)

Serviteurs de Dieu ou pas, quiconque trahit son seigneur mérite punition : le relatif à valeur indéfinie renvoie ici les ecclésiastiques à une justice de "droit commun", à laquelle ils ont trop tendance à se soustraire.

• Une leçon de foi

Cet anticléricalisme est sensible à travers d'autres réactions de Guillaume, plus allusives, mais qui n'en suggèrent pas moins une réserve certaine envers le clergé. Ainsi, lorsque le pape doute d'une possible victoire contre Corsolt, Guillaume manifeste son désaccord :

Or vei je bien falsez est li clergiez. (*CL* 575)

De même, la générosité du pape en matière d'indulgences le laisse interloqué, et presque railleur :

> "Hé ! Deus, aïde !" dist li cuens Fierebrace,
> "Onc mais nuls clers nen ot le cuer si large !" (*CL* 398-399)

Une prodigalité semblable se retrouve chez le clerc qui conseille à Guillaume de tuer tous les ecclésiastiques traîtres à Louis :

> "Prenez les testes, por Deu, je vos en pri :
> Tot le pechié del mostier pren sor mi,
> Car il sont tuit traïtor et failli."
> Guillelmes l'ot, s'en a jeté un ris :
> "Bien seit de l'ore que tels clers fu norriz !" (*CL* 1697-1701)

Le rire de Guillaume est ambigu : il peut être approbateur ou bien tourner en dérision ce clerc qui recommande de tuer ses semblables dans son église. Le parallèle avec les propos de pape, auquel Guillaume répond avec une ironie perceptible, invite plutôt à la seconde lecture. L'esprit anticlérical n'est pas rare dans le cycle de Guillaume : dans *Les Narbonnais* ou dans *Le Moniage Guillaume* par exemple, on peut lire une critique féroce du clergé qui concentre trop de pouvoirs, trop de richesses, tout en oubliant trop facilement l'amour du prochain. À cette vision intéressée de la religion, la geste oppose la foi ardente et sincère de Guillaume. Dans *Le Couronnement de Louis*, Guillaume souligne que la force de son adversaire est négligeable dès lors qu'il peut compter sur l'aide de Dieu :

> "Se Deus nos vuelt nostre lei abaissier,
> Bien i puis estre ocis et detrenchiez ;
> Mais s'il me vuelt maintenir et aidier,
> N'a soz ciel ome qui me puisse empirier,
> Ardeir en feu ne en aive neier."
> Quant l'apostoiles l'oï ensi plaidier :
> "Ahi !" dist il, "nobiles chevaliers,
> Cil te guarisse qui en croiz fu dreciez !
> Tel hardement ne dist mais chevaliers.
> Ou que tu ailles Jesus te puisse aidier,
> Quant as en lui pensee et desirier !" (*CL* 583-593)

Le pape lui-même admire la foi parfaite de ce chevalier, ce qui amène Jean Flori à écrire que Guillaume lui donne

> une véritable "leçon de foi chrétienne" en lui tenant un discours comparable à celui d'Urbain II aux croisés : "Si Dieu est avec vous, nul ne pourra nous vaincre"
>
> [Flori, 1997, p. 483]

Autant la chanson invite à restreindre les pouvoirs des hommes d'Église, trop impliqués dans le siècle, peu engagés dans une vie spirituelle, autant elle exalte la toute-puissance de Dieu qui peut aider à surmonter toutes les épreuves.

UN HÉROS PROCHE DE DIEU

Aussi semble-t-il naturel que le héros entretienne avec Dieu une relation directe, sans l'intermédiaire du clergé, disqualifié.

Une foi intense

• Guillaume à l'oraison

Si l'un des premiers gestes de Guillaume est de couronner Louis, son tout premier vœu est d'accomplir un pèlerinage : le chevalier semble ainsi particulièrement pieux, davantage en tout cas que tous les autres protagonistes du *Couronnement.* Son premier geste, une fois arrivé à Rome, est d'aller écouter la messe et de prier (*CL* 316-317). Face à Corsolt, à plusieurs reprises, et dans une moindre mesure face à Gui, Guillaume puise courage et réconfort dans la prière :

> Deu reclama le pere dreiturier (*CL* 676 et 2564)
>
> Deu reclama par grant umilité (*CL* 694)
>
> Deu reclama par sor saintisme nom (*CL* 975)

La prière a en effet une vertu protectrice dans laquelle on peut déceler

> la persistance d'une conception magique d'après laquelle l'énumération des prodiges et des noms divins possède à elle seule une vertu contraignante capable d'incliner le vouloir de la divinité en faveur de la prière humaine. Plus la litanie se prolonge, s'efforce d'être exhaustive, plus elle revêt d'efficacité.
>
> [Frappier, 1965, p. 138]

Elle maintient le mal et les démons à distance : quiconque la dirait,

> Ja puis deables nel porreit encombrer. (*CL* 693)

Deux des prières prononcées par Guillaume sont particulièrement longues, et rappellent des éléments de l'Ancien et du Nouveau Testament. Ces prières, prononcées au moment d'un danger de mort et abondamment commentées par la critique [Scheludko, 1932 ;

Frappier, 1965, p. 131-140 ; Györy, 1969 ; Garel, 1973 ; Maddox et Sturm-Maddox, 1978 ; Rossi, 1981 ; Blumenfeld-Kosinski, 1986], sont appelées, selon la formule de Jean Frappier, des prières du plus grand péril. Ces prières se caractérisent par une construction similaire, de semblables emprunts (au Nouveau et à l'Ancien Testament ainsi qu'à quelques évangiles apocryphes) et des motifs communs. Dans le tableau qui suit figurent, en gras et au centre, les motifs communs aux deux prières, dans la colonne de gauche les références spécifiques à la première prière de Guillaume, dans la colonne de droite celles qui n'apparaissent que dans la seconde prière. Sont indiquées derrière le signe < les références abrégées des sources : *AT*, pour Ancien Testament ; *NT*, pour Nouveau Testament et, entre crochets, celles qui sont empruntées aux apocryphes.

Les références bibliques intégrées à ces deux longues prières sont nombreuses et précises : beaucoup d'entre elles sont des exemples de la toute-puissance de Dieu, qui sauve et libère (on citera Jonas, Daniel, les morts libérés par Jésus aux Enfers), peut accomplir des miracles (exemples de saint Simon, sainte Anastasie) et pardonne au pécheur (comme Longis). *Si com c'est veir* (783, 1022), alors Dieu peut bien venir en aide à celui qui l'invoque dans l'urgence et la nécessité. La prière du plus grand péril est donc une prière de demande, en même temps qu'elle est certitude absolue des pouvoirs de Dieu.

• Guillaume théologien ?

Ces multiples références aux textes sacrés pourraient amener à voir dans Guillaume un véritable homme de Dieu, d'autant qu'il se lance avec Corsolt dans une dispute théologique opposant la foi chrétienne à la foi musulmane. Qui, de Dieu ou de Mahomet, détient le pouvoir sur terre ? Si Guillaume connaît le pouvoir de son Dieu, Corsolt lui dénie la capacité d'agir sur terre, avec un certain bon sens :

> "Di va, Guillelmes, molt as fol escïent,
> Quant celui creiz qui ne te valt neient.
> Deus est la sus, desor le firmament
> Ça jus de terre n'ot il onques arpent,
> Ainz est Mahom et son comandement." (*CL* 836-840)

Dieu, c'est bien connu, est au ciel : il ne peut donc agir sur terre ! Corsolt ne nie donc pas l'existence du Dieu chrétien, il nie son efficacité, tout comme il n'accorderait aucune importance à un roi qui ne serait pas en mesure de réunir une armée :

> Crestiienté est toz foleiemenz. (*CL* 844)

1. Invocation de Dieu (694-695, 975-976) : *introduction*	
2. Création du monde (696-697, 976-978) et des créatures humaines (698, 979-980) < *AT*	
3. Péché originel : Adam et Ève chassés du paradis (699-706, 981-987) < *AT*	
4. Meurtre d'Abel par Caïn (707-710) < *AT*	
5. Déluge et arche de Noé (711-717) < *AT*	
6. Immaculée conception (718-722) < *NT*	
7. Nativité et adoration des mages [sainte Anastasie, v. édition Lepage, 1978, p. 447-448] (723-730)	
8. Massacre des Innocents (731-735) < *NT*	
9. Jésus adulte : prêches et retraite dans le désert (736-740) < *NT*	
10. Entrée à Jérusalem à Pâques, allusion aux marchands du Temple (741-746, 988-992) < *NT*	
11. La Cène et lavement des pieds du Christ par Madeleine (747-753, 993-998) < *NT*	
12. Trahison de Judas (754-757, 999-1001) < *NT*	
13. Flagellation du Christ, chemin de croix et crucifixion [Longis] (758-774, 1002, auquel on peut ajouter le v. 1029 qui mentionne Longis)	
14. Mise au tombeau et résurrection (775-779, 1003-1005) < *NT*	
15. Descente aux Enfers et libération des âmes (780-782), Jugement Dernier (1006-1012) < *NT*	
	16. Jésus et ses apôtres (1013-1015) < *NT*
	17. Jonas sauvé du ventre de la baleine (1016) < *AT*
	18. Saint Simon délivré de la faim, allusion à la pêche miraculeuse (1017) < *NT*
	19. Daniel dans la fosse aux lions (1018) < *AT*
	20. Lutte contre Simon le Magicien (1019) < *NT*
	21. Moïse devant le buisson ardent (1020-1021) < *AT*
22. Demande de protection divine (783-786, 1022-1029) et appel à la Vierge Marie (787-789) : *envoi*	

À cette attaque un peu naïve répond le discours militant de Guillaume :

> "La toe lei torne tote a neient
> Que Mahomez, ce sevent plusors genz,
> Il fu profete Jesu omnipotent
> Si vint en terre par le mont preechant.
> Il vint a Meques trestot premierement,
> Mais il but trop par son enivrement,
> Puis le mangierent porcel vilainement.
> Qui en lui creit il n'a nul bon talent." (*CL* 846-853)

Mahomet, prophète inféodé à Jésus, ne saurait être un Dieu, et encore moins un Dieu fiable : il n'a aucune tempérance, ce qui lui vaut une mort infamante. Cette légende est bien connue à l'époque médiévale :

> Quant à la mort ignominieuse du faux dieu sarrasin qui dans son ivresse se serait couché sur un fumier et que des porcs auraient dévoré, cette fable très répandue au Moyen Age est mentionnée dans plusieurs chansons de geste. Telle en est du moins la version "populaire", que l'épopée a recueillie, car dans les chroniques en latin Mahomet se trouve victime, plus honorablement, non de son ivrognerie, mais d'une crise d'épilepsie.
>
> [FRAPPIER, 1965, p. 125-126]

La dévalorisation de Mahomet tient du discours de propagande : la chanson de geste, qui amalgame tout type de païen aux Sarrasins – Galafre se présente ainsi comme le descendant de Romulus et de Jules César (*CL* 465) –, ne cherche pas à donner une représentation exacte de la foi musulmane : le nom d'Allah n'est jamais mentionné, et les Sarrasins sont des polythéistes adorant non seulement Mahomet mais aussi Cahu (*CL* 1225) et Tervagant (non cité dans le *Couronnement*). L'objectif n'est pas de donner une description fidèle à la réalité, mais de constuire une représentation mythique du monde, où le Bien s'affronte au Mal : dans cette perspective, le dieu de l'adversaire ne peut posséder la moindre qualité ni le moindre pouvoir. C'est la certitude de Guillaume dont le seul doute concerne la bienveillance de Dieu à son égard :

> "Gloz", dist Guillelmes, "Deus te puist mal doner !
> Car s'il me vuelt maintenir et guarder,
> Tost en sera tes granz orguelz matez." (*CL* 803-805)

Dieu acceptera-t-il de lui venir en aide ? Si c'est le cas, Guillaume se sait invincible, animé qu'il est de sa foi inébranlable en la toute-puissance de son Dieu.

Un Dieu présent

• Un songe

Dieu, en effet, agit dans *Le Couronnement de Louis*, même si ses actions ne relèvent pas du miracle avéré comme dans la Bible ou d'autres chansons de geste. Le rêve de Guillaume, au début de l'épisode 2, s'avère ainsi prémonitoire (*CL* 288-297) : n'est-ce pas un signe de Dieu qui lui annonce que Rome sera attaquée et qu'un combat difficile l'attend ? Le trouvère confirme aussitôt que ce rêve va se réaliser :

> Li cuens s'esveille, si se comande a Dé.
> Onques mais songes ne fu si averez,
> Car Sarrazin espleitierent d'aler… (*CL* 298-300)

À peine Guillaume est-il arrivé à Rome, ville de Dieu par excellence, que ce dernier s'adresse à lui pour l'avertir. Guillaume apparaît dès lors comme l'élu de Dieu :

> Tant ama Deus Guillelme le membré… (*CL* 308)

• Un miracle

Pourtant, Dieu ne commet pas de miracle en sa faveur. Le seul moment où le trouvère emploie le mot *miracle*, c'est pour évoquer la libération des prisonniers chrétiens après la défaite de Galafre :

> Li cuens Guillelmes est sor lui arestuz,
> Et trait l'espee dont l'aciers fu moluz
> Ja li trenchast le chief desus le bu
> Quant Deus i fist miracles et vertuz,
> Car mainz chaitis dolenz et irascuz
> En fu le jor fors de prison issuz. (*CL* 1244-1249)

En quoi est-ce un miracle ? C'est que Galafre, comme saint Paul (*CL* 1015), est soudainement touché par la grâce, exige de recevoir le baptême et vient ensuite en aide aux chrétiens pour libérer les prisonniers qu'il a contribué à faire. Le miracle est donc une authentique conversion, due au constat de l'impuissance de Mahomet (*CL* 1282). Qui l'accomplit ? Dieu, qui bouleverse soudain les convictions de Galafre, ou Guillaume, qui se bat avec une telle efficacité que Galafre réalise sa défaite ? Le spirituel se combine avec l'usage de la force. Dans le *Couronnement*, rien n'est donné à Guillaume : l'aide de Dieu n'est jamais acquise, il faut la mériter.

• Une peur salutaire

C'est pourquoi il n'a pas l'assurance de Corsolt avant le combat : Guillaume a peur de son géant d'adversaire, et il a peur d'avoir peur.

Corsolt, qui compte sur sa force et sur son évidente supériorité physique, se vante de sa victoire avant même d'avoir engagé le combat :

"Les seneschals faites tost avancier,
Les tables metre, atorner le mangier :
Por cel Franceis ne l'estuet delaier,
Plus tost l'avrai ocis et detrenchié
Que n'iriiez demi arpent a pié ;
Ja de m'espee ne le quier atochier,
Se de ma mace puis un colp empleier,
Se tot n'abat et lui et le destrier,
Ja mais frans om ne me doinst a mangier !" (*CL* 661-669)

Cette arrogance le perd. Guillaume, plus faible, plus humble, sait qu'il a besoin de l'aide de Dieu :

Li cuens Guillelmes vit venir l'aversier,
Lait et hisdos et des armes chargié
S'il le redote, nuls n'en deit merveillier.
Deu reclama le pere dreiturier… (*CL* 673-676)

Guillelmes fu sor le tertre montez,
De beles armes guarniz et conreez
Veit le paien venir tot esfreé
S'il le redote, ne fait mie a blasmer. […]
Deu reclama par grant umilité… (*CL* 683-694)

L'enchaînement entre les laisses XXI et XXII met en évidence le lien logique entre la peur et la prière, un lien que souligne encore ce passage :

Envers Guillelme l'a lancié si tres fort
Si bruit li cols que foldre qui destort.
Li cuens s'abaisse, que paor a de mort.
Triers l'armeüre le feri sor le dos ;
Deus le guari que en char nel tochot :
"Deus", dist li cuens, "qui formastes saint Loth,
Defent mei, sire, que je n'i muire a tort ?" (*CL* 951-956)

Là encore, la peur déclenche la prière. Le chrétien, conscient de sa faiblesse, sollicite l'aide de Dieu pour surmonter les épreuves les plus rudes. Jamais Notre Seigneur ne supprime l'épreuve, car la vie terrestre est une vie de tourments depuis qu'Adam et Ève ont été chassés du paradis, ce que Guillaume rappelle dans l'une de ses prières :

De paradis les en covint aler,
Venir a terre, foïr et laborer,
Et mortel vie sofrir et endurer. (*CL* 704-706)

Sans lui épargner la souffrance, Dieu peut soutenir le croyant : il ne foudroie pas Corsolt comme il a foudroyé son père (*CL* 525), mais il protège son adversaire de la mort. Encore que Dieu soit tout-puissant, le chrétien doit mériter sa grâce par ses propres efforts.

Dieu et le héros, l'un au ciel, l'autre sur terre, sont donc complémentaires : la force physique de l'un, le pouvoir spirituel de l'autre deviennent, combinés, invincibles. Dieu est au ciel, comme le dit Corsolt, mais ce n'est pas Mahomet qui est sur terre – c'est Guillaume, champion de Dieu et de saint Pierre :

> Deus en aida Guillelme le cremu
> Et cil sainz Peres cui champions il fu... (*CL* 1235-1236)

Bien qu'il n'y ait pas dans le *Couronnement* de miracle avéré en faveur de Guillaume, Dieu accompagne Guillaume et le soutient dans ses combats. Le Tout-Puissant, avec l'intercession de la Vierge, protège le chevalier et accroît sa valeur :

> "Sainte Marie, s'il vos plaist, secorez,
> Par coardise ne face lascheté,
> Qu'a mon lignage ne seit ja reprové." (*CL* 787-789)

De son côté, Guillaume,

> Qui tant sofri sor sarrazine gent (*CL* 8),

protège la chrétienté et, en combattant en Espagne (à Pierrelate, laisse XLIX) ou en défendant Saint-Gilles et son église (laisse L), contribue à l'accroître.

La soumission au divin

• Un ordre divin

Enfin, la présence de Dieu se reconnaît également dans l'ordre divin qu'il met en place. Dieu, qui a créé le monde et les hommes, ainsi que Guillaume le rappelle à chacune de ses prières, est aussi celui qui crée la société féodale. Il a établi les royaumes, et marqué sa préférence pour la France et pour Charlemagne :

> Quant Deus eslut nonante et nuef reiames,
> Tot le meillor torna en dolce France.
> Li mieldre reis ot a nom Charlemaine ;
> Cil aleva volentiers dolce France ;
> Deus ne fist terre qui envers lui n'apende... (*CL* 12-16)

Il y a donc une hiérarchie entre les nations : la *dolce France*, qui est le meilleur des royaumes, tient sous sa dépendance d'autres terres et d'autres royaumes. La volonté de Dieu intervient également dans le choix du roi (v. Problématiques, Épisode du couronnement, Un *essemple* ambigu, Dieu ?). Or les chrétiens, et par là même les héros épiques, doivent respecter cet ordre voulu par Dieu : dans la chanson de geste, écrit Jean Flori, l'accent

> est mis sur le devoir, vassalique ou non, de protection du royaume et du service de la royauté. Ils combattent et meurent pour Dieu en servant le roi de France, et pour la chrétienté confondue avec le royaume de Saint-Denis.
>
> [Flori, 1997, p. 493-494]

De la même façon qu'il y a une hiérarchie entre les royaumes, il y a une hiérarchie des pouvoirs : le pouvoir divin prime tout, et délègue le pouvoir terrestre au souverain. Servir le roi de France, c'est servir Dieu. Voilà pourquoi Guillaume, qui a couronné Louis au nom de Dieu, ne saurait envisager de l'abandonner ; voilà pourquoi ceux qui trahissent le roi se rangent du côté du mal, ainsi les ecclésiastiques que Guillaume envoie aux quatre-vingts diables (*CL* 1774). Dieu instaure un ordre que le Diable perturbe.

• Ordre et chaos

Il y a donc d'un côté les héros positifs, qui respectent l'ordre établi par Dieu, et, de l'autre, les héros négatifs, qui s'emploient à le détruire. Dans le *Couronnement*, les premiers

> sont les partisans de Louis, parce que celui-ci est la clef de voûte d'une pyramide de "pouvoirs" qui tend à organiser le monde conformément à la volonté divine. Cette organisation a pour fonction d'instaurer et de maintenir un équilibre entre les différents pouvoirs et de permettre à la paix de subsister. L'intervention originelle de Dieu fait apparaître son caractère favorable non pas à tel ou tel groupe, mais à l'ensemble des peuples. Toute tentative contre cet ordre est donc criminelle, puisque, même limitée, elle ne peut qu'ébranler la totalité de l'édifice en subvertissant un des éléments qui le constituent, et qui ne subsistent qu'en relation les uns avec les autres.
>
> [Combarieu, 1978, p. 136]

Les seconds, dévorés par l'orgueil et l'ambition, sacrifient le bien commun à leur intérêt personnel :

> Arneïs et Acelin veulent la couronne de France ; Gui d'Allemagne, joindre la France à son propre royaume et se faire couronner empereur ; Galafre veut être maître de l'Italie. Tous veulent les avantages

> et les honneurs du pouvoir ; aucun d'eux n'en considère les charges – alors que c'est sur ce seul aspect des choses que Charlemagne insiste dans les conseils de gouvernement adressés à son fils…
>
> [COMBARIEU, 1978, p. 144]

Ces ambitions personnelles provoquent le malheur de tous :

> La subversion de l'organisation politique est donc en même temps dénaturation de la vie quotidienne. Et l'une ne va pas sans l'autre. Et le malheur est pour tous.
>
> [COMBARIEU, 1978, p. 137]

Car tout est lié : sans harmonie politique, pas d'épanouissement personnel, pas de bonheur individuel. De fait Guillaume ne peut ni se divertir à la chasse, ni se marier.

La remise en question de l'ordre établi, n'ayant pas d'autre justification que l'intérêt personnel, est vouée à l'échec :

> "Quant traïson vuels faire ne porquerre,
> Il est bien dreiz et raison que i perdes." (*CL* 1607-1608)
>
> Qui traïson vuelt faire a seignorage
> Il est bien dreiz que il i ait damage. (*CL* 1775-1776)

C'est ce que déclare le portier au traître Richard, c'est l'avis du trouvère commentant la trahison du clergé. À l'inverse, Louis, qui ne désire pas le pouvoir, est choisi pour être roi. Certes, il manque de l'énergie nécessaire pour faire régner l'ordre – cette tâche revient à Guillaume, qui ne la désirait pas davantage. Et Louis reste roi, malgré sa lâcheté et sa faiblesse, en dépit de toutes les tentatives pour lui ôter sa couronne. Le dernier vers de la chanson le dit même *riche*, c'est-à-dire "puissant". Rien, en définitive, ne saurait empêcher l'ordre voulu par Dieu. Que changent les interventions des héros négatifs ? Ils perdront et/ou mourront de façon infamante. Aux vies des héros positifs, les trahisons ajoutent souffrances, angoisses, larmes. De même que Jésus sait que Judas va le trahir (*CL* 754-757, 999-1000) et n'en souffre pas moins la Passion, de même, Dieu laisse aux hommes la liberté de trahir. Il n'en demeure pas moins que Sa volonté s'accomplit.

Ainsi, Guillaume sert Dieu en servant le roi Louis, et les deux hommes se plient à la volonté divine : chacun doit accepter sa place et accomplir sa destinée, qu'il le souhaite ou non. D'une piété profonde, Guillaume affiche une confiance en Dieu qu'il n'aura jamais envers le roi, dont il fuit la cour et les courtisans : de fait, dans toute la geste, il apparaît plus à l'aise avec le pouvoir spirituel qu'avec le pouvoir temporel. Le chevalier ne devient-il pas ermite ?

Pour autant, Guillaume, agent de la volonté de Dieu sur terre, *defensor sancti Petri* [Flori, 1992, p. 158], est un pécheur. Ce paradoxe est clairement exprimé dans le *Charroi de Nîmes*, lorsque Guillaume rappelle à Louis ce qu'il a fait pour son service :

> "Si t'ai forni maint fort estor champel,
> Dont ge ai morz maint gentil bacheler
> Dont le pechié m'en est el cors entré.
> Qui que il fussent, si les ot Dex formé.
> Dex penst des ames, si le me pardonez !"

(*Charroi de Nîmes*, *v.* 68-72)

Pécheur au service de Dieu, partagé entre bien et mal, Guillaume acquiert dès lors une dimension mythique.

Un sauveur

• Des adversaires démoniaques

Guillaume, on le sait, est le sauveur de la chrétienté : il chasse l'envahisseur sarrasin, contribue à convertir Galafre et agrandit les terres chrétiennes grâce à ses conquêtes. De surcroît, il se consacre à la défense de la royauté, en tant que composante de l'ordre établi par Dieu. Plus encore, il apparaît dans le *Couronnement* comme l'ultime rempart de la chrétienté contre les démons, de la civilisation contre la barbarie. En ce sens, le héros prend une dimension mythique :

> D'un bout du poème à l'autre Guillaume lutte contre des figures de traîtres, qui, à force de se dresser non seulement contre l'ordre politique légitime, empire ou royaume peu importe, mais contre l'ordre universel ordonné par Dieu même, se révèlent être pleinement démoniaques. Parmi ses adversaires c'est Corsolt qui s'annonce le plus clairement comme démon.

[Bennett, 2006, p. 62]

Assurément, *La Chanson de Guillaume* ou *Aliscans* décriront des démons bien autrement terrifiants (et pittoresques !). Corsolt a toutefois un physique qui le distingue des êtres humains :

> On li ameine le rei Corsolt en piez,
> Lait et anchais, hisdos come aversier ;
> Les uelz ot roges com charbon en brasier,

La teste lee et herupé le chief
Entre dous uelz ot de lé demi pié,
Une grant teise de l'espalle al braier
Plus hisdos om ne puet de pain mangier. (*CL* 504-510)

Le gigantisme du personnage et sa laideur en font une créature effrayante. Surtout ses yeux rouges, pareils à un brasier, le rendent semblables à un démon. Ce feu intérieur qui l'anime est pareil à celui dont il veut brûler les chrétiens, et plus spécialement le pape auquel il s'adresse :

"Et tei meïsme, qui sire iés del mostier,
Ferai rostir sor charbons en foier,
Si que li feies en cherra el brasier." (*CL* 541-543)

Véritable Antéchrist, Corsolt prétend se mesurer à Dieu lui-même, dont le feu a consumé son père :

"C'est l'om el mont qui plus m'a fait irier
Mon pere ocist une foldre del ciel
Toz i fu ars, ne li pot on aidier." (*CL* 524-526)

Les flammes du païen sont donc une réponse au feu du ciel. Dévoré par le désir de vengeance, Corsolt aspire à exterminer la chrétienté tout entière, par l'eau ou par le feu :

"Mais de ses omes me sui je puis vengiez
De cels qui furent levé et baptisié
Ai fait destruire plus de trente miliers,
Ardeir en feu et en aive neier." (*CL* 530-533)

Le nombre démesuré de ses victimes ainsi que la guerre déclarée qu'il mène à Dieu contribuent, bien davantage que son apparence, à faire de Corsolt un démon abominable. Par le verbe et par le feu, il sème l'épouvante parmi les chrétiens. Sa démesure l'amène d'ailleurs à oublier qu'il n'est pas le seul roi païen au monde et qu'il lui faudrait peut-être partager le monde avec d'autres que Dieu :

"Quant Deus l'ot mort, si fist que enseigniez
El ciel monta, ça ne volt repairier
Je nel poeie sivre ne enchalcier [...]
Meie est la terre et suens sera li ciels." (*CL* 527-537)

Ce partage cosmique des éléments, où Corsolt s'attribue la terre pour régner, et le feu et l'eau pour tuer, l'élève au rang de puissance démoniaque. Il n'est donc pas étonnant que Guillaume s'abîme en prières au moment de l'affronter : la force de son adversaire n'est pas seulement physique, elle puise sa source dans l'origine diabolique du mal.

Les autres adversaires de Guillaume n'ont pas la même dimension démoniaque, même si Philip Bennett souligne combien Arneïs est orgueilleux, et combien

> Richard et Acelin sont sacrilèges, le premier à force de manquer à sa foi jurée, le second parce qu'il est un usurpateur.
>
> [BENNETT, 2006, p. 64-65]

En revanche, Gui rappelle par certains aspects la figure de Corsolt, ne serait-ce que par ses prétentions : comme le païen, il veut régner sur Rome. Comme lui, il met Guillaume en difficulté sur le champ de bataille. Comme lui encore, il se caractérise par la couleur rouge du feu :

> El dos li vestent son halberc jaserenc.
> Roge est la maille plus que n'est feus ardenz… (*CL* 2478-2479)

La mort de Gui rappelle enfin singulièrement la fin du diable à la fin du *Moniage Guillaume.* Guillaume, qui a entrepris de construire un pont pour faciliter le voyage des pèlerins à Saint-Jacques-de-Compostelle, ne comprend pas pourquoi son ouvrage est détruit toutes les nuits. Une nuit, il monte la garde, et aperçoit le diable qui ruine le fruit de ses efforts. Guillaume s'empare alors de lui,

> .iii. tors le torne, au quart le rue aval
> Si l'a gité en l'eve tretot plat […]
> Ainz le deable puis ne se remua ;
> Toz jorz gist et toz tens i sera ;
> L'eve i tornoie, ja quoië n'i sera.
>
> (*Moniage Guillaume*, *v.* 6836-6847)

Gui, qui connaît une fin similaire, ne reçoit donc pas de sépulture chrétienne :

> Estort son colp, si l'a mort trebuchié
> Prés fu del Teivre, si l'a dedenz lancié.
> Al fonz l'en meine li fers dont fu chargiez,
> Que puis par ome n'en fu il hors sachiez. (*CL* 2610-2613)

Le détail a son importance puisque Guillaume le rappelle dans le *Charroi de Nîmes* :

> Gitai le el Toivre, sel mengierent poisson
>
> (*Charroi de Nîmes*, *v.* 209)

Guillaume doit donc, symboliquement, affronter les forces du mal : il lui faut anéantir hérésie et traîtrise, tout en réduisant à néant les démons les plus angoissants. Chevalier de Dieu, il a pour mission de faire reculer la nuit et le chaos.

• Un combat initiatique

C'est dire si le combat contre Corsolt revêt un aspect initiatique. Comme le combat de David contre Goliath, il illustre la toute-puissance de Dieu et met en valeur un sauveur dont c'est le premier acte héroïque (*Les Enfances Guillaume*, qui contiennent, dans les laisses LVII-LVIII, un duel de Guillaume contre un géant breton, ont été composées ultérieurement) :

> … le combat avec un géant est un élément stable et de grande ancienneté dans la légende héroïque. C'est généralement le premier exploit du héros et il représente son initiation à la vie des adultes, le rite de passage. Qu'il soit accompli par une descente aux enfers (Thésée et le labyrinthe) ou par un combat avec quelque monstre gigantesque (Beowulf et la mère de Grendel), il symbolise l'enfant qui meurt pour renaître homme. Souvent le monstre est gardien d'un trésor (Jason et la Toison d'or) qui appartiendra au héros après la mort du gardien.
>
> [NIEMEYER, 1974, p. 645]

Pour Guillaume, le trésor, c'est Alion, le magnifique cheval de Corsolt qu'il convoite au premier regard. C'est même le désir d'Alion qui lui inspire sa première prière :

> "Sainte Marie, com ci a bon destrier !
> Tant par est bons por un prodome aidier
> Mei le covient des armes espargnier :
> Deus le guarisse, qui tot a a jugier,
> Que de m'espee ne le puisse empirier !" (*CL* 677-681)

À la fin de son combat, il rend grâce à Dieu pour sa conquête :

> "Deus", dist Guillelmes, "com vos dei graciier
> De cest cheval que j'ai ci guaaignié !
> Or nel donreie por l'or de Montpelier.
> Ui fu tel ore que molt l'oi coveitié." (*CL* 1147-1150)

Si Guillaume possède une épée, Joyeuse, il n'avait jusqu'ici pas de destrier digne de lui. Le combat contre Corsolt équivaut donc à une sorte de rite de passage, qui achève de faire de Guillaume un chevalier accompli.

La même analyse peut être faite à partir de la blessure que reçoit Guillaume lors de ce combat. En effet, Corsolt mutile le nez de son adversaire, que Guillaume Issartel compare à la figure mythique de l'ours :

> Nous pourrions d'ores et déjà rappeler que le nez de l'ours est particulièrement soumis à de mauvais traitements, surtout en ce qui concerne les ours captifs. Ceux-ci ont le museau percé par leurs montreurs, qui y passent un anneau de métal destiné à les rendre dociles en toutes circonstances. La "ferrade", cérémonie sinistre qui marque, pour l'ours, le début de sa vie "d'artiste", supporte le même symbolisme que le duel de Guillaume contre Corsolt dans le *Couronnement de Louis* : c'est une initiation. À cela s'ajoutent les mauvais coups que recevaient les ours lors des combats qui les opposaient à des molosses : c'est en les attrapant par le museau que les chiens tentaient de les renverser. Ces blessures et le frottement de l'anneau provoquaient invariablement une inflammation du "nez" de l'ours, des enflures et des infections, des maux qui pourraient renvoyer à la mutilation de Guillaume et aux soins bâclés auxquels il a eu droit. [...]
>
> Particulièrement vulnérable et tout à fait caractéristique, le museau de l'ours devient facilement objet de moquerie.
>
> [ISSARTEL, 2010, p. 601-602]

La mutilation fait entrer Guillaume au court nez dans la vie héroïque. S'il était jusqu'ici un chevalier réputé, Guillaume appartient désormais, comme il le dit lui-même, à la légende ou au mythe :

> "Mais que mon nes ai un pou acorcié
> Bien sai mes nons en sera alongiez." (*CL* 1159-1160)

Plus qu'une prouesse guerrière, ce combat initiatique a fait triompher le mal sur le bien. La carrière épique de Guillaume sera par la suite scandée par ces affrontements contre des ennemis similaires.

Un pécheur

Toutefois Guillaume se décrit comme un pécheur, responsable de la mort de nombreux chevaliers, chrétiens comme sarrasins.

• Un guerrier sans mesure ?

C'est que, combattant les géants, il a lui-même les caractéristiques d'un géant. Ce gigantisme est plus marqué dans d'autres chansons du cycle, comme *Aliscans* ou *Le Moniage Guillaume*. Mais dans *Le Couronnement de Louis*, on peut déjà observer la force peu commune de Guillaume, dit Fierebrace. C'est un autre point de comparaison entre l'ours et le héros épique. L'ouvrage passionnant de Guillaume Issartel montre de plus que le héros identifié à l'ours utilise fréquemment une arme rudimentaire, comme une canne pour Jean de l'Ours ou le *tinel* de Renouart. Voilà qui ressemble beaucoup au coup de poing meurtrier de Guillaume, ou au pieu qu'il arrache à une treille pour frapper Acelin ! Guillaume peut ainsi être considéré comme un *bersekr*, un guerrier-fauve en vieux norrois. Or le *bersekr* est susceptible d'être en proie au *furor*, une fureur sacrée qui le rend capable d'exploits inouïs mais aussi de férocité. Est-ce cette violence incontrôlée qui l'amène à tuer Arneïs sans le vouloir ? Guillaume, semble-t-il, ne maîtrise pas sa force :

> "Je te cuideie un petit chasteier,
> Mais tu iés morz, n'en donreie un denier." (*CL* 140-141)

Plus loin, il assène le même coup à Richard, mais sans le tuer (*CL* 1957-1964). S'agit-il, comme le pense Andrea Fasso (v. Problématiques, Épisode du couronnement, En guise de conclusion), d'un des péchés du guerrier ? Ou Dieu a-t-il guidé sa main pour châtier un traître, ce que l'absence de remords de Guillaume pourrait suggérer ? Sa contrition au début du *Charroi de Nîmes*, de même que la vie religieuse qu'il embrasse dans le *Moniage Guillaume*, amènent à penser que Guillaume a douloureusement conscience de l'incompatibilité entre sa fonction de guerrier et sa vertu de chrétien. Contrairement aux autres chansons du cycle, le thème politique du *Couronnement* conduit Guillaume à affronter de nombreux chrétiens, voire des pairs qui se trouvent comme lui à la cour. À deux reprises, contre Arneïs et contre Richard, il use de violence devant l'autel, dans un lieu saint. Dans l'épisode tourangeau, il frappe et humilie des membres du clergé, ce qui représente une autre transgression contre laquelle il s'élève dans *Les Narbonnais* : voyant son frère Hernaut s'attaquer à un évêque insolent, il l'arrête par le bras au motif qu'on ne doit pas s'en prendre à un homme de Dieu (laisse XLVII). Mais dans la première partie des *Narbonnais*, Guillaume se caractérise par une modération qu'il ne peut plus conserver dans le *Couronnement*, contraint qu'il est par la nécessité de faire respecter et le roi et le droit. Les menaces qu'il profère envers l'abbé, pourtant son allié, le disent assez clairement :

> "… Se je oeie novele al repairier
> Que Looïs i eüst encombrier,
> Totes voz ordenes n'i avreient mestier
> Ne vos fesisse toz les membres trenchier." (*CL* 1990-1993)

Le respect de la morale chrétienne vaut, tant que le roi n'est pas menacé. Dès lors que le royaume ou la chrétienté sont attaqués, la mesure n'est plus de mise. Guillaume retrouve spontanément le ton féroce qu'avait Charlemagne lorsqu'il recommandait la fermeté à son fils, la comparaison avec le léopard fournissant une analogie très convenable avec le "guerrier-fauve" :

> "Vers l'orgoillos te deis faire si fier
> Come liepart qui gent vueille mangier [...]
> N'en aies onques manaide ne pitié,
> Ainceis li fai toz les membres trenchier..." (*CL* 186-187 et 194-195)

Le service de Dieu ou du roi est donc rigoureusement incompatible avec les préceptes de la foi.

• Un *bersekr* muselé ?

Toutefois, le *Couronnement de Louis* semble tenter une sorte de synthèse entre le guerrier et le chrétien. Ainsi, Dominique Boutet place Dieu

> entre le héros sauvage et amoral dont il veut parfois faire son intrument et l'empereur qui est son représentant officiel sur cette terre. Dans ce cas, le héros ne peut triompher et apparaître comme l'instrument de Dieu qu'après avoir reconnu la souveraineté royale, c'est-à-dire qu'après s'être soumis à l'aspect chrétien, hiérarchique et ordonné du divin : sinon le mythe ne serait pas supportable.
>
> [BOUTET, 1976, p. 1129]

La violence du guerrier est donc jugulée, tout comme la force de l'ours est contrôlée par le dresseur, grâce à l'anneau qui perce son museau. Ne pourrait-on voir, dans le *cort nés* de Guillaume, la puissance de Dieu qui s'exerce sur lui et le soumet ? Cela expliquerait la relative modération de Guillaume après cet épisode : avant le combat contre Corsolt, il tue Arneïs dans un lieu sacré ; après ce combat, il châtie les traîtres sans les tuer. Richard est frappé, mais pas exécuté, et lors de sa deuxième trahison, Guillaume le livre au roi sans le tuer lui-même. À Tours, les ecclésiastiques sont frappés mais gardent la vie sauve, contre l'avis du clerc qui suggère de les décapiter (*CL* 1697) et des chevaliers qui proposaient de les pendre (*CL* 1754). Seuls Gui et Acelin sont tués de la main de Guillaume, mais leur entêtement à détruire l'ordre établi – rébellion contre le roi, défi contre Dieu – et à vouloir s'emparer d'une couronne et d'une terre qui ne leur appartiennent pas justifie pleinement la peine. Le trouvère du *Couronnement* tente ainsi de concilier, à travers la figure paradoxale de Guillaume, deux traits de sa personnalité difficilement compatibles.

Une vie de pénitence ?

• Un chemin de croix

Pour autant, un pécheur doit expier. À partir du moment où Guillaume devient *defensor regis* et *defensor santi Petri*, il renonce à la tranquillité et au plaisir. Le pape, qui lui a pourtant promis de splendides indulgences avant son combat contre Corsolt, qui lui a conseillé le mariage, l'invite explicitement à faire pénitence :

> "En peneance vos vueil je comander
> Que Looïs vo seignor secorez.
> C'iert granz damages s'il est deseritez." (*CL* 1408-1410)

Autrement dit, Guillaume doit abandonner la fille du roi Guaifier pour secourir Louis. La véritable pénitence de Guillaume n'est pas le pèlerinage qu'il entreprend au début de la chanson, mais bien l'interminable périple qu'il entame au sortir de Rome : d'abord pour sauver le roi, puis pour restaurer le royaume menacé, Guillaume commence un long chemin qui tourne au chemin de croix. Pendant plus de trois ans, il ne cesse de combattre, à tel point que ses hommes sont épuisés :

> Quant ont disné li noble chevalier,
> Alquant s'endorment, car il sont travaillié.
> Veit le Guillelmes, molt l'en prist grant pitié... (*CL* 2089-2091)

Le poids de la charge qu'il a acceptée ne lui laisse pas le moindre répit.

• Une figure christique ?

Ne pourrait-on voir, dès lors, une figure christique en la personne de Guillaume, toujours souffrant et toujours sacrifié dans le *Couronnement de Louis* ? Le parallèle est d'abord suggéré par les prières successives de Guillaume :

> ... ce qui retient l'attention, c'est l'allusion biblique qui termine chaque prière. Pour la première, la Descente en Enfer préfigure le courage de Guillaume qui doit vaincre un adversaire démoniaque avant de libérer les fidèles captifs des Sarrasins. De même, la seconde prière, qui s'achève par Moïse en extase devant le buisson ardent – moment où ce patriarche reçoit de Dieu la mission de libérer son peuple –, préfigure encore une fois chez Guillaume ses deux rôles capitaux de protecteur et de libérateur. Bref, il n'y a pas loin entre Moïse en extase et Guillaume à l'oraison, ni entre le Christ devant l'Ennemi infernal et Guillaume devant Corsolt.
>
> [Maddox et Sturm-Maddox, 1978, p. 613-614]

Moïse, simple berger, est appelé par Dieu à guider son peuple. Or Guillaume, simple chevalier, est choisi par Dieu pour rappeler aux barons la nécessité d'obéir au roi. Dans le parcours initiatique de Guillaume, le combat contre Corsolt revient à affronter les démons des enfers, pour ensuite libérer les âmes captives. La rencontre avec Dieu, à travers le rêve et les prières, confère à Guillaume le statut emblématique de guide, comme le furent Moïse et Jésus :

> Guillaume, like Christ for humanity, substitutes himself for the inadequate and all-too-human Louis who, without his help, would have lost the two pillars of Christian medieval culture represented by Rome : the Church and the Empire.
>
> [BLUMENFELD-KOSINSKI, 1986, p. 390-391]

Si les autres références bibliques se rencontrent dans plusieurs prières du plus grand péril, l'épisode du buisson ardent apparaît uniquement dans le *Couronnement* [BLUMENFELD-KOSINSKI, 1986, p. 388]. Grâce à l'entremise de Guillaume, le feu immuable de Dieu l'emporte sur les flammes inquiétantes des démons. La longue marche qui s'ensuit a pour but, non de découvrir la terre promise, mais de restaurer *dolce France* dans toute sa gloire.

Comme Jésus qui peut descendre aux enfers, Guillaume peut quitter la terre protégée de France pour affronter le mal et rencontrer les Sarrasins. Voilà qui le rapproche encore de la figure mythologique de l'ours :

> L'ours est en effet particulièrement qualifié pour faire le lien entre l'Au-delà et cette terre (par l'hibernation), entre la forêt (l'espace sauvage) et le clos établi par les hommes.
>
> [ISSARTEL, 2010, p. 483]
>
> … l'ours […] exécute sans cesse le va-et-vient entre la terre des esprits et la nôtre, afin de ramener l'abondance et d'assurer la bonne entente entre les uns et les autres…
>
> [ISSARTEL, 2010, p. 25]

Entre Au-delà et monde terrestre, entre Dieu et Diable, sainteté et péché, violence et mesure, Guillaume apparaît ainsi comme un héros mythologique de frontière : il éloigne le mal du bien et protège la *dolce France* du brasier de la trahison.

Héros épique, mais aussi héros mythologique, Guillaume acquiert dans *Le Couronnement de Louis* une nouvelle dimension : pas encore complètement géant comme il le deviendra dans d'autres chansons de la geste, il se distingue toutefois de l'humaine condition par sa dimension symbolique et sa spiritualité. Certes, il est amené à employer la violence et à sortir du cadre de la morale chrétienne. De la même façon, dans d'autres chansons du cycle, Guillaume exploite la ruse et le déguisement pour mieux vaincre, dans un esprit qui ne correspond pas vraiment aux règles de la chevalerie. Mais Guillaume est un héros paradoxal, ambigu, attachant. Proche de Dieu et soumis à ses désirs, sacrifiant son bonheur personnel au salut du roi de France et de son peuple, il pourrait être un héros de la Passion, souffrant et pleurant : cette triste posture revient à Louis, dont le rôle est bien plus confortable dans la chanson, et qui ne manifeste guère de proximité avec le divin. Bien à rebours, Guillaume est un héros au rire célèbre, à l'énergie inlassable, et dont la foi lumineuse dégage une flamme aussi inextinguible que celle du buisson ardent.

LE

TRAVAIL

DU

TEXTE

Pour préparer les épreuves de littérature comme celle de langue, il est vivement recommandé de lire les rapports de jurys, qui donnent de judicieux conseils de méthode.

Par ailleurs, aucune de ces épreuves ne se prête à l'improvisation : la langue exige des connaissances techniques précises qu'il faut mobiliser rapidement le jour de l'épreuve. L'exercice de traduction suppose une bonne maîtrise de la langue et de l'œuvre. Enfin, les épreuves littéraires impliquent de nombreuses lectures, et surtout une excellente connaissance du texte au programme, dans lequel le candidat doit pouvoir circuler avec aisance. Un travail régulier pendant l'année s'impose donc.

LES ÉPREUVES LITTÉRAIRES DU CONCOURS

LA DISSERTATION

Le texte en ancien français tombe rarement à l'écrit, certes, mais il est tout à fait *possible* qu'il tombe à l'écrit : c'est donc une éventualité à laquelle il faut se préparer. Cela a été le cas à l'épreuve de lettres modernes en 1997 (*Le Conte du Graal*). *Le Couronnement de Louis* est sans doute l'une des chansons de geste les plus étudiées et les plus connues après *La Chanson de Roland* : on peut imaginer de nombreux sujets de dissertations à partir de cette œuvre.

La composition française dure 7 heures pour toutes les agrégations et est affectée d'un coefficient 9 à l'agrégation de grammaire (sur un total de 36 à l'écrit), d'un coefficient 16 à celle de lettres classiques (sur un total de 40 à l'écrit) et d'un coefficient 12 à celle de lettres modernes (sur un total de 40 à l'écrit).

Dans cette perspective, la fréquentation assidue du texte au programme est indispensable : il est indispensable de pouvoir y faire référence, en résumant certains passages, en citant quelques vers ou quelques formules. Assurément, il est malaisé de mémoriser le texte en ancien français ; toutefois le rythme du décasyllabe et les assonances facilitent le travail de mémoire, et les éventuelles inexactitudes sur les graphies sont des erreurs vénielles, auxquelles le jury prêtera peu attention. C'est bien le texte en *ancien français* qu'il convient d'étudier et de travailler, et en aucun cas la traduction, qui reste un outil de travail pendant l'année.

La méthode de la dissertation sur une œuvre médiévale ne diffère en rien de celle sur une œuvre postérieure : le sujet invite généralement à commenter un extrait d'œuvre critique. Il est donc souhaitable d'avoir lu ces œuvres critiques pendant l'année, et d'analyser avec rigueur tous les tenants et aboutissants du sujet. Une dissertation suppose une distance critique : il va de soi que l'approbation aveugle de la citation proposée à l'étude n'est pas attendue. Le plan le plus classique, dit dialectique, part du plus évident pour ensuite approfondir et élargir la réflexion : une des possibilités consiste à expliciter les termes du sujet avant d'en approfondir la problématique.

LA LEÇON OU L'ÉTUDE LITTÉRAIRE

La leçon est l'équivalent oral de la dissertation. Elle concerne uniquement les agrégations de lettres modernes et lettres classiques. La durée de préparation est de 6 heures, le temps de passage de 40 minutes, auquel s'ajoute un entretien de 10 à 15 minutes. Elle est affectée d'un coefficient 13 en lettres modernes au concours externe (sur un total de 41 à l'oral), d'un coefficient 11 en lettres classiques au concours externe (sur un total de 41 à l'oral).

Le sujet de la leçon porte sur un thème (p. ex. "La violence", "Croire et prier", "Les relations de parenté"), sur un personnage (p. ex. "Le roi Louis", "Guillaume"), un groupe de personnages (p. ex. "Sarrasins et chrétiens", "Les traîtres") ou encore sur la forme du texte (comme "Structure et composition du *Couronnement de Louis*", "La laisse dans *Le Couronnement de Louis*"). Il est également possible de proposer une citation brève à la réflexion du candidat, ce qui rapproche plus encore l'exercice de la dissertation.

Là encore, une bonne connaissance de l'œuvre est nécessaire, afin de pouvoir s'appuyer immédiatement sur les passages clefs de l'œuvre et de construire une problématique pertinente. Des références précises et fréquentes au texte en ancien français sont indispensables : du reste, ce dernier seul est fourni pendant le temps de préparation aux concours externes : il n'y a pas d'obligation à donner la traduction aux concours internes même si c'est le cas traditionnellement.

À l'oral, le discours doit être clairement structuré et efficacement présenté : non seulement le jury doit voir la progression de la réflexion, mais encore le candidat doit maintenir son attention par un discours vivant et si possible plaisant ! Il est nécessaire de maîtriser son temps de parole : la leçon ne doit être ni trop brève, ni trop longue, et les différentes parties du développement doivent être équilibrées.

L'étude littéraire est une variante de la leçon : reposant sur les mêmes modalités, elle consiste à étudier non un sujet, mais un segment du texte, long de 300 à 500 vers environ. Compte tenu de la longueur du texte, le commentaire linéaire est bien évidemment à proscrire. L'exercice exige de construire un plan, de montrer l'intérêt du texte (sa place dans l'œuvre ? sa signification ? son unité ?), et de mettre en lumière différents niveaux d'interprétation tout en étudiant le texte d'un point de vue stylistique et formel (composition ? structure strophique ? registre ? sonorités ?). La composition particulière du *Couronnement*, divisé en "branches" suggère facilement plusieurs sujets d'étude littéraire.

L'EXPLICATION DE TEXTE

L'explication de texte est un exercice spécifique à l'agrégation de lettres classiques. L'épreuve se prépare en deux heures, et l'explication de texte, d'une durée de 35 minutes, est suivie d'un entretien de 15 minutes. Son coefficient est de 5.

Le texte proposé est généralement long de 30 à 40 vers. Le commentaire peut être linéaire ou composé. Le temps de préparation impose toutefois le plus souvent le commentaire linéaire, approuvé par les rapports de jury.

L'exercice se décompose en différentes étapes :

— une **introduction**, qui situe le passage dans l'ensemble de l'œuvre ;

— une **lecture**, intégrale, du passage à étudier. Il est recommandé de s'y préparer pendant l'année, tant la lecture d'un texte en ancien français ne s'improvise pas. Le respect de la prononciation du XIIe siècle est souhaité (tous les phonèmes graphiés se prononcent), de même que des égards pour le rythme du décasyllabe ;

— une **traduction** d'une partie du texte (une vingtaine de vers environ), indiquée explicitement dans le sujet donné au candidat. La traduction se prépare sans dictionnaire : là encore, c'est un exercice auquel il convient de s'entraîner pendant l'année ;

— un **commentaire**, débutant par l'annonce d'une problématique et d'une étude de la composition du passage et suivi de l'explication à proprement parler. La conclusion revient à la problématique initiale et y répond.

L'ÉPREUVE DE GRAMMAIRE

L'épreuve d'ancien français aux concours de l'agrégation est une épreuve sur programme. Le programme pour le concours 2014 porte sur les vers 1 à 2019 dans *Le Couronnement de Louis*, édité par E. Langlois (Paris, Champion, 1925).

PRÉSENTATION

L'épreuve d'ancien français à l'agrégation externe de lettres modernes

L'épreuve (durée : 2h30, coefficient 4 sur un total de 40 pour les épreuves d'admissibilité), se décompose en cinq parties, avec le barème suivant :

— Traduction (/ 5) ;
— Phonétique (/ 3) ;
— Morphologie (/ 4) ;
— Syntaxe (/ 4) ;
— Vocabulaire (/ 4).

C'est une épreuve de rapidité : il n'est donc pas envisageable de faire un brouillon !

L'épreuve d'ancien français à l'agrégation externe de grammaire

Il y a deux possibilités : soit l'épreuve d'ancien français fait partie de la composition principale (4h30 avec la grammaire moderne, coefficient 8 sur un total de 36 pour les épreuves d'admissibilité), soit elle s'intègre à la composition complémentaire (2h30 avec la grammaire moderne, coefficient 4). Elle se décompose en cinq parties :

— Traduction (/ 4) ;
— Phonétique (/ 4) ;
— Morphologie (/ 4) ;
— Syntaxe (/ 4) ;
— Vocabulaire (/ 4).

TRADUCTION

L'exercice est identique dans toutes les épreuves.

Le texte à traduire est sur programme : il a donc été préparé pendant l'année. Il est vivement conseillé d'élaborer sa propre traduction plutôt que d'apprendre par cœur une traduction du commerce, que le jury connaît aussi, et qui n'est pas nécessairement fiable.

La traduction proposée doit être écrite dans un français impeccable, que l'on souhaite fluide et élégant. Les fautes de langue sont évidemment sanctionnées. Le style troubadour est à bannir : il s'agit de traduire de l'ancien français vers le français moderne, et les archaïsmes ne sont pas de mise. Le texte au programme est une chanson de geste, écrite en vers, que l'on traduit en prose. Il serait hasardeux de chercher à conserver la structure poétique, car la traduction demandée doit privilégier la précision et la fidélité au texte.

Pour mémoire, le barème pour cet exercice de traduction est un barème négatif : à chaque erreur ou à chaque oubli, on retranche des points au total. Il est donc nécessaire de *tout* traduire. En cas de doute, mieux vaut traduire un vers (on ne sait jamais) plutôt que de laisser un blanc (la pénalité maximale est certaine).

PHONÉTIQUE ET GRAPHIES

À l'agrégation de lettres modernes, la question se divise traditionnellement, mais sans que cela soit une nécessité, en deux parties : a) l'évolution phonétique complète d'un mot, de son étymon jusqu'au français moderne ; b) l'étude d'une graphie dans un corpus donné. À l'agrégation de grammaire, on demande l'évolution phonétique complète de deux mots (composition principale) ou d'un seul (composition complémentaire).

Présentation

• Évolution phonétique complète d'un mot

Il s'agit de montrer l'évolution phonétique d'un mot de son étymon (donné dans le sujet) jusqu'au français moderne : en 2013, *scala* > *eschiele* en lettres modernes, **tendutum* > *tendu* et *diurnos* > *jorz* (composition principale), *nasum* > *neis* (composition complémentaire) en grammaire.

L'usage est plutôt d'employer l'alphabet phonétique des romanistes (ou alphabet Bourciez), mais l'alphabet phonétique international (API) est également admis, pour peu que le candidat se tienne à son choix et ne mélange pas les deux systèmes de notation.

Par souci de clarté, il est vivement conseillé de présenter sa réponse sous forme de tableau : une colonne indique la date, une autre la transcription phonétique, la troisième détaille les explications à apporter pour chaque étape. Les explications doivent être rédigées de la façon la plus claire et la plus complète possible. Elles portent sur les phénomènes phonétiques, mais des commentaires sur la graphie sont également souhaités.

• Étude de graphies

Il est d'usage depuis quelques années en lettres modernes de donner une question portant sur les graphies et amenant à s'interroger sur la correspondance entre graphie et phonie : en 2013, la question portait sur l'origine et l'évolution de *oi* dans *pointes* < *pinctas*, *avoit* < *habebat*, *oissiaus* < **aucellos*, *endroit* < *directum*.

Cette question de synthèse nécessite de faire un plan : il ne faut surtout pas traiter les mots les uns après les autres. L'évolution complète de chaque mot est inutile et hors sujet, la question portant sur une graphie bien précise.

Toute étude de graphies (et d'une façon générale, de langue) semble par nature discutable dès lors que l'on part d'un texte où les interventions de l'éditeur sont multiples. Le texte de l'édition Langlois est de fait plus reconstitué qu'édité, comme on peut s'en convaincre en parcourant l'édition d'Y. Lepage (1978) ou la transcription synoptique des différents manuscrits, toujours par Y. Lepage (http://www.lfa.uottawa.ca/activites/textes/Couronnement/coltexte.htm. Le résultat de cette pratique éditioriale est un texte lissé, dont les graphies sont uniformisées et modifiées pour correspondre à la langue du XIIe siècle, dont la déclinaison a été corrigée, et qui ne ressemble à aucun des manuscrits du *Couronnement...*

Dans les exemples qui suivent, la ou les lettres directement concernées par l'évolution considérée sont mises en gras dans l'étymon latin. La prononciation indiquée correspond à une étape de l'évolution au début du XIIe siècle.

• *a*

La voyelle simple *a* note le produit de :

— a initial atone : ***pa**látium* > *palais* 30, ***pa**vórem* > *paor* 954… ;

— *a* tonique et entravé : ***á**ltera* > *altre* 947, *cab**á**llum* > *cheval* 2017..., y compris derrière une consonne palatalisée : *c**á**rrum* > *char* 390… ;

— *a* initial atone entravé, derrière une consonne palatalisée : *c**a**rbónem* > *charbon* 506…

• *an*, *am*

Le digramme *an*, *am* note :

— la nasalisation de la voyelle *a*, atone ou tonique mais entravée par une consonne nasale, et correspond au son [ãn], [ãm] : ***an**gústia* > *angoisse* 930, *c**ám**pum* > *champ* 799… ;

— la nasalisation de la voyelle *o* dans *d**óm**inum* > *dan* 1617, *d**óm**ina* > *dame* 1374, due à “un emploi proclitique devant nom propre dans les appellations honorifiques du latin tardif”. [ZINK, 1986, p. 221]

• *ai*

Le digramme *ai* correspond à la diphtongue par coalescence de *a* + *i*, issu de la vocalisation de [y] au VIIe siècle ou au IXe siècle : *l**á**crimas* > *lairmes* 751 (refait en *larmes* en moyen français), *l**a**xáre* > *laissier* 1881, *pal**á**tium* > *palais* 30, **s**á**yyo* > *sai* 4…

La diphtongue se réduit à [ẹ] ou [ę] au cours du XIIe siècle. Cette réduction n’est pas achevée à la date de composition du texte, puisque les laisses IV et XI du texte assonent en *ai* [ęi̯], sans autre mot à l’assonance présentant une finale en *e*, *e* ouvert ou fermé.

• *ain*, *aim*

Le trigramme *ain*, *aim* est le produit de la diphtongaison spontanée de *a* tonique libre soumis à l’influence fermante de la nasale : *p**á**nem* > *pain* 510, *s**á**num* > *sain* 906, ***á**mat* > *aime* 1162…

• *au*

La diphtongue *au* correspond à la diphtongue par coalescence de *a* + *u*, issu de la vocalisation de *l* implosif : *au* 550 (résultat de l’enclise de l'article *le* derrière la préposition *a*), ***á****ltera* > *autre* 916. Ce sont les deux seules occurrences du texte au programme, tant la vocalisation de *l* vélaire (au XIe siècle, en principe) est exceptionnellement graphiée.

Pas de triphtongues *eau*, *iau*.

• *e*

La graphie *e* transcrit :

— le son [e̥] (*e* central), à l'intérieur ou à la finale de mot, résultat de l'affaiblissement de *a* final atone (*bócc****a*** > *boche* 1922…), de la nécessité d'une voyelle de soutien en finale (*éssere* > *estre* 21…), de l'affaiblissement de la voyelle initiale atone *e* en position libre (*f****e****ríre* > *ferir* 896…), ou encore produit de l'affaiblissement de *a* initial atone précédé d'une consonne palatalisée (*c****a****bállum* > *cheval* 2017…) ;

— le son [ę] (*e* ouvert), résultat de la voyelle *e* tonique entravée : *f****é****rrum* > *fer* 557 (*e* bref étymologique, pas de changement après le bouleversement vocalique ; entravé, il reste ouvert au XIIe siècle ;

— le son [ẹ] (*e* fermé), produit de la diphtongaison française de *a* tonique et libre : *b****a****ro* > *ber* 1254, *bonit****á****tem* > *bonté* 689, *gr****á****tum* > *gré* 108. C'est également le résultat de l'évolution de la voyelle prosthétique *i*, devenue *e* fermé au IIIe siècle, et qui se conserve ensuite sans changement (l'entrave empêche la centralisation de cette voyelle initiale atone au XIe siècle mais l'entrave du *s* disparaît au XIIe siècle, avant l'ouverture des voyelles initiales atones entravées) : *spátha* > *espee* 122, *scútos* > *escuz* 278.

• *en*, *em*

Le digramme *en*, *em* note la nasalisation de la voyelle *e*, atone ou tonique mais entravée par nasale, et correspond au son [ãn], [ãm] dès le XIe siècle : *inf****á****ntem* > *enfant* 83, ***i****mperatórem* > *empereor* 250.

• *ei*

Le digramme *ei*, prononcé [ẹi̯] puis, dès le début du XIIe siècle, [ọi̯], est le produit :

— de la diphtongaison de *e* fermé tonique et libre : *borg****é****(n)sem* > *borgeis* 1874, *cr****é****dere* > creire 856, *f****í****dem* > *fei* 224… ;

— de la coalescence de *e* + *i*, après la vocalisation de [y] au VIIe ou au IXe siècle : **d****é****yyo* > *dei* 785 (P1 *deveir*), *l****é****gem* > *lei* 176, *prec****á****re* > *prei(i)er* 1663…

• ***ein***

Le trigramme *ein* transcrit le produit de la diphtongaison de *e* fermé tonique et libre soumis à l'influence d'une consonne nasale, au XIIe siècle [ẽ̦ n] : **mínat* > *meine* 1521 (P3 de *mener* au présent de l'indicatif), *mínus* > *meinz* 1988…

• ***eu***

Le digramme *eu*, correspondant au son [ẹu̯], puis [œu̯] à la fin du XIIe siècle, transcrit le produit :

— de la triphtongue par coalescence *uo* + *u* dans *fócum* > *feu* 533, *lócum* > *leu* 946, avec perte du premier élément de la triphtongue ;

— de la coalescence de *e* + *u* dans *Déum* > *Deu* 534. *E* bref en hiatus, bien que tonique, ne se diphtongue pas [FOUCHÉ, 1958, p. 342-343].

La graphie *ieu* n'est pas attestée dans le texte au programme.

• ***i / y***

La graphie *i* correspond au son [i], résultat de l'évolution de :

— *i* long latin, tonique ou atone : **cactívos* > *chaitis* 306, *caritátem* > *charité* 1394… ;

— la triphtongue produite par la diphtongaison conditionnée de *e* bref au contact de [y] : *péctus* > *piz* 1216, *préco* > *pri* 1697 (P1 par analogie de *preiier* au présent de l'indicatif).

Correspondant également au son [i], la graphie *y* est exceptionnelle dans le texte et n'apparaît que pour des noms propres : *Yve et Yvoires* 565, *Symon* 1019, *Moysés* 1020 (avec diérèse).

• ***in*, *im***

Au XIIe siècle, la voyelle *i*, en syllabe ouverte comme en syllabe fermée, n'est pas encore nasalisée devant consonne nasale. Elle se prononce donc *i* dans *camínum* > *chemin* 780, **limónem* > *limon* 979…

• ***ié*, *ie***

Par convention, on transcrit *ié*, avec un accent, lorsque la diphtongue est en finale absolue ou devant *-s*, et *ie* à l'intérieur du mot. La prononciation au XIIe siècle est [íẹ]. Cette graphie correspond au produit :

— de la diphtongaison romane de *e* bref, tonique et libre : *cáelum* > *ciel* 126, *férum* > *fier* 354… ;

— de la diphtongaison conditionnée de *e* bref, tonique et entravé par une consonne palatalisée : *mélior* > *mieldre* 14, *mélius* > *mielz* 191 ;

— de la diphtongaison conditionnée de *a* tonique et libre au contact d'une consonne palatalisée (loi de Bartsch) : *basiáre* > *baisier* 239, *captiáre* > *chacier* 114, **cápum* > *chief* 125…

• ***ien***

Le trigramme *ien* transcrit le produit [íẹ̃n] des diphtongaisons susmentionnées lorsqu'il est soumis à l'influence d'une consonne nasale : *rém* > *rien(s)* 1446 (diphtongaison romane), *téneo* > *tieng* 927 (P1 de *tenir* au présent de l'indicatif, diphtongaison conditionnée), *cánem* > *chien* 1074 (loi de Bartsch)…

• ***iu***

La graphie *iu* est attestée une seule fois, dans le nom calqué du latin *Julius* (465), où elle a valeur dissyllabique.

• ***o***

La graphie *o* transcrit :

— le produit de la monophtongaison de la diphtongue latine *au*, réduite à [ǫ] (*o* ouvert) au VIe siècle : *áurum* > *or* 20, *cáusa* > *chose* 204 (mais, dans ce dernier mot, l'influence de la sifflante sonore [z] ferme *o* au cours du XIIe siècle)… ;

— le son [ǫ] (*o* ouvert) lorsque la voyelle est un *o* ouvert tonique mais entravé : **cólpu* > *colp* 296, *fórtia* > *force* 76… ;

— le son [ọ] (*o* fermé) lorsque la voyelle est un *o* initial atone (*borgénsem* > *borgeis* 1874, *coróna* > *corone* 20…) ou bien lorsqu'il s'agit d'un *o* fermé tonique mais entravé (*bócca* > *boche* 1922, *diúrnu* > *jor* 39…). La voyelle *o*, tonique mais entravée, se ferme en *u* à la fin du XIIe siècle, évolution phonétique qui n'apparaît pas dans les graphies du texte au programme ;

— le produit de la diphtongaison française de *o* fermé tonique et libre, prononcé [œ̣́u̯], puis, dès la deuxième moitié du XIIe siècle, [œ̣́] : *dolórem* > *dolor* 1401, *nepótem* > *nevo* 1492, *pavórem* > *paor* 954…

• ***on*, *om***

Le digramme *on*, *om* transcrit le produit :

— de la nasalisation de *o* fermé [ọ̃n], [ọ̃m] : ***bón**um* > *bon* 32 (*o* atone, mot clitique), ***comm**eátum* > *congié* 230 (*o* initial atone), ***hóm**inem* > *ome* 265 (voyelle tonique entravée)… ;

— de la diphtongaison française de *o* fermé tonique et libre soumis à l'influence fermante de la consonne nasale : *ba**rón**em* > *baron* 10, *co**róna*** > *corone* 20, *rati**ón**em* > *raison* 490… La diphtongue se réduit au cours du XIIe siècle : [ọ́ọ̃n] > [ọ́n].

• ***oi***

Le digramme *oi* transcrit le produit de la diphtongue par coalescence de *o* (issu de *o* bref, *o* long, *au* ou *u* bref) + *i* (issu de la vocalisation de [y] au VIIe ou au IXe siècle) : *hist**ória*** > *estoire* 2, ***náuse**a* > *noise* 1621, *ang**ústia*** > *angoisse* 930…

• ***oin*, *oing***

Le trigramme *oin*, prononcé [ọ̃ĩn] note le produit nasalisé de la diphtongue par coalescence de *o* fermé (< *o* long, *u* bref étymologiques) + *i* (issu de la vocalisation de [y]) : **ex*s**ónia*** > *essoine*, ***púng**it* > *point* 898…

Lorsque la nasale est un *n* palatal (qui, implosif, passe à [n] dental au cours du XIIe siècle), la graphie est *oing* [ọ́ĩṇ] : **bis**únnia*** > *besoigne* 103, ***púgn**um* > *poing* 130…

• ***ou***

Le digramme *ou* est le produit :

— de la diphtongue par coalescence de *o* ouvert (< *au*) suivi de *-u* dans ***páu**cum* > *pou* 1732. La diphtongue [ọ́u̯] se monophtongue en [ú] dans le courant du XIIe siècle.

— de la fermeture de *o* (*o* ouvert ou fermé) en [u] : ***áut*** > *ou* 196, ***úbi*** > *ou* 720… Cette fermeture, qui n'apparaît pas dans le reste du corpus, vise peut-être à différencier ces formes de la préposition *o* (< *apud*) ;

— de la diphtongaison française de *o* fermé tonique et libre dans ***dú**os* > *dous* 751 (la graphie n'enregistre pas l'évolution de [ọ́u̯] en [ẹ́u̯] qui se produit au début du XIIe siècle).

• ***u***

La graphie *u*, produit de l'évolution de *u* long étymologique, correspond au son [ü] : *sc**ú**tos* > *escuz* 278, *n**ú**dum* > *nu* 1340, *n**ú**llus* > *nuls* 1671…

• ***un***

Comme la voyelle *i*, la voyelle *u* [ü] n'est pas encore nasalisée au XIIe siècle devant consonne nasale : *br**ú**nus* > *bruns* 959 [brǘns].

• ***ue***

Le digramme *ue* est le produit de la diphtongaison romane de *o* ouvert tonique et libre : *c**ó**r* > *cuer* 260, *p**ó**pulum* > *pueple* 175, **p**ó**tet* > *puet* 53 (P3 de *poeir* au présent de l'indicatif)… Il correspond au XIIe siècle au son [ǘœ̣], dernière étape avant la bascule de l'accent ([ẅœ̣́]) et la monophtongaison en [œ̣́] à la fin du siècle.

• ***uen***

Le trigramme *uen* est le produit nasalisé de la diphtongaison romane de *o* ouvert tonique et libre : *c**ó**mes* > *cuens* 143. Au début du XIIe siècle, il correspond à [ǘẹ̃n] ([ẅẹ̃́n] à la fin du XIIe siècle).

• ***ui***

Le digramme *ui*, qui se prononce [ǘi̯] au début du XIIe siècle ([ẅí] après la bascule de l'accent à la fin du XIIe siècle), est le produit de la diphtongaison conditionnée de *o* bref tonique et entravé par une palatale : *m**ó**r**i**o* > *muir* 1259 (P1de *morir* au présent de l'indicatif), *n**ó**c**t**em* > *nuit* 286…

Les consonnes

• ***k, qu***

La graphie *k* n'est pas attestée dans le texte au programme, pas plus que celle de *q* seul.

Le digramme *qu*, hérité du latin et prononcé [k^{w}] jusqu'au XIe siècle, correspond au son [k] : ***qu**ándo* > *quant* 12, ***qu**áerere* > *querre* 1613. Pour la datation, délicate, du passage de [k^{w}] à [k], voir [ZINK, 1986, p. 148].

• ***c***, ***ç***

La graphie *c* correspond :

— au son [k] devant consonne ou devant les voyelles *a*, *o*, *u* : ***c**onsílium* > *conseil* 461, ***c**rédere* > *creire* 856, *s**c**útos* > *escuz* 278… ;

— au son [ts] devant les voyelles *e*, *i* : ***c**eláre* > *celer* 174, ***c**ircáre* > *cerchier* 1870, ***c**ivitátem* > *cité* 331, *lán**c**ea* > *lance* 654…

La graphie *ç* devant *a*, *o*, *u* correspond au son [ts] : *can**ti**ónem* > *chançon* 3, **comini**ti**ávit* > *commença* 1884, *lec**ti**ónem* > *leçon* (par influence savante) 1065… Elle est imputable à l'éditeur. Son usage est introduit au XVIe siècle par l'imprimeur Geoffroy Tory, en même temps que la plupart des signes diacritiques aujourd'hui employés en français.

• ***ch***, ***sch***

Le digramme *ch* correspond au son [tš] : *bó**cc**a* > *boche* 1922, ***c**ámpum* > *champ* 799, *pe**cc**átum* > *pechié* 65…

Il est à distinguer du groupe *sch*, correspondant aux phonèmes consécutifs [s] et [tš] dans **sinis**k**álk* > *seneschal(s)* 661, *****sk**írpa* > *escharpe* 1454, **e**xc**appávit* > *eschappa* 714…

• ***s***, ***ss***

Le graphème *s* correspond :

— au son [s] en position initiale et intérieure appuyée, de même que le digramme *ss* entre voyelles : ***s**ánum* > *sain* 906, *con**s**ílium* > *conseil* 461, *angú**sti**a* > *angoisse* 930, *e**x**émplum* > *essemple* 10… *S* en position finale est également sourd : *lácrima**s*** > *lairmes* 751, *palá**ti**um* > *palais* 30… ;

— au son [z] en position intervocalique : *ba**si**áre* > *baisier* 239, *cáu**s**a* > *chose* 204… ;

— *s* implosif n'est plus prononcé au-delà de la première moitié du XIIe siècle. Il est donc probable que *s* note l'allongement de la voyelle antécédente dans ***s**cútos* > *escuz* 278, ***s**pátha* > *espee* 122, *ho**s**pitálem* > *ostel* 162…

• ***sc***

La graphie *sc*, latinisante, correspond au son [s] : *de**sc**éndit* > *descent* 687, *resu**sc**itátus* > *resuscitez* 779…

• ***x***

La seule occurrence de la graphie *x* est dans *luxure* 65, emprunt direct au latin *luxúria.*

• *z*

La graphie *z* note l'affriquée [ts] : *ánnos* > *anz* 103, *mélius* > *mielz* 191, *duodecim* > *doze* 569…

• ***g***, ***gu***, ***ge***, ***j***

La graphie *g* note :

— le son [g], inchangé du latin au français devant *o*, *u* ou devant consonne : *angústia* > *angoisse* 930, *glória* > *gloire* 59, *grátum* > *gré* 108… ;

— le produit de l'évolution de [w] germanique en position initiale : **wrakkjone* > *garçon* 1817… Mais, le plus souvent dans le texte, ce produit est graphié *gu* : *guarçon* 1010, **wardôn* > *guarder* 804, **wôstjan* influencé par le latin *vastare* > *guaster* 192… *W* germanique se renforce en effet en [gw], réduit à [g] au cours du XIIe siècle. La graphie, conservatrice, est donc encore *gu*, même si l'occurrence de *garçon* 1817 laisse à penser que la réduction de [gw] à [g] a bien eu lieu ;

— le produit de la palatalisation de *g* + *a*, *e*, *i* en position forte [dž] : *manducáre* > *mangier* 187 (après sonorisation de [k] intervocalique et chute de la prétonique interne), *argéntum* > *argent* 238… L'évolution de *b* + *y*, *m* + *y*, du groupe *mn* + *y*, aboutit au même résultat, ainsi que le traitement tardif de *n* + *y* : *cambiáre* > *changier* 1112, *commeátum* > *congié 230*, *sómnium* > *songe* 289, *extráneus* > *estranges* 60…

Exceptionnellement, le digramme *ge* note [dž] devant *a* : *vengeance* 1613.

La graphie *j* est généralement réservée au produit de la géminée [yy], primaire ou secondaire, [dž] : *majestátem* > *majesté* 796, *diúrnum* > *jor* 39… Mais elle est également utilisée pour éviter toute ambiguïté et traduire [dž] devant *a* : *gáudia* > *joie* 57, **somniávit* > *sonja* 289 (mais *songe*)…

• ***il***, ***ill***

En fin de mot, le digramme *il* note *l* palatal [l̮] : *consílium* > *conseil* 461, **solículu* > *soleil* 1377, **véclum* > *vieil* 819…

La même graphie correspond devant l'affriquée *z* à *l* vélaire [ɫ] avant sa vocalisation : *consílius* > *conseilz* 1198, *mélius* > *mielz* 191… La graphie est donc doublement conservatrice.

À l'intérieur du mot, *l* palatal est noté par la graphie *ill* : *consiliáre* > *conseillier* 1630, *meliórem* > *meillor* 9, *mirabília* > *merveille* 545…

• ***gn*, *ign*, *ng***

Le digramme *ng* note *n* palatal [ɲ] (jusqu'au cours du XIIe siècle) en fin de mot : *pú**gn**um* > *poing* 130, **sú**nni**u* > *soing* 1114… La voyelle *-i-* forme avec la voyelle qui précède une diphtongue par coalescence.

À l'intérieur du mot, *n* palatal est noté par le groupe *ign* : *compa**ni**ónem* > *compaignon* 1015, *insi**gn**áre* > *enseignier* 1953, *se**ni**órem* > *seignor* 1…

• ***h***

La lettre *h* note ce qui était l'aspirée d'origine germanique : ****h**áunita* > *honte* 703, ****h**elm* > *helme* 2004…

Elle est également un signe diacritique entre deux voyelles pour indiquer un hiatus : *esbahiz* 1709, *Mahomet* 672…

MORPHOLOGIE

À l'agrégation de lettres modernes, la question se décompose traditionnellement en deux parties : une étude en synchronie (qui revient à relever et classer des éléments du texte), et une étude en diachronie (où l'on montre la formation et l'évolution d'un paradigme). À l'agrégation de grammaire, l'épreuve ne comporte qu'une question, d'ordre diachronique.

Présentation

• Étude en synchronie

La question de synchronie consiste, à partir du texte du sujet, à relever et à classer les occurrences d'une catégorie grammaticale donnée, en fonction du système de l'ancien français (en 2013, à l'agrégation de lettres modernes, le subjonctif imparfait).

Le préalable à l'exercice est donc d'identifier les occurrences du texte : le relevé doit être exhaustif et correct. Les oublis sont pénalisés, de même que les ajouts erronés.

Il est souhaitable de commencer par une introduction définissant le sujet et justifiant les choix du classement. Le plan doit être apparent : un plan détaillé est préconisé, il est inutile de tout rédiger comme dans une dissertation. Sauf indication contraire, chaque type de paradigme doit être illustré par un exemple.

L'étude doit être structurée selon un plan reprenant les différentes paradigmes de l'ancien français. Par exemple, pour une question sur les substantifs masculins, on pourra distinguer les masculins sigmatiques à une base, les masculins asigmatiques, les masculins déclinables à deux bases, et les masculins indéclinables. Autrement dit, il convient d'adapter un plan de cours (ou des fiches ci-après) aux occurrences du texte étudié.

• Étude en diachronie

La question de diachronie est généralement en relation avec la question de synchronie, mais c'est un usage qui n'est pas une obligation. Elle consiste à étudier la formation et l'évolution d'un paradigme, à partir d'une forme du texte :

2013, Lettres modernes : "Expliquez la formation depuis le latin et l'évolution jusqu'en français moderne du paradigme de *veïsse.*"

2013, Grammaire (composition principale) : "Décrire la formation et l'évolution du paradigme de *forz*, depuis les origines jusqu'au français moderne."

2013, Grammaire (composition complémentaire) : "Donner sans explication le paradigme auquel appartient la forme *vint* et décrire l'évolution de ce paradigme jusqu'au français moderne."

Sauf indication contraire (comme dans le dernier sujet), l'étude doit être menée du latin jusqu'au français moderne.

Là encore, un plan détaillé s'impose, en trois étapes centrées respectivement autour du paradigme latin, du paradigme en ancien français et de celui du français moderne. Il faut donner l'intégralité de ces paradigmes et étudier tant l'évolution de la base (radical verbal ou nominal) que celle des désinences.

Les substantifs et les noms propres

La morphologie des substantifs est héritée du système latin.

Il existe en latin six cas (nominatif, vocatif, accusatif, génitif, datif, ablatif) et trois genres (masculin, féminin, neutre). On oppose également le singulier (S) au pluriel (P). En bas latin, ce système se simplifie considérablement, de sorte que :

a) seuls deux cas se conservent : le nominatif, qui aboutit à ce qu'on appelle en ancien français le cas sujet (CS), et l'accusatif, qui donne le cas régime (CR).

Les emplois du vocatif sont reportés sur le cas sujet, tandis que le cas régime se substitue non seulement à l'accusatif, mais aussi aux génitif, datif et ablatif ;

b) seuls deux genres se maintiennent : le masculin et le féminin. Les noms neutres adoptent l'un ou/et l'autre de ces deux genres. Ainsi le neutre *granum* devient le masculin **granus*, *granum* > FM *grain*, tandis que le neutre pluriel *grana* donne le féminin *graine.*

c) l'opposition entre singulier et pluriel se maintient à l'identique.

L'ancien français conserve également la trace des différentes déclinaisons latines de l'époque impériale, d'où différents types de flexion au masculin comme au féminin.

On classera donc les substantifs en fonction du genre, puis en fonction du type de flexion. Il convient également de tenir compte des variantes combinatoires, c'est-à-dire des accidents éventuels du schéma flexionnel selon la consonne finale du radical, aussi appelé base (B).

[Relevé des formes en principe exhaustif. Les adjectifs substantivés ont été écartés, afin d'éviter des relevés redondants.]

• Les substantifs masculins

La plupart des substantifs masculins sont des masculins déclinables à une base, également dits sigmatiques parce qu'ils se caractérisent par la présence d'un *-s* de flexion au CSS. À l'inverse, le type peu représenté des masculins asigmatiques se reconnaît à l'absence de *-s* au CSS. S'y ajoutent le type des masculins déclinables à deux bases et celui des indéclinables.

Les masculins déclinables à une base

Les masculins déclinables à une base se déclinent selon le modèle suivant :

	Singulier	Pluriel
CS	B + *s*	B
CR	B	B + *s*

Par exemple :

	Singulier	Pluriel
CS	*amis* (1557)	*ami* (1495)
CR	*ami*	*amis* (396)

Ce type de flexion est hérité :

— principalement des masculins de la deuxième déclinaison (type *dominus*, *domini*) :

	Singulier	Pluriel
Nominatif	*amic**us***	*amic**i***
Accusatif	*amic**um***	*amic**os***

À l'accusatif, *-m* final s'efface à date latine. Toutes les voyelles finales autres que *a* disparaissent au VIIe siècle. Du système désinentiel latin ne subsiste donc que le *-s* au CSS et au CRS, tandis que CRS et CSP sont non marqués ;

— d'anciens neutres alignés sur la deuxième déclinaison des masculins : *ferrum* > **ferrus* > *fer* (CRS, 557) ;

— d'anciens imparisyllabiques, masculins ou neutres, alignés sur la deuxième déclinaison des masculins, du type *rex*, *regis* > *reis* (CSS, 14).

Le nominatif singulier, *rex*, atypique dans l'ensemble du paradigme, est abandonné au profit d'une forme longue *regis*. De plus, le nominatif pluriel est refait d'après les masculins de la deuxième déclinaison. En bas latin, le paradigme est donc modifié de la façon suivante :

	Singulier	Pluriel
Nominatif	*rex* > **reg**is***	*reges* > **reg**i***
Accusatif	*reg**em***	*reg**es***

En ce qui concerne les substantifs neutres, c'est la base du nominatif singulier qui est retenue : *cor* > *cuer* ;

— d'anciens parisyllabiques, également refaits sur le modèle des masculins de la deuxième déclinaison, du type *panis*, *panis* :

	Singulier	Pluriel
Nominatif	*pan**is***	*pan**es*** > **pan**i***
Accusatif	*pan**em***	*pan**es***

— S'alignent également sur ce modèle les infinitifs substantivés : *habere* > *aveir* (285), *placere* > *plaisir* (1723)…

Se déclinent sur ce modèle : *acier* 582 — *aire* 461 (au masculin dans le texte, féminin également attesté) — *ajorner* 315 — *alerions* 968 — *angevin* 154 — *apostoiles* 41 — *apostre* 262 — *arcevesques* 40 — *arçon* 650 — *arestage* 1347 — *atargier* 375 — *avantage* 892 — *aveir* 285 — *aversier* 347 — *aves* 464 — *avesprer* 1794 — *bachelers* 1369 — *ban* 1503 — *bandon* 982 — *barnage* 267 — *baston* 341 — *bon* 1316 — *boton* 1008 — *braier* 509 — *brasier* 506 — *buisson* 1020 — *calices* 458 — *celier* 1633 — *champion* 1032 —

chanoines 1692 — *chapelier* 1117 — *chaperon* 475 — *charbon* 506 — *chemin* 780 — *chevalier* 88 — *chien* 1074 — *clerçon* 992 — *clos* 413 — *conseillier* 206 — *conte* 1451 — *contraire* 1179 — *contraleier* 1178 — *corage* 904 — *corsage* 1336 — *crestiien* 1292 — *cuer* 399 — *damage* 260 — *deables* 156 — *deluge* 713 — *deniers* 84 — *departir* 239 — *desirier* 593 — *destrier* 644 — *dïemenche* 1430 — *dis* 1500 — *don* 983 — *eage* 259 — *elme* 407 — *emparliers* 1737 — *encensiers* 519 — *encombrier* 241 — *enfançon* 990 — *erbage* 925 — *eritage* 463 — *eritiers* 107 — *escuier* 277 — *espargnier* 1133 — *esperon* 960 — *esperviers* 1080 — *essemple* 10 — *estor* 1212 — *estrier* 115 — *evesques* 39 — *faon* 989 — *feies* 543 — *fer* 557 — *feste* 827 (FM *faîte*) — *festu* 1217 — *feu* 196 — *foier* 542 — *folage* 927 — *fromage* 485 — *fuere* 128 — *giron* 1026 — *glaive* 333 (le mot peut être masculin ou féminin en ancien français, le genre n'est pas indiqué dans le texte) — *gonfanon* 413 — *graisle* 1891 — *gravier* 1271 — *guage* 1873 — *guarde* 388 — *guerredon* 985 — *guerrier* 208 — *guionages* 397 — *hanepier* 1119 — *haneton* 1059 — *herberjage* 395 — *hontage* 469 — *hu* 1205 — *justiciers* 146 — *letrin* 50 — *lever* 1711 — *levrier* 1318 — *lievre* 658 — *lignage* 149 — *limon* 979 — *lion* 970 — *loier* 1655 — *losengier* 111 — *mage* 1019 — *malaise* 261 — *mangier* 662 — *mangons* 1823 — *mariage* 1432 — *marregliers* 97 — *martirs* 722 — *masle* 717 — *matin* 316 — *membre* 767 — *menacier* 866 — *menton* 997 — *messages* 323 — *messagier* 361 — *mestier* 199 — *miliers* 190 — *miracles* 1247 — *monde* 1927 — *mostier* 1064 — *murs* 466 — *nom* 117 — *olivier* 1273 — *oltrage* 433 — *omage* 922 — *oncles* 357 — *or* 20 — *ordene* 1757 — *orfelin* 67 — *ostage* 487 — *ostes* 284 — *paien* 347 — *paile* 408 — *pain* 510 — *palmier* 1180 — *paltoniers* 91 — *pardon* 994 (également attesté au féminin dans le texte) — *parrins* 1287 — *peisson* 1016 — *pelerinage* 263 — *pelerins* 1372 — *per* 569 (également attesté au féminin dans le texte) — *perron* 977 — *pilers* 467 — *plain* 23 — *plaisir* 1723 — *poeir* 481 — *polmon* 959 — *pomier* 701 — *portier* 1529 — *prisoniers* 1258 — *provendiers* 1103 — *pueple* 175 — *quartier* 604 — *randon* 967 — *recovrier* 1537 — *referir* 931 — *regne* 1983 — *reiame* 151 — *reis* 14 — *reproche* 1930 — *reprovier* 198 — *roncin* 1507 — *sablon* 973 — *saltier* 1750 — *seignacle* 425 — *seignorage* 1775 — *sen* 1112 — *senglers* 1596 — *sentiers* 1268 — *sepulcre* 778 — *servise* 213 — *siecle* 257 — *soler* 1730 — *someron* 1041 — *somier* 1306 — *songe* 289 — *temolte* 1201 — *terrier* 538 — *tertre* 606 — *ton* 1060 — *tresor* 441 — *treüage* 1881 — *tronçons* 1044 — *troton* 1011 — *uissiers* 1642 — *vasselage* 389 — *veiage* 235 — *veier* 207 — *veltres* 292 — *vesques* 1691 — *vilain* 206 — *visage* 342.

De nombreux noms propres suivent également ce modèle : *Acelin* 1781 — *Adam* 698 — *Aimeri* 210 — *Aïmers* 826 — *Alelme* 1784 — *Alion* 644 — *Anastaise* 726 — *Anjou* 18 — *Avalon* 1795 — *Baratron* 986 — *Berengiers* 565 — *Berruier* 1163 — *Bertrans* 115 (systématiquement sans dentale finale dans le texte au programme, ce qui correspond à l'étymologie du suffixe germanique *-hramn*, "corbeau") — *Cesaires* 465 — *Champion* 1321 (n. pr.) — *Charlemaine* 14 — *Ciquaires* 284 — *Deus* 1, *Dé* 58, *Damedé* 68 — *Engeliers* 568 — *Escalvaire* 761 — *Esclers* 829 — *Galafres* 301 — *Gerins* 568 — *Gualdins* 1490 — *Gualtiers* 567 — *Guarin* 823 — *Guielins* 273 — *Guillelme* 7 — *Herode* 732 — *Hungier* 1885 — *Jesu* 85 (au vu de l'étymologie grecque, *Jésus* devrait être indéclinable, mais l'édition Langlois donne *Jesus* au CSS et *Jesu* au CRS) — *José* 775 — *Loth* 956 — *Manessiers* 566 — *Martin* 1458 — *Matusalé* 756 — *Neiron* 987 — *Noé* 714 — *Oliviers* 564 — *Sarrazin* 300 — *Savaris* 1491 — *Seier* 1667 — *Simeon* 1017, *Simon* 746, *Symon* 1019 — *Teivre* 1269 — *Tolosan* 1657 — *Yve* 565 — *Yvoires* 565.

On retiendra que les noms de personnes ne se mettent pas au pluriel…

Variantes combinatoires

La base se termine par une dentale [t] ou [d]

La dentale étymologique s'assourdit en [t] en finale absolue et se maintient en position appuyée : *mundum* > *mont* (524, au CRS). Il suffit que la dentale ait été appuyée jusqu'au VIIe siècle pour qu'elle se maintienne en position finale : *fructum* > *fruit* (982).

Aux cas marqués par *-s*, la dentale se combine avec la désinence pour former une affriquée [ts] notée *-z* : *mundus* > *monz* (1551, au CSS).

Se déclinent sur ce modèle : *acordement* 877 — *aguaiz* 1520 — *amirant* 437 — *argent* 238 — *aporz* 887 — *arpent* 665 — *balcent* 409 — *Bernart* 211 — *Berzebut* 987 — *brant* 1132 — *Brubant* 212 — *chasement* 857 — *comandement* 840 — *comencement* 865 — *conduit* 472 — *Corsolt* 310 — *covent* 64 — *dart* 966 — *deit* 1685 — *desert* 738 — *dreit* 32 — *dromont* 1327 — *enfer* 35 (du latin *infernum*) — *enivrement* 851 — *Ernalt* 822 — *escïent* 836 — *esforz* 937 — *esposemenz* 842 — *estant* 790 — *Estolz* 567 — *firmament* 838 — *fonz* 1285 — *front* 1040 — *fruit* 982 — *fust* 912 — *guant* 1603 — *guarnemenz* 223 — *Guibert* 825 — *guichet* 1564 — *hardement* 591 — *Innocent* 734 — *javelot* 949 — *jugement* 1007 — *liepart* 187 — *Mahomez* 621 — *maltalent* 870 — *matinet* 692 — *mont* 524 "monde" — *mont* 761 "montagne" — *moz* 940 — *mulet* 1654 — *Normant* 198 — *Orient* 688 — *ost* 74 — *parent* 112 — *plait* 35 — *ponz* 466 — *prevost* 207 — *Richart* 1400 — *Rolanz* 564 — *sacremenz* 841 — *talent* 125 — *torment* 863 — *tort* 22 — *vent* 828.

La base se termine par une dentale latente

La dentale étymologique, primitivement intervocalique, se sonorise puis se spirantise.

Aux cas non marqués, après la chute de la voyelle finale atone au VIIe siècle, la spirante dentale sonore s'assourdit dès le VIIe siècle en finale absolue et s'efface entre le IXe et le XIe siècle : *scutum* > *escu* (869).

Aux cas marqués, la spirante dentale se combine avec *-s* de flexion au VIIe siècle pour former une affriquée [ts] graphiée *-z* : *scutos* > *escuz* (278).

Se déclinent sur ce modèle : *amirez* 302 — *bu* 1213 (*buc*, conforme à l'étymologie francique *bük*, semble d'après Tobler-Lommatzsch rarement attesté. Dans le texte au programme, on a toujours *bu* aux cas non marqués) — *Cahu* 1225 — *clergié* 1763 — *congié* 230 — *costé* 770 — *Cremuz* 302 — *eritez* 1397 — *escuz* 278 — *espié* 371 — *fié* 67 (probablement issu de l'ancien francique **fehu*, le mot connaît des formes avec dentale sans doute dues à l'influence de *alodum* > *alleu*, d'où la présence systématique de l'affriquée aux cas marqués par *-s* : *fiez* 1359. La forme moderne *fief* est dérivée du verbe *fiever*, "donner un fief", et n'est pas attestée dans le texte au programme.) — *gré* 108 — *malfé* 785 — *marchié* 1636 — *oré* 828 — *palefrei* 1654 — *parenté* 1560 (peut être masculin ou féminin en ancien français, obligatoirement masculin au *v.* 834 : *mon parenté*) — *pechié* 65 — *piez* 133 — *pré* 1014 — *Tenebrez* 301.

La base se termine par un *n* dental [n] en position appuyée

Lorsque la base du mot se termine par *n* appuyé, la consonne finale se maintient d'abord aux cas non marqués : *diurnum* > *jorn*, mais s'efface rapidement par analogie avec la base des cas marqués par *-s* : *jor* (39). Dans le cas où *n* est appuyé sur une consonne *n* ou *m*, le groupe consonantique se réduit en finale à *-n* dès le VIIe siècle : *annum* > *an*, *dominum* > *dan*.

Aux cas marqués, un *t* épenthétique se glisse entre *n* et *-s* de flexion. Dans ce groupe consonantique complexe, *n* s'amuït et la dentale sourde se combine avec *-s* pour former une affriquée [ts] notée *-z* : *annos* > *anz* (103), **diurnos* > *jorz* (390).

Se déclinent sur ce modèle : *anz* 103 — *dan* 1617 — *jor* 39.

La base se termine par un *n* palatal [ṉ]

Lorsque la base du mot se termine par *n* palatal, la consonne finale se maintient sans changement aux cas non marqués : *pugnum* > *poing* (130).

Aux cas marqués, un *t* épenthétique se glisse entre *n* palatal et *-s* de flexion, et forme avec la sifflante une affriquée [ts] notée *-z* : *pugnos* > *poinz* (412). En position implosive, *n* se dépalatalise au XIIe siècle.

Se déclinent sur ce modèle : *besoing* 1527 — *poing* 130 — *soing* 1114.

La base se termine par une latérale [l]

Aux cas non marqués, *l* se maintient sans changement en finale absolue.

Aux cas marqués par *-s*, la consonne, devenue implosive, se vélarise puis se vocalise en *-u* diphtongal au XIe siècle, lequel se combine avec la voyelle qui précède pour former une diphtongue par coalescence. Mais la graphie archaïque du texte au programme maintient systématiquement *l* devant *-s* : *chevals* (645), *chevels* (95), *damoisels* (217)…

Se déclinent sur ce modèle : *altel* 48 — *anel* 1392 — *avril* 1456 — *chancel* 1761 — *cheval* 2017 — *chevels* 95 — *ciel* 126 — *col* 131 — *coltel* 1979 — *damoisels* 217 — *Daniel* 1018 — *duel* 469 — *filluels* 1297 — *Gabrïels* 397 — *joels* 599 — *mal* 984 — *mantel* 763 — *mul* 1799 — *nasel* 1038 — *Noel* 725 — *ostel* 162 — *pel* 1935 — *Pol* 1015 — *porcel* 852 — *quarrels* 642 — *seels* 264 — *seneschals* 661 — *val* 181.

La base se termine par un *l* palatal [l̮]

Lorsque la base du mot se termine par *l* palatal, la consonne finale se maintient sans changement aux cas non marqués : *consilium* > *conseil* (461).

Aux cas marqués, un *t* épenthétique se glisse entre *l* palatal et *-s* de flexion, et forme avec la sifflante une affriquée [ts] notée *-z* : *consilius* > *conseilz* (1198). En position implosive, *l* se dépalatalise puis se vocalise au XIe siècle. Là encore, cette vocalisation n'apparaît pas dans les graphies du texte : *filz* (62), *orguelz* (805)…

Se déclinent sur ce modèle : *brueil* 1310 — *conseilz* 1198 — *fill* 56 — *orguelz* 805 — *soleil* 1377 — *sorcilz* 832 — *uelz* 506.

La base se termine par une palato-vélaire [k], [g]

Il s'agit nécessairement de consonnes en position appuyée, la position intervocalique provoquant la spirantisantion des palato-vélaires dès le IIIe siècle.

Aux cas non marqués, la consonne palato-vélaire s'assourdit en [k], puis s'efface au XIIIe siècle : *sanguem* > *sanc* (722) > FM *sang* [sã], avec graphie étymologique (dans *sanguem*, *-gu-* note le son [gʷ], mais l'appendice labial, plus faiblement articulé, s'amuït probablement au VIIe siècle une fois en position finale : [gʷ] > [g] > [k]). La consonne palato-vélaire s'est toutefois maintenue dans certains monosyllabes : *arc* (641), *duc* (631)…

Aux cas marqués, la consonne palato-vélaire s'efface devant *-s* : *sanguis* > *sans* (960).

Se déclinent sur ce modèle : *arc* 641 — *clerc* 1683 — *duc* 631 — *flans* 1743 — *halbers* 276 — *renc* 1182 — *sanc* 722 — *Turs* 547.

La base se termine par une labio-dentale [f], [v]

Aux cas non marqués, la consonne labio-dentale s'assourdit en [f] : **capum* > *chief* (125) ([p] > [v] au Ve siècle en position intervocalique).

Aux cas marqués, la consonne labio-dentale s'efface devant *-s* : **capos* > *chiés* (307).

Se déclinent sur ce modèle : *briés* 1997 — *chief* 125 — *juïf* 1003 — *tref* 614.

La base se termine par une bilabiale [p] en position appuyée

Aux cas non marqués, la consonne finale se maintient sans changement jusqu'au XIIIe siècle, date à laquelle elle s'amuït, tout en se conservant généralement dans les graphies : *campum* > *champ* (799).

Aux cas marqués, la bilabiale s'efface devant *-s* : *campus* > *chans*.

Se déclinent sur ce modèle : *champ* 799 — *colp* 296 — *dras* 1305.

La base se termine par une bilabiale [m]

Aux cas non marqués, la consonne finale se maintient sans changement : *Mahom* (670).

Aux cas marqués, la bilabiale se dentalise devant *-s* : *Mahons* (1325).

Les masculins asigmatiques à une base

Les masculins asigmatiques se déclinent selon le modèle suivant :

	Singulier	Pluriel
CS	B	B
CR	B	B + *s*

Par exemple :

	Singulier	Pluriel
CS	*pere* (49)	*pere*
CR	*pere* (1535)	*peres*

Les masculins asigmatiques sont hérités :

— des masculins de la deuxième déclinaison latine en *-er* au nominatif singulier : *vesper*, *vesp(e)rum* (1830) ;

— des masculins parisyllabiques de la troisième déclinaison latine, en *-er* au nominatif singulier : *frater*, *fratrem* > *frere* (211) ; *pater*, *patrem* > *pere* (49) ; *venter*, *ventrem* > *ventre* (1016) ;

— des imparisyllabiques de la troisième déclinaison latine, en *-or* au nominatif singulier : *arbor* (ou *arbos*), *arborem*, féminin > *arbre* (294) ; *marmor*, neutre > *marbre* (336) ;

— de quelques masculins en *-a*, *-ae* dérivés du grec, dont : *propheta* > *profete* (848).

Peu de substantifs se déclinent sur ce modèle. Aussi s'alignent-ils progressivement sur le modèle sigmatique, ce qui n'est pas encore visible dans *Le Couronnement de Louis*.

Les masculins déclinables à deux bases

Les masculins déclinables à deux bases se déclinent selon le modèle suivant :

	Singulier	Pluriel
CS	B1	B2
CR	B2	B2 + *s*

Par exemple :

	Singulier	Pluriel
CS	*emperere* (61)	*empereor*
CR	*empereor* (250)	*empereor**s***

Les masculins déclinables à deux bases sont hérités des imparisyllabiques latins : la base compte une syllabe de moins au nominatif qu'aux autres cas, si bien que l'accent se déplace, d'où une évolution phonétique distincte entre B1 et B2 : *imper**á**tor* > *emperere* ; *imperat**ó**rem* > *empereor.*

Il s'agit de masculins issus :

— d'imparisyllabiques en -or, -orem : *ancestre* (464)/*ancessor* — *emperere* (61)/*empereor* (250) — *joglere* (4)/*jogleor* — *sire* (103)/*seignor* (1) — *traïtre* (1913)/*traïtor* (1398) ;

— d'imparisyllabiques en *-o*, *-onem* : *ber* (1254)/*baron* (10) — *bric/bricon* (964) — *compaing/compaignon* (1015) — *fel/felon* (969) — *gars/garçon* (1817) — *gloz* (135, avec *-s* analogique pour *glot*)/*glotons* (402) — *lerre* (1913)/*larron* 776. Cette flexion est généralement celle des noms propres : *Bueve/Bovon* (824) — *Charles* (53, avec *-s* analogique)/*Charlon* (1739) — *Pere* (232, sans le *s* attendu hérité de *Petrus*)/*Perron* ;

— quelques autres imparisyllabiques : *abes* (546)/*abé* (1982) — *enfes* (87)/*enfant* (83) — *niés* (115)/*nevo* (1492) — *prestre* (992)/*provoire.*

À cet ensemble s'ajoutent deux masculins issus de proparoxytons à accent fixe : *comes, comitem > cuens* (143)/*conte* (30) — *homo, hominem > uem* ou *om* (22)/*ome* (9). Dans ces deux mots, la pénultième *i* est brève, de sorte que l'accent remonte sur l'antépénultième : l'accent reste donc sur la syllabe initiale quel que soit le cas. Mais si à la B1 la voyelle est libre et peut se diphtonguer (*cuens, uem*), elle est entravée à la B2 après la chute de la pénultième et ne se diphtongue donc pas (*conte, ome*). Dans *Le Couronnement de Louis*, la B1 *uem* n'est pas attestée : seule se rencontre la forme *om*, du latin *homo* en emploi clitique. C'est du reste cet emploi clitique qui donne le pronom indéfini *on* en français moderne.

Enfin, *prodom*, nom ou adjectif constitué de la soudure de *pro d'om*, "preux en fait d'homme", se décline dans *Le Couronnement de Louis* sur le même modèle que *om*, sans que l'adjectif se décline : *prodom* (1819, CSS), *prodome* (1928, CRS).

Comme les masculins asigmatiques, ce type de flexion tend à s'aligner sur les masculins sigmatiques en recevant un *-s* analogique au cas sujet singulier. Cette évolution analogique n'est pas encore sensible dans le texte au programme, sauf pour *gloz* (on attendrait *glot* au CSS).

Les masculins invariables

Les masculins invariables, en apparence indéclinables, sont des noms dont la base se termine, y compris aux cas non marqués, par *-s* ou *-z* ([s], [ts]) : *nasum > nés* (7), *borgensem > borgeis* (1874)…

Appartiennent également à cette catégorie les substantifs hérités de neutres imparisyllabiques de la troisième déclinaison : *corpus* au nominatif singulier, *corpus* à l'accusatif singulier > *cors* (21)…

Se déclinent sur ce modèle : *Arneïs* 99 — *borgeis* 1874 — *bos* 23 — *braz* 594 — *Commarchis* 824 — *dos* 943 — *encens* 730 — *fais* 1595 — *Franceis* 120 — *harneis* 1637 — *Hates* 565 — *Jonas* 1016 — *Judas* 754 — *laz* 1134 — *lepros* 746 — *Longis* 768 — *Looïs* 6 — *los* 25 — *marchis* 550 — *nés* 7 — *Nicodemus* 775 — *os* 132 — *paradis* 395 — *pas* 764 — *paveïz* 1677 — *pertuis* 1079 — *piz* 1216 — *Plaisseïz* 1667 — *postiz* 1674 — *pris* 1489 — *puiz* 38 — *ris* 1478 — *secors* 260 — *tens* 53 — *uis* 1691 — *vis* 353 — *convers* 1315 — *cors* 21 — *crucefis* 1679 — *Denis* 547 — *devis* 1673 — *espés* 601 — *Julius* 465 — *palais* 30 — *trespas* 843 — *Moysés* 1020 — *Romulus* 465.

• **Les substantifs féminins**

Les féminins à une base à désinence *-e*

Cette catégorie est la plus fournie. L'opposition entre les genres est gommée, ne reste plus qu'une opposition entre singulier (non marqué) et pluriel (marqué par un *-s* de flexion) :

	Singulier	Pluriel
CS	B + ***E***	B + ***e*** + *s*
CR	B + ***E***	B + ***e*** + *s*

Par exemple :

	Singulier	Pluriel
CS	*dame*	*dames*
CR	*dame* (1380)	*dames*

Ces substantifs sont issus de la première déclinaison latine : les féminins latins en *-a* aboutissent en français à des féminins se terminant par la voyelle *-e*, ainsi *domina* > *dame*, *filia* > *fille*... D'autres sont d'anciens pluriels neutres (en *-a*) : *arma* > *arme*, *fortia* (neutre pluriel de l'adjectif *fortis*) > *force*...

Sur ce modèle, se déclinent : *acorde* 1977 — *aïde* 353 — *aives* 75 — *aneme* 874 — *angoisse* 930 — *anste* 1146 — *arbaleste* 642 — *arbalestee* 1070 — *arche* 262 — *arme* 1928 — *armeüre* 955 — *asnesse* 989 — *baillie* 167 — *barbe* 1439 — *barges* 439 — *barres* 421 — *bataille* 427 — *besoigne* 103 — *beste* 295 — *boche* 1922 — *bocle* 1078 — *broigne* 637 — *busche* 1021 — *cervele* 1513 — *chape* 220 — *chapele* 27 — *chartre* 264 — *chose* 204 — *coardise* 788 — *coife* 1039 — *colpe* 773 — *començaille* 419 — *compaigne* 1611 — *contree* 1822 — *cordes* 97 — *corone* 20 — *coveitise* 34 — *croces* 1764 — *crote* 1467 — *cure* 1477 — *dame* 1374 — *demoree* 1080 — *desmesure* 81 — *destinee* 1087 — *duree* 1089 — *eglise* 155 — *enarmes* 1125 — *encontree* 1082 — *enseigne* 871 — *escharpe* 1454 — *eschinee* 1069 — *espalle* 341 — *espee* 122 — *essoine* 1376 — *estache* 758 — *estoire* 2 — *faille* 416 — *feme* 84 — *femele* 717 — *fenestres* 1625 — *feste* 44 — *fille* 305 — *flame* 1020 — *foldre* 525 (féminin dans le texte, peut également être masculin) — *folie* 1129 — *force* 75 (<*fortia*) — *forces* 1967 (<*forfices*) — *fosse* 1018 — *fuies* 1268 — *gloire* 59 — *gole* 132 — *guaite* 1642 — *guiche* 935 — *haste* 1761 — *honte* 703 — *ire* 934 — *joie* 57 — *jointe* 596 — *jornees* 269 — *justice* 31 — *lairmes* 751 — *lance* 654 — *loge* 827 — *losenges* 101 — *luxure* 65 — *mace* 650 — *mailles* 1046 — *maisnie* 1503 — *males* 1348 — *manaide* 194 — *marche* 415 — *masse* 254 — *meaille* 914 — *membree* 1066 — *mere* 820 — *merveille* 545 — *messe* 321 — *mirre* 730 —

montaigne 899 — *monte* 1217 — *noise* 1621 — *noveles* 324 — *oferende* 42 — *onces* 1483 — *ore* 1150 — *palme* 1119 — *paroles* 315 — *peneance* 1408 — *pensee* 593 — *persone* 1911 — *pierres* 1116 — *pietaille* 420 — *place* 406 — *plaie* 948 — *poe* 296 — *portes* 421 — *preiere* 689 — *presse* 123 — *proëces* 860 — *provende* 98 — *randonee* 1076 — *renges* 408 — *resnes* 909 — *rive* 1327 — *rues* 1800 — *sele* 649 — *selve* 1074 — *tables* 662 — *targe* 411 — *teise* 509 — *terre* 16 — *teste* 507 — *treille* 1935 — *veie* 731 — *vengeance* 1613 — *ventaille* 417 — *vie* 54 — *vierge* 719 — *volte* 1633.

À part *Pasques* (1432), qui peut être au singulier ou au pluriel, la plupart des noms propres appartenant à ce type de flexion ne s'emploient qu'au singulier. Ils sont donc, de fait, indéclinables : *Alemaigne* 17 — *Arabie* 319 — *Baiviere* 17 — *Bretaigne* 18 — *Brie* 1449 — *Calabre* 886 — *Cartage* 471 — *France* 13 — *Gironde* 75 — *Joiose* 1049 — *Lombardie* 19 — *Magdeleine* 749 — *Marie* 171 — *Monjoie* 1940 — *Narbone* 210 — *Navarre* 19 — *Normandie* 18 — *Orable* 1433 — *Romaigne* 886 — *Rome* 41 — *Romenie* 281 — *Rossie* 290 — *Tolose* 1220 — *Toscane* 19 — *Tudele* 1617.

Les féminins à une base à désinence masculine

La flexion des substantifs féminins à désinence masculine se caractérise par la présence d'un *-s* au cas sujet singulier. Le pluriel est marqué par *-s* au cas sujet comme au cas régime :

	Singulier	Pluriel
CS	B + ***s***	B + ***s***
CR	B	B + ***s***

Par exemple :

	Singulier	Pluriel
CS	*flor**s***	*flor**s***
CR	*flor*	*flor**s*** (1116)

Ce type de féminin vient :

— des imparisyllabiques de la troisième déclinaison latine. Le nominatif singulier est refait en bas latin par une forme longue en *-is*, d'où le paradigme suivant :

	Singulier	Pluriel
Nominatif	*flos* > **flor**is***	*flor**es***
Accusatif	*flor**em***	*flor**es***

À noter que *flos*, *floris* est masculin en latin, et change de genre en bas latin ;

— des parisyllabiques de la troisième déclinaison latine, du type *navis*, *navem* > *nés/nef* ;

— de quelques féminins de la quatrième déclinaison (*manus*, *manus* > *main*) ou de la cinquième déclinaison (*res*, *rem* > *rien*).

Se déclinent sur ce modèle : *amor* 185 — *aresteison* 1801 — *Ascension* 1005 — *beneïçon* 1813 — *chançon* 3 — *confession* 1013 — *contençon* 1057 — *destrucion* 963 — *devision* 1037 — *dolor* 1401 — *entencion* 996 — *eslection* 1821 — *faim* 1017 — *fin* 1452 — *flors* 1116 — *friçon* 1061 — *fuison* 1029 — *guarison* 973 — *leçon* 1065 — *lei* 176 — *main* 727 — *mer* 310 — *moillier* 351 — *onor* 338 — *paor* 954 — *pardon* 962 (au féminin, mais *v.* 994 au masculin, en ancien français le genre le plus fréquent) — *per* 715 — *prison* 309 — *procession* 988 — *raison* 490 — *redemption* 1006 — *reençon* 172 — *retraçon* 1030 — *riens* 1446 — *surrection* 1004 — *traïson* 66.

On relève également, au singulier, les noms de lieu suivants : *Roem* 1400 — *Bethleem* 723 — *Jersalem* 743 — *Montjeu* 270.

Variantes combinatoires

La base se termine par une dentale [t] ou [d]

	Singulier	Pluriel
CS	*nuiz*	*nuiz*
CR	*nuit* (286)	*nuiz*

Se déclinent sur ce modèle : *cort* 29 — *forest* 114 — *gent* 8 — *mort* 168 — *nuit* 286 — *part* 516, ainsi que le nom propre *Hermenjart* (820).

La base contient une dentale latente

	Singulier	Pluriel
CS	*bontez*	*bontez*
CR	*bonté* (689)	*bontez*

Se déclinent sur ce modèle : *aé* 1416 (aussi masculin en ancien français) — *amistié* 1845 — *belté* 1378 — *bonté* 689 — *charité* 1394 — *cité* 331 — *clarté* 1732 — *crestiienté* 51 — *crüelté* 707 — *feintié* 1177 — *fermetez* 303 — *fierté* 813 — *foleté* 702 — *fei* 224 — *lascheté* 788 — *majesté* 783 — *meitié* 1102 — *merci* 1158 — *Nativité* 2014 — *pitié* 194 — *plenté* 1486 — *poesté* 801 — *richeté* 809 — *simpleté* 745 — *umilité* 694 — *verité* 764 — *vertu* 918 — *volenté* 691.

La base se termine par n dental en position appuyée

Un seul mot : *char* 390 (du latin *caro*, *carnis*).

	Singulier	Pluriel
CS	*charz*	*charz*
CR	*charn*, puis *char*	*charz*

La base se termine par une labio-dentale [f]

Un seul mot : *nés* 439 (du latin *navis*, *navis*).

	Singulier	Pluriel
CS	*nés*	*nés*
CR	*nef*	*nés*

La base se termine par une latérale [l]

Un seul mot : *pels* 1341 (du latin *pellis*, *pellis*).

	Singulier	Pluriel
CS	*pels* > *peaus*	*pels* > *peaus*
CR	*pel*	*pels* > *peaus*

Les féminins à deux bases

La B1 est celle du cas sujet singulier, la B2 est employée pour tous les autres cas. Le pluriel, marqué par *-s*, confond cas sujet et cas régime :

	Singulier	Pluriel
CS	B1	B2 + ***s***
CR	B2	B2 + ***s***

Un seul nom commun se rattache à ce type de flexion dans le texte au programme :

	Singulier	Pluriel
CS	*suer*	*seror**s***
CR	*seror* (1658)	*seror**s***

Ce type de flexion est hérité des imparisyllabiques latins :

	Singulier	Pluriel
Nominatif	*sóror*	*sor**ó**res*
Accusatif	*sor**ó**rem*	*sor**ó**res*

Un nom propre se décline également sur ce modèle : *Eve* au CSS, *Evain* au CRS (698).

Les féminins invariables

Les noms dont la base se termine par une sifflante sont invariables, en apparence déclinables : *croiz* 200 — *paiz* 102 — *voiz* 512.

Il en va de même pour de nombreux noms de ville : *Ais* 27 — *Chapres* 303 — *Lengres* 567 — *Meques* 850 — *Orliens* 99 — *Paris* 1668 — *Peitiers* 1659 — *Tors* 1458.

Les adjectifs

La morphologie des adjectifs est, comme celle des substantifs, héritée du système latin.

Il existe en latin six cas (nominatif, vocatif, accusatif, génitif, datif, ablatif) et trois genres (masculin, féminin, neutre). On oppose également le singulier (S) au pluriel (P). En bas latin, ce système se simplifie considérablement, de sorte que :

a) seuls deux cas se conservent, comme pour la flexion des substantifs : le nominatif, qui aboutit à ce qu'on appelle en ancien français le cas sujet (CS), et l'accusatif, qui donne le cas régime (CR). Les emplois du vocatif sont reportés sur le cas sujet, tandis que le cas régime se substitue non seulement à l'accusatif, mais aussi aux génitif, datif et ablatif ;

b) à l'inverse du système des substantifs, les trois genres du latin se maintiennent. Certes, les genres masculin et féminin sont plus fréquents que le neutre, lequel est utilisé toutefois pour des adjectifs attributs d'un sujet neutre ou pour des adjectifs en emploi adverbial ;

c) l'opposition entre singulier et pluriel se maintient à l'identique.

L'ancien français conserve également la trace des différentes déclinaisons latines, d'où plusieurs types de flexion.

On classera les adjectifs en fonction du type de flexion, en opposant notamment les adjectifs biformes (*i.e.* qui distinguent les genres) des adjectifs épicènes (*i.e.* qui ne distinguent pas les genres). L'ancien français comporte également quelques adjectifs à deux ou trois bases, également issus d'épicènes latins.

Comme pour les substantifs, on tiendra compte des variantes combinatoires, c'est-à-dire des accidents éventuels du schéma flexionnel selon la consonne finale du radical, aussi appelé base (B).

[Relevé des formes en principe exhaustif. Les participes passés, les participes présents, les indéfinis… ont été relevés et classés dès lors qu'ils sont employés comme adjectifs.]

• **Les adjectifs biformes**

Les adjectifs biformes ont une forme pour le masculin et une forme pour le féminin.

Au masculin, le CSS et le CRP sont composés de la base et d'un *-s* de flexion, tandis que CRS et CSP sont des cas non marqués :

Masculin	Singulier	Pluriel
CS	B + ***s***	B
CR	B	B + ***s***

Au féminin, la voyelle *-e* s'ajoute à la base à tous les cas, et le *-s* de flexion marque les formes du pluriel :

Féminin	Singulier	Pluriel
CS	B + ***e***	B + ***e*** + ***s***
CR	B + ***E***	B + ***e*** + ***s***

Enfin, le neutre – uniquement employé au singulier – est formé par la base seule :

Neutre	Singulier
CS	B
CR	B

Par exemple :

Masculin	Singulier	Pluriel
CS	*fier**s*** (100)	*fier*
CR	*fier* (210)	*fier**s***
Féminin	Singulier	Pluriel
CS	*fier**e***	*fier**es***
CR	*fier**e*** (1911)	*fier**es***

Neutre	Singulier
CS	*fier*
CR	*fier*

Ce type de flexion est hérité des adjectifs latins de classe I, du type *ferus*, *fera*, *ferum* :

Masculin	Singulier	Pluriel
Nominatif	*fer**us***	*fer**i***
Accusatif	*fer**um***	*fer**os***
Féminin	Singulier	Pluriel
Nominatif	*fer**a***	*fer**ae*** > **fer**as***
Accusatif	*fer**am***	*fer**as***

Neutre	Singulier
Nominatif	*ferum*
Accusatif	*ferum*

Toutes les voyelles autres que *a* disparaissent au VIIe siècle ; *a* final atone s'affaiblit en *e* central, qui devient ainsi la marque du féminin.

M final s'amuït à date latine. Seul se maintient *-s* final, marque de flexion aux CSS et CRP masculins et au féminin pluriel.

Au nominatif pluriel, la diphtongue [ae] se réduit dès le premier siècle en *e* ouvert ou fermé. Or l'ensemble du paradigme féminin se caractérise par la voyelle *a* ; le nominatif pluriel est donc refait en *-as* en bas latin (au plus tard au Ve siècle), par analogie avec l'accusatif pluriel.

Se déclinent sur ce modèle : *aragon* 1035 — *bon* 32 — *bruns* 959 — *chier* 767 — *cleres* 751 — *costumiers* 648 — *dreiturier* 345 — *entiers* 103 — *fier* 354 — *fin* 1823 — *fossiers* 1754 — *fraisnin* 1454 — *fremillon* 1039 — *grains* 89 — *legiers* 1185 — *losengier* 1186 — *marbrin* 977 — *menuier* 1891 — *mier* 652 — *paiene* 76 — *pleine* 1119 — *premier* 1109 — *sain* 906 — *sarrazine* 8 — *Tolosan* 1657 — *veir* 214 — *verais* 732, *vrais* 724 — *vilain* 1906.

Variantes combinatoires

La base se termine par une dentale [t] ou [d]

Aux cas non marqués (neutre, CRS et CSP masculins), la dentale étymologique s'assourdit en [t] en finale absolue et se maintient en position appuyée : *curtum* > *cort* (7, au CRS), *rigidum* > *reit* (412, au CRS). Il suffit que la dentale ait été appuyée jusqu'au VIIe siècle pour qu'elle se maintienne en position finale : *directum* > *dreit*, *rigidum* > *reit*.

Aux cas marqués par *-s* (CSS et CRP masculins), la dentale se combine avec la désinence pour former une affriquée [ts] notée *-z* : *curtus* > *corz*, *directus* > *dreiz* (102, au CSS).

Au féminin, la dentale, à l'intérieur du mot et en position appuyée, se maintient sans changement : *corta* > *corte*, *rigida* > *reide*.

Masculin	Singulier	Pluriel
CS	*corz*	*cort*
CR	*cort* (7)	*corz*

Féminin	Singulier	Pluriel
CS	*corte*	*cortes*
CR	*corte* (1911)	*cortes*

Neutre	Singulier
CS	*cort*
CR	*cort*

Se déclinent sur ce modèle : *balz* 1952 — *beneeite* 27 — *ceinte* 122 — *coart* 92 — *cort* 7 — *culverz* 831 — *dolenz* 1248 — *dreiz* 102 — *fait* 199 — *gaillart* 1455 — *gent* 1649 — *halt* 513 — *Innocent* 734 (adjectif substantivé) — *jointes* 1902 — *lait* 505 — *mainz* 325 (indéfini) — *mort* 24 — *petit* 259 — *quart* 1307 (numéral ordinal) — *reit* 412 — *saint* 388 — *sanglent* 1331 — *tant* 1896 (indéfini) — *teint* 912.

On ajoutera à cette série l'indéfini *tot* (167, CRS, du latin **tottus*, **totta*, **tottum*) et sa forme étoffée *trestot* (394, CRS), qui présentent la particularité d'avoir une base spécifique au CSP masculin : *tuit* (307), *trestuit* (1163, emploi pronominal).

La base contient une dentale latente

La dentale étymologique, primitivement intervocalique, se sonorise puis se spirantise.

Aux cas non marqués (neutre, CRS et CSP masculins), après la chute de la voyelle finale atone au VIIe siècle, la spirante dentale sonore s'assourdit dès le VIIe siècle en finale absolue et s'efface entre le IXe et le XIe siècle : *laetum* > *lié*.

Aux cas marqués (CSS et CRP masculins), la spirante dentale se combine avec *-s* de flexion au VIIe siècle pour former une affriquée [ts] graphiée *-z* : *laetus* > *liez* (1552).

Au féminin, la dentale reste intervocalique et s'amuït normalement entre le IXe et le XIe siècle : *laeta* > *liee.*

Masculin	Singulier	Pluriel
CS	*liez* (1552)	*lié*
CR	*lié*	*liez*
Féminin	Singulier	Pluriel
CS	*liee*	*liees*
CR	*liee*	*liees*

Neutre	Singulier
CS	*lié*
CR	*lié*

Se déclinent sur ce modèle : *aaisiez* 503 — *abrivez* 293 — *acompliz* 739 — *adobé* 493 — *aduré* 1759 — *afaitiez* 643 — *aguisié* 1935 — *aguz* 1208 —

alignié 1649 — *alosez* 273 — *apareillié* 124 — *apoié* 1957 — *aprest黑* 478 — *armé* 1111 — *atornez* 1581 — *averez* 299 — *baee* 1072 — *barbé* 819 — *batu* 626 — *chacié* 1330 — *chalciez* 615 — *chargié* 672 — *chenu* 819 — *chevroné* 827 — *confonduz* 628 — *conreé* 1580 — *coronez* 26 — *cremu* 1235 — *creüz* 1193 — *demi* 508 — *dorez* 276 — *embrasez* 290 — *embronchié* 1251 — *encombrez* 306 — *engeigniez* 90 — *enragiez* 357 — *enseigniez* 495 — *esbaïz* 1720 — *eschalfee* 1073 — *esfreé* 685 — *eslaissiez* 1858 — *esmoluz* 643 — *esperduz* 1230 — *estenduz* 624 — *estordi* 1962 — *eürez* 768 — *failli* 1699 (participe passé substantivé, qui pourrait être classé dans les subst.) — *flori* 1464 — *forbiz* 1524 — *gemez* 1583 — *guarni* 1580 — *haitiez* 1157 — *halbergiez* 2008 — *herupé* 507 — *irascuz* 1248 — *iriez* 89 — *laciez* 1523 — *lassez* 1207 — *lé* 508 — *leié* 1358 — *letrez* 274 — *liez* 147 — *meinsné* 825 — *membré* 308 — *membru* 619 — *menuz* 620 — *mescreü* 1203 — *molu* 966 — *navré* 958 — *nu* 1340 — *onoree* 1084 — *parcreüz* 786 — *passez* 739 — *penez* 1176 — *preisiez* 1733 — *ramé* 294 — *ramu* 632 — *redoté* 824 — *resoigniez* 1173 — *roogniiez* 513 — *salee* 978 — *sejorné* 687 — *traveilliez* 1176 — *trossez* 238 — *vergiez* 1115 — *verniz* 912 — *vestuz* 615.

<u>La base se termine par une latérale</u> *l*

Aux cas non marqués (neutre, CRS et CSP masculins), *l* se maintient sans changement en finale absolue.

Aux cas marqués par *-s* (CSS et CRP masculins), la consonne, devenue implosive, se vélarise puis se vocalise en *-u* diphtongal au XIe siècle, lequel se combine avec la voyelle qui précède pour former une diphtongue par coalescence. Mais comme pour les substantifs, la graphie archaïque du texte au programme maintient systématiquement *l* devant *-s* : *bels* (62)…

Au féminin, *l* intervocalique se maintient sans changement.

Masculin	Singulier	Pluriel
CS	*bels* (62) > *biaus*	*bel*
CR	*bel* (892)	*bels* > *biaus*

Féminin	Singulier	Pluriel
CS	*bele* (419)	*beles*
CR	*bele* (1374)	*beles* (684)

Neutre	Singulier
CS	*bel*
CR	*bel* (2641)

Se déclinent sur ce modèle : *bels* 62 — *fol* 800 — *male* 1063 — *sol* 459.

L'indéfini *nul* (< *nullus*, *nulla*, *nullum*) se décline également sur ce modèle, et possède de surcroît au singulier un cas régime indirect hérité du datif latin :

Masculin	Singulier	Pluriel
CS	*nuls* (399) > *nus*	*nul*
CR	*nul* (5)	*nuls* > *nus*
CR2	*nului* (66)	

Féminin	Singulier	Pluriel
CS	*nule*	*nules*
CR	*nule* (727)	*nules* (1459)
CR2	*nuli*	

Neutre	Singulier
CS	*nul*
CR	*nul* (2641)

La base se termine par un *l* palatal

Aux cas non marqués (neutre, CRS et CSP masculins), lorsque la base de l'adjectif se termine par *l* palatal, la consonne finale se maintient sans changement : *veclum* > *vieil* (819).

Aux cas marqués (CSS et CRP masculins), un *t* épenthétique se glisse entre *l* palatal et *-s* de flexion, et forme avec la sifflante une affriquée [ts] notée *-z* : *veclus* > *vieilz* (257) > *vieuz*. En position implosive, *l* se dépalatalise puis se vocalise au XIe siècle. Cette vocalisation n'apparaît pas dans les graphies du texte.

Au féminin, en position intervocalique, *l* palatal se maintient jusqu'au XVIIIe siècle.

Masculin	Singulier	Pluriel
CS	*vieilz (257) > vieuz*	*vieil*
CR	*vieil (819)*	*vieilz > vieuz*

Féminin	Singulier	Pluriel
CS	*vieille* (914)	*vieilles*
CR	*vieille*	*vieilles*

Neutre	Singulier
CS	*vieil*
CR	*vieil*

Se déclinent sur ce modèle : *vermeille* 411 — *vielz* 257.

La base se termine par une palato-vélaire [k], [g]

Il s'agit nécessairement de consonnes en position appuyée, la position intervocalique provoquant la spirantisantion des palato-vélaires dès le IIIe siècle.

Aux cas non marqués (neutre, CRS et CSP masculins), la consonne palato-vélaire s'assourdit en [k], puis s'efface au XIIIe siècle : *longum* > *lonc* (1141), **francum* > *franc*.

Aux cas marqués (CSS et CRP masculins), la consonne palato-vélaire s'efface devant *-s* : *longus* > *lons* (1051), **francus* > *frans*.

Au féminin, en position appuyée, la consonne se palatalise : *longa* > *longe* ([dž], 1139), refait en *longue* en FM ([g]), **franca* > *franche*.

Par exemple :

Masculin	Singulier	Pluriel
CS	*lons* (1051)	*lonc*
CR	*lonc* (1141)	*lons*

Féminin	Singulier	Pluriel
CS	*longe* (1139)	*longes*
CR	*longe* (1916)	*longes* (2024)

Neutre	Singulier
CS	*lonc*
CR	*lonc*

Se déclinent sur ce modèle : *blanc* 638 — *embronc* 974 — *frans* 325 — *large* 399 — *lons* 1051.

Au masculin, *largus*, *largum* devrait aboutir à *lars*, *larc*. Mais la forme attestée dans le *Couronnement* est systématiquement *large*, forme refaite sur le féminin, et qui aligne l'adjectif sur le type épicène en *-e* : *cuer large* (399), *chaperon large* (475)… [ZINK, 1989, p. 51].

La base se termine par une labio-dentale [f], [v]

Aux cas non marqués (neutre, CRS et CSP masculins), la consonne labio-dentale s'assourdit en [f] : *vivum* > *vif* (2350).

Aux cas marqués (CSS et CRP masculins), la consonne labio-dentale s'efface devant *-s* : *vivus* > *vis* (1671).

Au féminin, en position intervocalique, la labio-dentale se maintient sous la forme d'un [v] sonore : *viva* > *vive*.

Masculin	Singulier	Pluriel
CS	*vis* (1671)	*vif* (564)
CR	*vif* (2350)	*vis*

Féminin	Singulier	Pluriel
CS	*vive*	*vives*
CR	*vive*	*vives*

Neutre	Singulier
CS	*vif*
CR	*vif*

Se déclinent sur ce modèle : *chaitis* 306 — *salf* 473 — *soëf* 921 — *veve* 84 — *vif* 564.

La base se termine par une sifflante

Lorsque la base se termine par une sifflante, le masculin devient de fait indéclinable : *bassus* > *bas*, *bassum* > *bas.*

Au féminin, la sifflante est sourde lorsqu'elle est en position appuyée : *bassa* > *basse*, *falsa* > *false* > FM *fausse*... Elle est sonore en position intervocalique : *gloriosa* > *gloriose.*

Par exemple :

Masculin	Singulier	Pluriel
CS	*bas*	*bas*
CR	*bas*	*bas*

Féminin	Singulier	Pluriel
CS	*basse* (434)	*basses*
CR	*basse*	*basses*

Neutre	Singulier
CS	*bas*
CR	*bas*

On retrouve dans ce type de variante combinatoire les adjectifs latins épicènes dont la base se termine par une sifflante, ainsi *cortensis*, *cortensis.* Afin d'éviter l'invariablité totale, le bas latin forme un féminin en *-a*, analogique des adjectifs en *-us*, *-a*, *-um* : masculin *corteis* (379), féminin *corteise* (3).

Se déclinent sur ce modèle : *anchais* 505 — *basse* 434 — *chevaleros* 1777 — *corroços* 236 — *corteis* 379 — *doleroses* 1628 — *fals* 35 — *glorios* 126 — *hisdos* 505 — *hontos* 1794 — *las* 90 — *lepros* 747 (substantivé) — *malvais* 1482 — *orgoillos* 100 — *punais* 37 — *turqueis* 641 — *vertuos* 932.

La base se termine par une dentale palatalisée

La palatalisation de *t* + *y* produit une affriquée [ts], notée *-z* en finale absolue. La base se terminant par une sifflante, le paradigme du masculin est invariable.

Au féminin, l'affriquée [ts] est graphiée *-c-*.

Se décline sur ce modèle le numéral ordinal *tierz*, du latin *tertius* :

Masculin	Singulier	Pluriel
CS	*tierz* (1500)	*tierz*
CR	*tierz* (779)	*tierz*

Féminin	Singulier	Pluriel
CS	*tierce*	*tierces*
CR	*tierce*	*tierces*

Neutre	Singulier
CS	*tierz*
CR	*tierz*

• **Les adjectifs dits épicènes**

Un mot épicène est un mot identique au masculin et au féminin. On peut distinguer deux cas en ancien français :

— les adjectifs dont la base se termine par un *-e*, au masculin comme au féminin ;

— les adjectifs déjà épicènes en latin, qui restent partiellement épicènes en ancien français.

Les adjectifs à masculin sigmatique en *-e*

Ces adjectifs sont issus des adjectifs latins de classe I, du type *bonus, bona, bonum.* La présence du *-e* final est due à un accident phonétique au cours de l'évolution du mot : ainsi dans *sabium* > *sage*, la palatalisation de *b* + *y* rend nécessaire une voyelle d'appui au VIIe siècle, à la date où en principe les voyelles finales autres que *a* s'amuïssent. Dès lors, l'opposition entre masculin et féminin est partiellement gommée.

Le schéma de flexion est identique à celui des adjectifs biformes : la désinence *-s* marque CSS et CRP masculins, ainsi que le pluriel féminin. Par exemple :

Masculin	Singulier	Pluriel
CS	*sages* (327)	*sage* (903)
CR	*sage* (444)	*sages*

Féminin	Singulier	Pluriel
CS	*sage*	*sages*
CR	*sage* (490)	sages

Neutre	Singulier
CS	*sage*
CR	*sage*

Rejoignent également ce type de flexion tous les proparoxytons à syncope tardive, épicènes en latin, comme *flebilis* > *feibles*, *nobilis* > *nobiles…* et tous les adjectifs en *-able*, formé sur le suffixe *-abilis*, *-abilem*.

Masculin	Singulier	Pluriel
Nominatif	*flebilis*	*flebiles* > **flebili*
Accusatif	*flebilem*	*flebiles*

Féminin	Singulier	Pluriel
Nominatif	*flebilis*	*flebiles*
Accusatif	*flebilem*	*flebiles*

Neutre	Singulier
Nominatif	*flebile*
Accusatif	*flebile*

L'effacement tardif de la pénultième atone provoque le maintien de la voyelle finale, sous la forme d'un *-e* central. Par analogie avec les adjectifs de la première classe, le nominatif masculin pluriel est refait en *-i* en bas latin : *flebiles* > **flebili.* Au féminin, le CSS, exceptionnellement marqué par *-s* [Zink, 1989, p. 40], est très tôt refait par analogie avec le type *sage.*

D'où le paradigme suivant :

Masculin	Singulier	Pluriel
CS	*feibles*	*feible*
CR	*feible*	*feibles*

Féminin	Singulier	Pluriel
CS	*feible*	*feibles*
CR	*feible*	*feibles*

Neutre	Singulier
Nominatif	*feible*
Accusatif	*feible*

C'est également sur ce modèle que se déclinent les quelques adjectifs subsistant du superlatif synthétique latin : *pessimus* (superlatif de *malus*) > *pesmes*, *sanctissimus* (superlatif de *sanctus*) > *saintismes.*

Se déclinent sur ce modèle : *creables* 265 — *demorables* 440 — *dobles* 655 — *encriesme* 1003 — *esmaiables* 334 — *esperitable* 256 — *estranges* 60 — *feibles* 1174 (adjectif substantivé) — *frailes* 257 — *guaste* 1306 (on attendrait au masc. la forme *gast*) — *jovenes* 103 — *maines* 53 — *meïsme* 541 (indéfini) — *mirable* 723 — *muables* 894 — *nobile* 209 — *nobles* 189 — *Oires* 744 — *onorables* 1344 — *orfe* 83 — *pesmes* 1628 — *quites* 394 — *riche* 267 — *roge* 310 — *sages* 327 — *saintisme* 975 — *salvage* 381.

Les adjectifs à masculin asigmatique en -*e*

Comme pour les substantifs, certains adjectifs latins de la première classe sont dépourvus de *-s* au nominatif masculin singulier : *magister, magistra, magistrum* > *maistre*, *dexter*, *dextra*, *dextrum* > *destre*... Il en résulte un paradigme asigmatique, équivalent du type *pere*.

À ces adjectifs de classe I s'ajoute l'adjectif imparisyllabique de la deuxième classe *pauper* (gén. *pauperis*) > *pauvre.*

Par exemple :

Masculin	Singulier	Pluriel
Nominatif	*dexter*	*dextri*
Accusatif	*dextrum*	*dextros*

Féminin	Singulier	Pluriel
Nominatif	*dextra*	*dextrae* > **dextras*
Accusatif	*dextram*	*dextras*

Neutre	Singulier
Nominatif	*dextrum*
Accusatif	*dextrum*

D'où en ancien français le paradigme suivant :

Masculin	Singulier	Pluriel
CS	*destre*	*destre*
CR	*destre*	*destres*

Féminin	Singulier	Pluriel
CS	*destre*	*destres*
CR	*destre*	*destres*

Neutre	Singulier
Nominatif	*destre*
Accusatif	*destre*

Se déclinent sur ce modèle quelques adjectifs presque tous présents dans le texte au programme : *aspres* 329 — *destre* 131 — *maistres* 303 — *povre* 31 — *senestre* 130.

L'indéfini *alter*, *altera*, *alterum* > *altre*, qui présente, comme d'autres indéfinis, la particularité d'avoir un cas régime indirect, se décline également sur ce type :

Masculin	Singulier	Pluriel
CS	*altre* (634)	*altre* (1815)
CR	*altre* (1399)	*altres* (1221)
CR2	*altrui*	

Féminin	Singulier	Pluriel
CS	*altre*	*altres*
CR	*altre* (731)	*altres* (1627)
CR2	*altri* [rare]	

Neutre	Singulier
CS	*altre*
CR	*altre*

Ce type de flexion, très peu représenté, tend à s'aligner sur le type *sages*, avec un *-s* au CSS. On relève ainsi, au CSS masculin, *altres* (948) et *aspres* (392).

Les adjectifs à féminin sans *-e*

Les adjectifs à féminin sans *-e* sont issus des adjectifs étymologiquement épicènes latins, également appelés adjectifs de la deuxième classe : ces adjectifs, du type *grandis*, *grandis*, *grande*, ne distinguent pas le féminin du masculin. On les distinguera des adjectifs à masculin en *-e* épicènes par accident.

Le paradigme latin, qui confond exactement masculin et féminin, est toutefois modifié en bas latin. Le nominatif pluriel masculin est refait par analogie avec les adjectifs de la première classe : *grandes* > **grandi.*

Masculin	Singulier	Pluriel
Nominatif	*grandis*	*grandes* > **grandi*
Accusatif	*grandem*	*grandes*

Féminin	Singulier	Pluriel
Nominatif	*grandis*	*grandes*
Accusatif	*grandem*	*grandes*

Neutre	Singulier
Nominatif	*grande*
Accusatif	*grande*

D'où en ancien français le paradigme suivant :

Masculin	Singulier	Pluriel
CS	*granz* (786)	*grant*
CR	*grant* (441)	*granz* (1231)

Féminin	Singulier	Pluriel
CS	*granz/grant*	*granz* (2024)
CR	*grant* (434)	*granz*

Neutre	Singulier
Nominatif	*grant*
Accusatif	*grant*

La tendance analogique avec les adjectifs biformes conduit très tôt à une hésitation sur la flexion du cas sujet féminin singulier : la forme attendue est *granz*, mais on trouve souvent *grant*, par analogie avec le type biforme, non marqué au féminin singulier et sans distinction entre CS et CR au féminin.

Une autre tendance analogique consiste à ajouter un *-e* aux formes du féminin : *bon/bone* > *grant/grande*. Cette tendance est attestée dès le XIe siècle, mais ne s'impose réellement qu'en moyen français. On en relève un exemple dans le texte au programme : la chanson est annoncée comme *avenant* (3, forme attendue), puis à la laisse suivante elle est *avenante* (11), pour les besoins de l'assonance.

Variantes combinatoires

(v. les adjectifs biformes pour le détail des explications sur les variantes combinatoires.)

La base se termine par une dentale [t] ou [d]

aidanz 1 — *alferant* 603 — *avenant* 3 — *forz* 277 — *grant* 44 — *joianz* 1552 — *omnipotent* 848 — *recreant* 24 — *trenchant* 605 — *vaillant* 2 — *vert* 407.

La base contient une dentale latente

C'est le cas de l'adjectif *pro* (609, CRS masculin), *proz* (107, CSS masculin), du latin *prodis*, *prodis*, *prode.*

La base se termine par une latérale *l*

charnels 736 — *cruels* 709 — *gentilz* 256 — *mortel* 706 — *nuitel* 776.

C'est également sur ce modèle que se déclinent les indéfinis *quel* (1560), *tel* (64) et sa forme étoffée *itel* (1261).

• **Les adjectifs à plusieurs bases**

Les comparatifs synthétiques

Les adjectifs à deux ou trois bases sont peu fréquents et sont hérités pour l'essentiel des comparatifs synthétiques latins. Ils sont également épicènes.

Le schéma de flexion est le suivant :

Masculin	Singulier	Pluriel
CS	B1	B2
CR	B2	B2 + *s*

Féminin	Singulier	Pluriel
CS	B1	B2 + *s*
CR	B2	B2 + *s*

Neutre	Singulier
Nominatif	B2 ou B3
Accusatif	B2 ou B3

Le comparatif synthétique latin est un adjectif imparisyllabique, ce qui provoque le déplacement de l'accent : *mélior/melióre m* (comparatif de *bonus*) et la formation de deux bases en ancien français : *mieldre/meillor.* Le neutre constitue une éventuelle troisième base : *mélius* > *mielz* ; quand il n'a pas eu de continuateur en ancien français, c'est la base 2 qui est employée.

Le CSP masculin est refait en bas latin par analogie avec les adjectifs biformes : *meliores* > **meliori.*

Masculin	Singulier	Pluriel
Nominatif	*melior*	*meliores* > **meliori*
Accusatif	*meliorem*	*meliores*

Féminin	Singulier	Pluriel
Nominatif	*melior*	*meliores*
Accusatif	*meliorem*	*meliores*

Neutre	Singulier
Nominatif	*melius*
Accusatif	*melius*

D'où en ancien français le paradigme suivant :

Masculin	Singulier	Pluriel
CS	*mieldre*	*meillor*
CR	*meillor*	*meillors*

Féminin	Singulier	Pluriel
CS	*mieldre*	*meillors*
CR	*meillor*	*meillors*

Neutre	Singulier
Nominatif	*mielz*
Accusatif	*mielz*

On relève dans le texte :

— *mieldre* 14/*meillor* 9/*mielz* 191 ;

— *mendre*/*menor* 948/*meinz* 1988 (B1 non attestée dans le texte au programme, du latin *minor*, *minorem*, au neutre *minus*, comparatif synthétique de l'adjectif *parvus*) ;

— éventuellement l'indéfini *plusors* (847), du comparatif latin **plusiori*, *plusiores*, mais qui, attesté seulement au pluriel et au masculin ou féminin, n'a que cette seule base, équivalant à une B2.

Quelques substantifs adjectivés

Enfin, quelques substantifs masculins à deux bases sont susceptibles d'avoir un emploi adjectival : il s'agit de *ber* (1390), *fel* (401)/*felon* (1880), *traïtre* (1012), également attestés comme noms dans le texte au programme.

En tant qu'adjectif, *ber*, toujours employé au CSS masculin, ne connaît que cette seule base (B1).

Fel/felon conserve ses deux bases en emploi adjectival. Le féminin, non représenté dans le texte au programme, connaît différentes formes : *fel(l)e*, *felenesse*, plus rarement *felone.*

De même, *traïtre/traïtor* conserve ses deux bases en emploi adjectival. Au féminin se rencontrent *traïtre* ou *traïtresse*, en emploi nominal autant qu'adjectival. Seul *traïtre* en emploi adjectival apparaît dans *Le Couronnement de Louis*.

Les articles

L'article s'accorde en genre, en nombre et en cas avec le nom qu'il détermine.

• Les articles indéfinis

L'article indéfini est hérité des formes du numéral latin *unus*, avec une évolution du paradigme identique à celle des substantifs (masculins sigmatiques, féminins déclinables à une base) et des adjectifs biformes :

Masculin	Singulier	Pluriel
Nominatif	*un***us**	*un***i**
Accusatif	*un***um**	*un***os**

Féminin	Singulier	Pluriel
Nominatif	*un***a**	*un***ae** > **un***as**
Accusatif	*un***am**	*un***as**

D'où en ancien français le paradigme suivant :

Masculin	Singulier	Pluriel
CS	*uns*	*un*
CR	*un*	*uns*

Féminin	Singulier	Pluriel
CS	*une*	*unes*
CR	*une*	*unes*

Relevé partiel :

— CSS masculin *uns* : 50, 290, 292, 446…

— CRS masculin *un* : 454, 478, 604, 632…

— CSS féminin *une* : 411, 525…

— CRS féminin *une* : 637, 689, 1070…

— CRP féminin *unes* : 324, 329, 988, 1435.

Le pluriel de l'article indéfini, peu usité, est employé lorsque l'article détermine un substantif renvoyant à une paire (*une chauces*, "une paire de chausses") ou à un ensemble d'éléments représentant un tout (*uns degrez*, “un escalier”). *Unes noveles* correspond ainsi à “un message, un ensemble de nouvelles”.

• Les articles définis

L’article défini est issu du démonstratif latin *ille.*

Formes simples

En bas latin, le nominatif masculin singulier passe de *ille* à **illi*, par dilation dans le groupe *ille qui.* À l’accusatif, la désinence *-m* s’efface à date latine, et la voyelle *u*, après bouleversement vocalique, devient *o* fermé [ọ].

Masculin	Singulier	Pluriel
Nominatif	*ill**e** > *ill**i***	*ill**i***
Accusatif	*ill**u(m)** > ill**o***	*ill**os***

De plus, le nominatif féminin pluriel est refait en **illas*, par analogie avec la voyelle finale *a* du reste du paradigme, après réduction de la diphtongue *ae*.

Féminin	Singulier	Pluriel
Nominatif	*ill**a***	*ill**ae** > *ill**as***
Accusatif	*ill**a(m)***	*ill**as***

En Gaule du Nord, la place du démonstratif se fixe progressivement devant le nom. *Ille* devient ainsi proclitique, c’est-à-dire que le mot perd son accent pour dépendre de l’accent du mot qui suit, avec lequel il forme une unité accentuelle. Cette proclise provoque un phénomène d’aphérèse : *ille* perd sa première syllabe pour l’ensemble du paradigme.

Masculin	Singulier	Pluriel
Nominatif	*(*il)li*	*(il)li*
Accusatif	*(il)lo*	*(il)los*

Féminin	Singulier	Pluriel
Nominatif	*(il)la*	*(*il)las*
Accusatif	*(il)la*	*(il)las*

Dans ces monosyllabes, le timbre de la voyelle se maintient sans changement, sauf au pluriel : **los*, **las* > *les.*

D’où en ancien français le paradigme suivant :

Masculin	Singulier	Pluriel
CS	*li*	*li*
CR	*lo*, puis *le*	*les*

Féminin	Singulier	Pluriel
CS	*la*	*les*
CR	*la*	*les*

Relevé partiel :

— CSS masculin *li* : 645, 651, 771, 835…

— CRS masculin *le* : 581, 993, 1038, 1114… *Lo*, attesté dans les textes les plus anciens, n'apparaît pas dans *Le Couronnement de Louis*.

— CSP masculin *li* : 700, 734, 903, 990…

— CRP masculin *les* : 1539, 1544, 1691, 1766…

— CSS féminin *la* : 1055, 1063, 1514, 1549…

— CRS féminin *la* : 1039, 1066, 1102, 1135…

— CSP féminin *les* : 1121, 1437, 1619…

— CRP féminin *les* : 1635, 1697, 1764, 1800…

Élisions

Devant voyelle, l'article peut s'élider, notamment *le* et *la. Li* au CSS masculin s'élide également, *li* au CSP presque jamais.

— CSS masculin *l'* : *l'apostoiles* (588), *l'arcevesques* (1010)…

— CRS masculin *l'* : *l'or et l'argent* (595), *l'acordement* (877)…

— CRS féminin *l'* : *l'aive* (771), *l'enseigne* (871)…

Enclises

Dans le groupe [préposition + article défini + nom], la préposition modifie le statut rythmique de l'article, en le détachant du nom pour le lier à elle. Dès lors, l'article défini, de proclitique, devient enclitique (c'est-à-dire qu'il forme un groupe accentuel avec le mot qui le précède). Comme cette position est fragilisante, on assiste à une série de contractions :

— Préposition *a* + *le* > *al* : 7, 215, 247…

— Préposition *a* + *les* > *as* : 746, 883, 991, 1013…

— Préposition *de* + *le* > *del* : 492, 1111, 1290…

— Préposition *de* + *les* > *des* : 247, 1357, 1764…

— Préposition *en* + *le* > *el* : 493, 528, 618…

— Préposition *en* + *les* > *es* : 1624.

Les formes avec vocalisation de *l* sont exceptionnelles : on relève seulement une occurrence de *au* (550).

Les démonstratifs

L'ancien français possède deux séries de démonstratifs : celle en *cist* et celle en *cil* au CSS, respectivement héritées des démonstratifs latins *iste* et *ille*.

En bas latin, les démonstratifs *iste* et *ille* tendent à être renforcés par *ecce*, "voici" : *ecce iste*, *ecce ille.* Dans l'ensemble ainsi formé, *ecce* perd son accent, devient proclitique, et en se soudant au démonstratif subit un phénomène d'aphérèse :

ecce iste > **ecciste* > *(*ec)ciste* > AF *cist*
ecce ille > **eccille* > *(*ec)cille* > AF *cil*

Le démonstratif peut être employé comme un déterminant (par exemple, ***cil*** *escuier*, 283) ou comme un pronom (par exemple, ***cil*** *l'entendent*, 57). Dans *Le* Couronnement *de Louis*, *cil* est plus souvent employé comme pronom que comme adjectif. À l'inverse, *cist* est presque toujours déterminant et rarement pronom.

• La série de *cist*

En bas latin, le paradigme de *iste* a donc évolué comme suit :

Masculin	Singulier	Pluriel
Nominatif	**ciste* > **cisti*	**cisti*
Accusatif	**cistu(m)*	**cistos*
Datif	**cistui*	

Féminin	Singulier	Pluriel
Nominatif	**cista*	**cistae* > **cistas*
Accusatif	**cista(m)*	**cistas*
Datif	**cistaei*	

Les réfections du paradigme sont les mêmes que celles constatées dans la formation du paradigme de l'article défini *li* :

— au nominatif masculin singulier, **ciste* devient **cisti* par dilation dans le groupe **ciste qui.* Ce phénomène conduit au maintien de *i* initial au CSS.

— à l'accusatif (masculin et féminin), *m* final s'est effacé à date latine.

— le nominatif féminin pluriel est refait en **cistas.*

De plus, le démonstratif conserve une forme de datif singulier. En latin classique, *iste* confond au datif singulier masculin et féminin sous la même forme : *isti.* Le bas latin crée une distinction entre les genres, d'où un datif masculin en *-ui* (d'après le relatif au datif *cui*) et un féminin en *-aei* (produit du croisement entre la désinence du latin classique *-i* et celle du latin vulgaire *-ae* au datif).

D'où en ancien français :

Masculin	Singulier	Pluriel
CS	*cist*	*cist*
CR	*cest*	*cez*
CR2	*cestui*	

Féminin	Singulier	Pluriel
CS	*ceste*	*cestes/cez*
CR	*ceste*	*cestes/cez*
CR2	*cesti*	

La forme de neutre pronominal *cest*, commune aux deux cas du singulier (latin **cistud* et **cistum*), est rarement employée et remplacée par *ce*.

Relevé partiel :

— CSS masculin *cist* : 547, 875, 1198…

— CRS masculin *cest* : 1561, 1792, 1919…

— CR2 masculin *cestui* : 235, 1941… *Cestui*, toujours déterminant et jamais pronom dans le texte au programme, peut être employé après préposition, avec valeur de cas régime indirect :

De **cestui** rei est Looïs vengiez. (1941)

Mais on le trouve aussi dans des groupes nominaux au cas régime direct :

Cestui veiage ne vueil je plus laissier. (235)

Cestui se trouve toujours dans le premier hémistiche et en début de phrase et *contribue* donc à un effet de mise en relief expressive : "Ce voyage-là, je ne veux plus le remettre".

— CRS féminin *ceste* : 54, 85, 105…

— CRP masculin *cez* : 466, 467…

— CRP féminin *cez* : 315, 1034…

Il n'y a pas d'occurrences de *cist* au CSP, de *ceste* au CSS, de *cesti*, de *cestes* au CSP et CRP.

Cist peut être étoffé par le préfixe *i-* : *icist*, *icest* (263)…

• **La série de *cil***

Voici le paradigme de *ille* en bas latin :

Masculin	Singulier	Pluriel
Nominatif	**cille > *cilli*	**cilli*
Accusatif	**cillu(m)*	**cillos*
Datif	**cillui*	

Féminin	Singulier	Pluriel
Nominatif	**cilla*	**cillae > *cillas*
Accusatif	**cilla(m)*	**cillas*
Datif	**cillaei*	

La forme de neutre pronominal *cel*, commune aux deux cas du singulier (latin **cillud* et **cillum*), est rarement employée et remplacée par *ce*.

Les modifications du paradigme sont les mêmes que pour *cist*.

En ancien français :

Masculin	Singulier	Pluriel
CS	*cil*	*cil*
CR	*cel*	*cels > ceus*
CR2	*celui*	

Féminin	Singulier	Pluriel
CS	*cele*	*celes*
CR	*cele*	*celes*
CR2	*celi*	

Relevé partiel :

— CSS masculin *cil* : 170, 283, 619…

— CRS masculin *cel* : 663, 709, 718…

— CR2 masculin *celui* : 285, 1290, 1331… *Celui conserve* parfois dans *Le Couronnement* sa valeur étymologique de datif :

> Ciquaires fu lor ostes apelez,
> **Celui** a tot son aveir comandé. (*CL* 284-285)
>
> ["Leur hôte avait nom Ciquaires, c'est à lui que Guillaume confia tous ses biens."]

Mais le plus souvent, le CR2 fait office de mot *introducteur* à une relative substantive, que le relatif soit exprimé ou non :

> N'i a **celui** n'ait sanglent le visage (*CL* 1335)
>
> Le tertre esguarde et **celui** qui fu sus (*CL* 616)

— CSP masculin *cil* : 445, 711, 937…

— CRP masculin *cels* : 376, 402, 718… Pas *d'occurrence* de *ceus*.

— CSS féminin *cele* : 1977…

— CRS féminin *cele* : 1375, 1474, 1659…

Il n'y a pas d'occurrences de *celi*, de *celes* au CSP et CRP.

Cil possède comme *cist* des formes étoffées : *icil* (1473, CSP), *icele* (1082)…

• Le démonstratif neutre *ce*

Le neutre *ce* est formé sur le latin *hoc*, auquel s'ajoute le présentatif *ecce*, avec le même phénomène de proclise et d'aphérèse que pour *cist* et *cil* : *ecce hoc* > *(ec)c(e h)o(c)* > *ço*, puis *ce*. Il peut s'élider devant voyelle.

Relevé partiel : *ce* 1317, 1733, 1815… ; *c'* 419, 524…

Les possessifs

Il existe deux séries de possessifs en ancien français : les formes faibles et les formes fortes, toutes deux héritées des possessifs latins *meus*, *tuus*, *suus*…

Les formes faibles perdent leur accent, deviennent proclitiques et sont employées devant un nom. Les formes fortes sont toniques et autonomes.

Dans les deux séries, la consonne initiale donne le numéro d'ordre de la référence personnelle : *m-* à la P1, *t-* à la P2, *s-* à la P3, *n-* à la P4, *v-* à la P5 et *l-* à la P6.

• Les formes faibles

Le possessif atone, proclitique, est placé devant le nom qu'il actualise. Il se substitue ainsi à l'article, dont il reprend la fonction : comparer les GN *li chevalier* (1471, CSP) et *mes chevaliers* (1843, CRP).

Possesseur unique

Le paradigme en latin classique est le suivant (dans l'ordre, nominatif singulier, accusatif singulier, nominatif pluriel, accusatif pluriel) :

	P1	**P2**	**P3**
Masculin	*meus*, *meum*, *mei*, *meos*	*tuus*, *tuum*, *tui*, *tuos*	*suus*, *suum*, *sui*, *suos*
Féminin	*mea*, *meam*, *meae*, *meas*	*tua*, *tuam*, *tuae*, *tuas*	*sua*, *suam*, *suae*, *suas*

En bas latin, l'ensemble du paradigme, atone, devient monosyllabique, pour des raisons phonétiques (réduction de *-uu-* à *-u-* à date latine : *tuum* > **tum*) autant qu'analogiques.

De plus, le féminin se distingue du masculin en ce qu'il perd la désinence *-m* que le masculin conserve (les consonnes finales de monosyllabes sont susceptibles de se conserver : ex. *rem* > *rien*).

Après bouleversement vocalique, *u* bref devient *o* fermé au masculin.

Le nominatif féminin pluriel est refait en *-as* : *meae* > **meas* > **mas*.

Voici le paradigme en latin impérial :

	P1	P2	P3
Masculin	**mos, *mom,* **mi, *mos*	**tos, *tom,* **ti, *tos*	**sos, *som,* **si, *sos*
Féminin	**ma, *ma,* **mas, *mas*	**ta, *ta,* **tas, *tas*	**sa, *sa,* **sas, *sas*

Le timbre de la voyelle se conserve, sauf devant *-s* où il s'assourdit en *e*. Devant consonne nasale, *o* se nasalise. D'où en ancien français (dans l'ordre, CSS, CRS, CSP, CRP) :

	P1	P2	P3
Masculin	*mes, mon,* *mi, mes*	*tes, ton,* *ti, tes*	*ses, son,* *si, ses*
Féminin	*ma, ma,* *mes, mes*	*ta, ta,* *tes, tes*	*sa, sa,* *ses, ses*

Relevé partiel :

— au masculin : *mes* CSS (103, 219, 464...), *mon* (784, 789, 1122...), *mes* CRP (223, 487, 1305...) ; *tes* CSS (513, 1326, 1915...), *ton* (390, 881, 1062...), *ti* (858, 1059...), *tes* CRP (157, 805...) ; *ses* CSS (1154, 1737, 1925...), *son* (1485, 1513, 1603...), *si* (715, 753, 1930...), *ses* CRP (1132, 1191, 1675...) ;

— au féminin : *ma* CRS (820, 1363, 1779...), *mes* CRP (221 [*mes terres*], 630...) ; *ta* CRS (696, 1314, 1605...), *tes* CRP (193, 860, 893...) ; *sa* CSS (305, 351, 612...), *sa* CRS (698, 715, 755...), *ses* CRP (109 [*ses terres*], 138 [*ses terres*], 1451...). Les possessifs *ma, ta, sa* sont susceptibles de s'élider devant voyelle : *m'espee* (CRS, 666), *s'arbaleste* (*CRS*, 642)...

Les formes non mentionnées sont absentes du texte au programme.

Pluralité de possesseurs

Voici le paradigme du latin classique :

	P4	P5	P6
Masculin	*noster, -trum,* *nostri, -tros*	*vester, -trum,* *vestri, -tros*	*suus, suum,* *sui, suos*
Féminin	*nostra, -am,* *nostrae, -tras*	*vestra, -am,* *vestrae, -tras*	*sua, suam,* *suae, suas*

Dès l'époque classique, le latin parlé refait *vester* en **voster* par analogie avec *noster.*

En bas latin, *suus* est réservé à la P3, d'où la formation d'une nouvelle forme de possessif à la P6 à partir du génitif pluriel du démonstratif *ille* : *illorum* > **loru* (aphérèse) > AF *lor.*

Le bas latin aboutit donc au paradigme suivant :

	P4	P5	P6
Masculin	*noster, -tru,* *nostri, -tros*	**voster, -tru,* **vostri, -tros*	**loru*
Féminin	*nostra, -a,* **nostras, -tras*	**vostra, -a,* **vostras, -tras*	**loru*

La voyelle finale se conserve à toutes les personnes, au féminin comme au masculin, comme voyelle de soutien après un groupe consonantique complexe. D'où en ancien français :

	P4	P5	P6
Masculin	*nostre, nostre,* *nostre, nostres/noz*	*vostre, vostre, vostre,* *vostres/voz*	*lor*
Féminin	*nostre, nostre,* *nostres/noz, nostres/noz*	*vostre, vostre, vostres/voz,* *vostres/voz*	*lor*

Nostre, *vostre* en emploi tonique se rattachent donc à la déclinaison des adjectifs à masculin asigmatique ; l'emploi clitique du possessif conduit à la formation de formes contractes : *noz*, *voz* (à ne pas confondre avec *nos* et *vos*, formes du pronom personnel).

Le possessif *lor* est invariable en ancien français.

Le picard remanie l'ensemble du paradigme de *noz* et *voz* :

	P4	P5	P6
Masculin	*nos, no, no, nos*	*vos, vo, vo, vos*	*lor*
Féminin	*no, no, nos, nos*	*vo, vo, vos, vos*	*lor*

Relevé partiel :

— au masculin : *nostre* CSS (61, 396, 429…), *nostre* CRS (885…), *vostre* CSS (1573…), *vostre* CRS (1673, 1723, 1796…) ; *voz* CSS (481, 571, 780…), *voz* CSP (777…), *voz* CRP (751, 1837, 1992…) ; *vo* CRS (727, 762, 1409…), *vo* CSP (572, 767…). On relève également *vo* au CSS *v.* 746 ;

— au féminin : *nostre* CRS (583…), *vostre* CRS (1004, 1420…) ; *voz* CRP (403, 455, 1277…) ; *vo* CRS (1789…) ;

— à la P6, *lor* est attesté au CSS masculin (284), CRS masculin (213, 1267, 1416…), au CRP masculin (1385, 1901…), CRS féminin (1577, 1890…), CRP féminin (1270, 1334, 1333…).

• **Les formes fortes**

Les formes fortes, toniques et autonomes, peuvent être employées seules : ainsi, dans *vostre est la force…* (1636), le possessif équivaut à un adjectif ayant la fonction d'attribut du sujet. Le possessif tonique peut également jouer le rôle de pronom :

> Contre **sa** force n'a la **toe** mestier (552), "Contre sa force, la tienne est impuissante"
>
> [*sa* = possessif atone, employé comme déterminant actualisant le nom *force* ;
>
> *toe* = possessif tonique, actualisé par un article défini et mis pour le nom *force.*]

On distinguera cet emploi pronominal de l'emploi substantivé : *molt i a des siens* (1890), "ses partisans sont nombreux". À la différence de l'exemple précédent, le possessif n'est pas mis pour un nom, mais renvoie à la notion d'appartenance.

Enfin, le possessif tonique peut être associé avec un déterminant (article, démonstratif, numéral). Il a dans ce cas la fonction d'un adjectif qualificatif épithète : *la meie aneme* (874), "mon âme". Le même emploi se rencontre plus rarement sans déterminant : *de soe part* (454), "de sa part".

Possesseur unique

Le paradigme du latin classique est le même que pour les formes faibles :

	P1	**P2**	**P3**
Masculin	*méus, méum,* *méi, méos*	*túus, túum,* *túi, túos*	*súus, súum,* *súi, súos*
Féminin	*méa, méam,* *méae, méas*	*túa, túam,* *túae, túas*	*súa, súam,* *súae, súas*

En bas latin, les formes fortes conservent leur accent. Après bouleversement vocalique, les voyelles toniques subissent donc à la P1 une diphtongaison spontanée, romane pour les formes du masculin (voyelle ouverte), française pour les formes du féminin (voyelle fermée).

Le masculin étend *-m* final à l'ensemble du paradigme, tandis que le féminin le perd : ainsi, au singulier, le masculin *méum* s'oppose au féminin *méa.* Au CSS et CRP, le possessif masculin reçoit un *-s* analogique de la flexion des masculins sigmatiques : *mien + s, tuen + s, suen + s…*

D'où en ancien français :

	P1	P2	P3
Masculin	*miens, mien,* *mien, miens*	*tuens, tuen,* *tuen, tuens*	*suens, suen,* *suen, suens*
Féminin	*moie, moie,* *moies, moies*	*toe, toe,* *toes, toes*	*soe, soe,* *soes, soes*

Relevé partiel :

— au masculin : *miens* CSS (482…), *mien* CRS (149…) ; *tuen* CRS (808, 880…) ; *suens* CSS (537…), *suen* CRS (83, 203…) ;

— au féminin : *meie* CSS (537, 874…) ; *toe* CSS (552…), *toe* CRS (846…) ; *soe* CRS (454, 516, 797…).

Les réfections analogiques des possessifs de P2 et de P3 sur *mien/moie* sont encore rares au XIIe siècle : on ne relève qu'une occurrence de *siens* (1890).

Pluralité de possesseurs

La formation et l'évolution des possessifs toniques *nostre*, *vostre*, *lor* sont identiques à celles de la série atone.

Le paradigme de l'ancien français est donc le suivant :

	P4	P5	P6
Masculin	*nostre*, *-e*, *nostre*, *-es*	*vostre*, *-re*, *s* *vostres*, *-e*	*lor*
Féminin	*nostre*, *-e*, *nostres*, *-es*	*vostre*, *-e*, *vostres*, *-es*	*lor*

Relevé partiel : *nostre* CRS féminin (77, 360…) ; *vostre* CSS féminin (1636…) ; *lor* CRS féminin (77…).

En principe, les formes contractes sont spécifiques à la série atone, mais on relève dans le texte *seiez garanz as noz* (939), “protégez les nôtres !”, où *noz* est tonique et substantivé.

Les pronoms personnels

Le système des pronoms personnels se distingue par sa complexité. On distingue :

— les pronoms nominaux de P1, P2, P4, P5, hérités des pronoms personnels latins (ainsi que le pronom *réfléchi*) ;

— et les pronoms représentants de P3 et P6, formés en bas latin sur le paradigme de *ille*.

À l'opposition habituelle entre cas sujet et cas régime s'ajoutent deux autres oppositions :

— celle entre cas régime direct et cas régime indirect à la P3 et la P6 ;

— celle entre formes atones et formes toniques.

• Tableau récapitulatif

Les pronoms à double statut rythmique sont en gras italique (***je***), les formes fortes (pronoms toniques et autonomes) sont en petites majuscules (*GIÉ*) et les formes faibles (pronoms atones et conjoints au verbe) sont en italique simple.

À cet ensemble de pronoms personnels s'ajoutent le pronom indéfini *on* et les pronoms d'appoint *en*, *i*.

	P1	P2	P3			
			masculin	féminin	neutre	réfléchi
CS	***je***/*GIÉ*	***tu***	***il***	***ele***	***il***	
CR CR2	*me*/*MOI*	*te*/*TOI*	*le* *LUI* *li*	*la* *LI* *li*	*le*	*se*/*SOI*

	P4	P5	P6			
			masculin	féminin	neutre	réfléchi
CS	***nos***	***vos***	***il***	***eles***		
CR CR2	***nos***	***vos***	*les* *EUS* *lor*	*les* *ELES* *lor*		*se*/*SOI*

• Les pronoms de première et deuxième personnes (P1, P2, P4, P5)

Aux P1, P2, P4 et P5, les pronoms personnels sont hérités des pronoms personnels latins, en emploi tonique ou atone :

	P1	P2	P4	P5
Nominatif	*ego*	*tu*	*nos*	*vos*
Accusatif	*me*	*te*	*nos*	*vos*

Le paradigme de l'ancien français est le suivant :

	P1	P2	P4	P5
CS	*je/gié* (tonique)	*tu*	*nos*	*vos*
CR atone	*me*	*te*	*nos*	*vos*
CR tonique	*moi*	*toi*	*nos*	*vos*

Relevé partiel : *je* (64, 71, 108…), *j'* (68, 118, 479…), *mei* (574, 793, 802…) ; *tu* (512, 592, 800…), *te* (803, 857, 1105…), *tei* (541, 1605, 1733…) ; *nos* PPS (1064, 1531…), *nos* PPR atone (905, 1459, 1530…), *nos* PPR tonique (1836…) ; *vos* PPS (116, 1920…), *vos* PPR atone (1854, 1909…), *vos* PPR tonique (221…).

Pronom personnel sujet

Les pronoms personnels sujets ont tous un double statut rythmique (sauf *gié*, forme spécifiquement tonique) et se rencontrent en emploi atone comme en emploi tonique. *Je* peut s'élider devant initiale vocalique.

Pronom personnel régime

En emploi atone, *me*, *te*, *nos*, *vos* deviennent proclitiques et conjoints au verbe. *Me*, *te* s'élident devant initiale vocalique. Les formes atones peuvent avoir la fonction d'un complément direct ou indirect.

Toniques, les monosyllabes *me* et *te* aboutissent à *mei* et *tei* (FM *moi*, *toi*) : la voyelle *e*, longue et tonique, se ferme, puis subit une diphtongaison française. Les formes de P4 et P5, *nos* et *vos*, puis *nous* et *vous*, sont identiques aux formes atones, alors qu'on attendrait une diphtongaison de la voyelle tonique : les formes atones se sont imposées à date prélittéraire. Le pronom personnel tonique peut occuper la fonction de tout groupe nominal au cas régime.

• Les pronoms de troisième personne (P3, P6)

Aux P3 et P6, le latin n'a pas de pronoms personnels, et utilise le démonstratif *is*, *ea*, *id*. Peu expressif, ce dernier est remplacé en bas latin par *ille*, plus étoffé. Le paradigme est le même que pour l'article défini, si ce n'est que s'y ajoute un neutre singulier *illud*, refait en bas latin en *illu(m)* et quelques formes au datif et au génitif qui aboutissent à la formation d'un cas régime indirect :

Masculin	Singulier	Pluriel
Nominatif	*ille > *illi*	*illi*
Accusatif	*illu(m) > illo*	*illos*
Génitif		*illorum*
Datif	*illi > illi/*illui*	

Féminin	Singulier	Pluriel
Nominatif	*illa*	*illae* > **illas*
Accusatif	*illa(m)*	*illas*
Génitif		*illarum* > **illoru*
Datif	*illi* > *illi/*illaei*	

Neutre	Singulier
Nominatif	*illud* > **illu(m)* > **illo*
Accusatif	*illud* > **illu(m)* > **illo*

Réfléchi	Singulier
Accusatif	*se*

Le paradigme de l'ancien français est le suivant :

Masculin	Singulier	Pluriel
CS	*il*	*il*
CR	*le/lui* (tonique)	*les/eus* (tonique)
CR2	*li* (atone)/*lui* (tonique)	*lor* (atone)/*eus* (tonique)

Féminin	Singulier	Pluriel
CS	*ele*	*eles*
CR	*la/li* (tonique)	*les/eles* (tonique)
CR2	*li* (atone)/*li* (tonique)	*lor* (atone)/*eles* (tonique)

Neutre	Singulier
CS	*il*
CR	*le*

Réfléchi	Singulier
CR	*se* (atone)/*soi* (tonique)

Les pronoms de troisième personne ont donc la particularité d'être variables en genre. De plus, ils comportent au singulier des formes de cas régime indirect, lesquelles diffèrent selon qu'elles sont toniques ou atones.

Relevé partiel :

— masculin : *il* CSS (225, 305, 407…), *le* (450, 555, 623…), *li* (225, 251, 913…), *lui* (668, 776, 888…), *il* CSP (275, 333…), *les* (*420*, 489, 699…), *lor* (425, 488, 700…), *els* (568, 710, 1496…) ;

— féminin : *ele* (1414), *la* (44, 56, 70…), *les* (634…) ;

— neutre : *il* (231, 313, 391…), *le* (422, 445…) ;

— réfléchi : *se* (91, 129, 191…).

Pronom personnel sujet

Contrairement à l'article, le pronom personnel sujet est à l'origine tonique, d'un emploi expressif et disjoint du verbe : il n'y a donc pas de phénomène d'aphérèse comme en position proclitique devant le nom.

Ainsi, *illi* au CSS et au CSP masculins aboutit à *il*, après réduction de la géminée et chute de la voyelle finale. Le timbre de la voyelle se maintient par dilation, grâce à l'influence de la voyelle finale.

À l'inverse, au féminin, *i* bref subit le bouleversement vocalique au IIIe siècle et devient un *e* fermé ; *a* final se maintient au VIIe siècle sous la forme d'un *e* central : *illa*, **illas* > *ele*, *eles*.

Le neutre, primitivement *el*, est aligné sur le masculin *il*.

Pronom personnel régime (direct)

Au cas régime direct, en emploi atone, le pronom personnel est conjoint au verbe et se trouve placé devant lui : le phénomène d'aphérèse se produit alors, comme c'était le cas pour l'article. C'est la raison pour laquelle l'article défini masculin et féminin a au cas régime des formes identiques à celles du pronom personnel masculin et féminin au cas régime direct : masc. *(il)lo*, *(il)los* > *le*, *les* ; fém. *(il)la*, *(il)las* > *la*, *les* ; neutre *(il)lo* > *le*. Le timbre de la voyelle s'affaiblit partout en *e*, sauf au féminin singulier.

Pronom personnel régime (indirect)

Singulier

Le datif du latin classique est *illi* au masculin comme au féminin.

Formes atones. Le cas régime indirect atone conserve cette forme pour les deux genres, avec aphérèse devant le verbe : *(il)li* > *li*.

Formes toniques. Comme pour les démonstratifs et quelques indéfinis, le bas latin crée une distinction entre les genres en introduisant une désinence en *-ui* au masculin (d'après le relatif au datif *cui*. Cf. les démonstratifs *cestui*, *celui*, les indéfinis *autrui*, *nului* au CR2 masculin) et en *-aei* au féminin (produit du croisement entre la désinence du latin classique *-i* et celle du latin vulgaire *-ae* au datif. Cf. *cesti*, *celi*, *nuli* au CR2 féminin). Le phénomène d'aphérèse n'est en principe pas attendu pour une forme tonique, il est sans doute analogique des formes atones.

Pluriel

Formes atones. Le masculin *illorum* a remplacé au féminin le latin classique *illarum*. La forme faible du CR indirect pluriel, au masculin comme au féminin, vient ainsi du génitif pluriel masculin de *ille*, avec aphérèse : *illoru(m)* > *(il)lor(o)* > *lor*.

Formes toniques. Au pluriel et en emploi tonique, le cas régime indirect est hérité de l'accusatif pluriel *illos* au masculin, *illas* au féminin. La voyelle *i*, brève et tonique, se maintient (pas d'aphérèse) et devient *e* fermé après bouleversement vocalique au IIIe siècle. La voyelle finale s'efface au masculin (*o*), se conserve au féminin (*a*) sous la forme d'un *e* central :

illos > *els* (VIIe siècle) > *eus* (après vocalisation de *l* au XIe siècle) > FM *eux* ;

illas > *eles* (VIIe siècle) > FM *elles*.

Pronom réfléchi

Se, en emploi atone, se maintient tel quel devant le verbe. Il s'élide devant initiale vocalique.

En emploi tonique, la voyelle subit une diphtongaison française, d'où *sei* puis *soi.*

• **Les pronoms d'appoint**

Pronom indéfini sujet *on*

Le pronom indéfini *on* est dû à l'évolution du substantif *homo* en emploi clitique et atone devant le verbe : *on dit*, *l'on dit*. Le *l'* correspond à l'article qui déterminait à l'origine le substantif.

Relevé partiel : *on* 5, 262, 372… ; *l'on* 1346.

Pronom adverbiaux *en* et *i*

Le pronom *en* – *ent* dans les textes les plus anciens – est hérité du latin *inde*, "de là". *En* renvoie à un animé ou à un inanimé ; il rappelle ou annonce tout substantif introduit par la préposition *de*.

Le pronom *i* vient du latin *ibi* "là" croisé avec *hic. I* renvoie à un animé ou à un inanimé ; il a également une valeur locale, et d'une façon très générale, rappelle les circonstances d'un événement donné.

Ces deux pronoms sont atones, et sont généralement placés devant le verbe. Ils lui sont rarement postposés.

Relevé partiel : *en* (446, 543, 603…) ; *i* (471, 584, 606…).

• **Altérations nées de la chaîne parlée**

Élisions

Le pronom sujet *je* et les pronoms régimes atones *me*, *te*, *se*, *le* sont susceptibles de s'élider devant voyelle.

Enclises

Les pronoms régimes atones *le* et *les*, plus rarement *en*, se soudent fréquemment aux mots monosyllabiques en précession, d'où les formes enclitiques suivantes :

— *je + le > jel* (618, 1689…) ; *je + les > jes* (1985…) ;

— *ne + le > nel* (1696, 1826, 1958…) ; *ne + les > nes* (635…) ;

— *se + le > sel* (134…) ; *se + les > ses* (1428, 1774…) ;

— *que + le > quel* (1924…) ; *que + les > ques* (222…) ;

— *qui + en > quin* (94, 104…).

Omission d'un pronom

Lorsque deux pronoms régimes atones se succèdent devant le verbe, le PPR direct est omis :

> Contre Guillelme fu tost la porte overte ;
> Tot maintenant li deferme et desserre… (1609-1610)
>
> "La porte est vite ouverte devant Guillaume, immédiatement il **la lui** ouvre…" [Le PPR direct *la* est omis, le PPR indirect *li* (renvoyant à Guillaume) est seul exprimé.]

Introduction à la morphologie verbale

La conjugaison du français est largement héritée de celle du latin : l'indicatif présent, l'impératif, le subjonctif présent, l'imparfait, le passé simple, le subjonctif imparfait sont le produit de l'évolution des paradigmes latins. Seuls le futur et le conditionnel sont construits en bas latin à partir d'une périphrase verbale qui n'existait pas en latin classique.

La conjugaison distingue six personnes, trois au singulier, trois au pluriel, nommées par commodité P1, P2, P3, P4, P5 et P6. C'est le cas de tous les temps et modes verbaux décrits ci-après, à l'exception de l'impératif qui est un mode défectif.

Une forme verbale se définit en fonction de sa base et de sa désinence, auxquelles s'ajoute éventuellement un morphème caractéristique du temps et du mode : ainsi, dans *chantons* (P4, présent de l'indicatif du verbe *chanter*), la base (ou le radical) est *chant-*, la désinence est *-ons*. Il convient donc d'étudier les désinences du verbe, variables en fonction du tiroir verbal, ainsi que la base, laquelle est également susceptible de se modifier.

Par convention, on nomme les différentes bases comme suit :

— B1 : base faible de l'infinitif, de l'imparfait, du futur et du conditionnel pour de nombreux verbes, partout utilisée pour certains verbes (ex. *chant-er*) ; au présent de l'indicatif des verbes à plusieurs bases, B1 est la base de P4 et P5.

— B2 : base tonique des personnes fortes au présent de l'indicatif (P1, P2, P3 et P6 pour les verbes à deux bases ; P2, P3 et P6 pour les verbes à trois bases). Elle se rencontre également à l'impératif et au subjonctif présent.

— B3 : base tonique spécifique à la P1 du présent de l'indicatif des verbes à trois bases. Elle peut également être employée au subjonctif présent.

— B4 : base spécifique au subjonctif présent de certains verbes.

— B5 : base tonique propre à la P1, P3 et P6 du passé simple de certains verbes.

— B6 : base faible propre à la P2, P4 et P5 du passé simple de certains verbes, également utilisée au subjonctif imparfait.

Par exemple, le verbe *venir* a :

— une B1 faible *ven-* (infinitif *venir*, présent de l'indicatif P4 et P5 *venons*, *venez*, etc.),

— une B2 tonique *vien-* (présent de l'indicatif P2, P3, P6 *viens*, *vient*, *vienent*),

— une B3 tonique *vieng-* (présent de l'indicatif P1 *vieng*, présent du subjonctif *viengne*, etc.),

— une B4 atone *vegn-* employée uniquement aux P4 et P5 du présent du subjonctif (*vegniens*, *vegniez*),

— une B5 tonique *vin-* aux P1, P3 et P6 du passé simple (*vin*, *vint*, *vindrent*),

— et une B6 atone *ven-* aux P2, P4 et P5 du passé simple (*venis*, *venimes*, *venistes*).

Les relevés de morphologie verbale sont en principe exhaustifs pour les formes verbales, c'est-à-dire qu'une forme de chaque occurrence a été relevée. Les verbes classés sont à l'infinitif. Les radicaux différant seulement par un préfixe ont été regroupés à la même entrée, celle du verbe simple, pour peu qu'il apparaisse dans le texte au programme : ainsi *avenir*, *covenir*, *revenir*, etc. ont été classés avec *venir.* Si la forme simple n'est pas attestée, le verbe est classé par ordre alphabétique.

Le présent de l'indicatif - Les bases

• Introduction

On distingue trois critères permettant de classer les présents en ancien français : le groupe verbal, l'accentuation du verbe en latin et le nombre de bases.

Le groupe verbal

Comme en français moderne, l'ancien français compte trois groupes verbaux :

— les verbes du premier groupe, à infinitif en *-er*, sont issus des verbes latins en *-are*. Ex. : *cantare* > *chanter* ;

— les verbes du deuxième groupe, à infinitif en *-ir* et à participe présent en *-issant*, viennent des verbes inchoatifs latins (en *-isco*). Ex. : *finire* > AF *fenir* ;

— les verbes du troisième groupe, à infinitif en *-oir*, *-re*, *-ir*, issus des verbes latins en *-ere* (*e* pénultième long ou bref) ou en *-ire*. Ex. : *vendere* > *vendre*.

Les désinences d'un verbe au présent de l'indicatif variant légèrement selon le groupe verbal auquel il appartient, il faut tenir compte de ce premier critère.

L'accentuation du verbe en latin

La plupart des verbes latins conjugués au présent de l'indicatif ont un accent mobile, c'est-à-dire que l'accent se déplace : aux P1, P2, P3 et P6, il porte sur le radical ; aux P4 et P5, il porte sur la désinence. C'est par exemple le cas du verbe *cantare* (la voyelle en gras est la voyelle tonique) :

*c**a**nto*
*c**a**ntas*
*c**a**ntat*
*cant**a**mus*
*cant**a**tis*
*c**a**ntant*

Mais dans la troisième conjugaison, aux P4 et P5, la pénultième est brève : dans ce cas, l'accent remonte sur l'antépénultième. L'accent est alors fixe. C'est le cas du verbe *vendere* en latin classique :

*v**e**ndo*
*v**e**ndis*
*v**e**ndit*
*v**e**ndĭmus*
*v**e**ndĭtis*
*v**e**ndunt*

En bas latin, la troisième conjugaison s'aligne sur les autres : l'accent des P4 et P5 se déplace sur la désinence : **vendimus*, **venditis*, par analogie avec les formes du type *cantamus*, *cantatis.*

Seuls quelques verbes très fréquents conservent leur accent fixe : *estre*, *dire*, *faire*, d'où en ancien français des désinences de P4 et P5 spécifiques : *somes*, *estes* ; *dimes*, *dites* ; *faimes*, *faites*.

Le nombre de bases

La très grande majorité des verbes au présent de l'indicatif ont donc un accent mobile : l'accent porte sur le radical aux P1, P2, P3 et P6, sur la désinence aux P4 et P5. Or toute voyelle tonique et libre *a*, *e* et *o* (non issue de *au*) se diphtongue, contrairement à une voyelle atone : c'est ainsi que la base tonique se différencie de la base atone.

Voilà pourquoi en ancien français de nombreux verbes ont deux bases au présent de l'indicatif : B2, où la voyelle tonique et libre s'est diphtonguée, et B1, base atone des P4 et P5 où la voyelle a évolué comme une voyelle initiale atone. Par exemple, le verbe *amer* à la P3 donne *aime* (B2 + désinence *-e*), *amons* (B1 + désinence *-ons*) à la P4.

Lorsque la voyelle tonique, pour une raison ou pour une autre, ne se diphtongue pas, le paradigme du présent de l'indicatif n'a souvent qu'une seule base (B1).

La P1, tonique, a parfois une base qui lui est propre (B3) : on a donc également des verbes à trois bases au présent de l'indicatif quand il existe déjà une B1 et une B2 distinctes.

Enfin, quelques verbes très fréquents ont un paradigme atypique, avec une répartition des bases inhabituelle : on parle dans ce cas de verbes anomaux, lesquels ont trois ou quatre bases.

Rappel : par convention, on appelle B1 la base faible (P4, P5), B2 la base forte (P1, P2, P3, P6 dans les verbes à deux bases ; P2, P3, P6 dans les verbes à trois bases), et B3 la base de P1 dans les verbes à 3 bases ou dans les verbes à 2 bases dont la P1 est anomale.

Remarque : les désinences sont étudiées dans un chapitre à part.

• Les verbes à une base

Un verbe à accent fixe

Un verbe à une base très fréquent en latin comme en français conserve son accentuation étymologique : il s'agit du verbe *dire.* En ancien français, les P4 et P5 sont *dimes*, *dites.* La P4 est progressivement refaite en ancien et moyen français en *dïons*, puis *disons* ; mais la P5, sous l'influence de l'impératif, très fréquent, se maintient telle quelle jusqu'en français moderne, malgré des tentatives de réfection en *dïez*, *disez* attestées en ancien français.

Relevé : *dire*, *redire* : **P1** *redi* 1836 ; **P2** *dis* 1843 ; **P3** *dit* 26 ; **P5** *dites* 214 ; **P6** *dïent* 111.

Verbes à accent mobile

Les autres verbes à une base sont des verbes à accent mobile, mais dont la voyelle radicale évolue de façon identique, quelle que soit son accentuation. Il s'agit par exemple d'un *i* ou d'un *u* long étymologique, d'un *o* issu de la diphtongue latine *au*, ou bien encore d'une voyelle entravée : *rit*, *rions* ; *dort*, *dormons*, etc.

Par exemple :

P1	*dorm*
P2	*dors*
P3	*dort*
P4	*dormons*
P5	*dormez*
P6	*dorment*

Relevé : *afermer* : **P6** *aferment* 1292 — *agenoillier* : **P3** *agenoille* 1680 — *arester* : **P3** *areste* 1622 ; **P6** *arestent* 1449 — *aroter* : **P3** *arote* 423 — *atachier* : **P3** *atache* 413 — *ateindre* : **P3** *ateint* 1216 — *atendre* : **P1** *atent* 962 ; **P3** *atent* 1107 — *baillier* : **P3** *baille* 410 — *baisier*, *entrebaisier* : **P3** *baise* 1413 ; **P6** *entrebaisent* 1495 — *baissier*, *abaissier* : **P3** *baisse* 1240 ; *abaisse* 953 — *batre*, *abatre* : **P3** *abat* 668 ; **P6** *batent* 1772 — *blasmer* : **P3** *blasme* 923 — *brandir* : **P3** *brandist* 870 — *brochier* : **P3** *broche* 909 — *bruire* : **P3** *bruit* 952 — *ceindre* : **P3** *ceint* 408 — *cesser* : **P3** *cesse* 1414 — *chacier* : **P6** *chacent* 1074 — *chargier* : **P3** *charge* 251 — *comencier* : **P3** *comence* 255 — *conduire* : **P3** *conduit* 1490 ; **P6** *conduient* 555 — *conveier* : **P3** *conveie* 254 (voir *enveier*) — *crier*, *escrier* : **P3** *crie* 1253 ; *escrie* P3 512 ; **P6** *escrient* 670 — *cuidier* : **P1** *cuit* 9 ; **P2** *cuides* 801 ; **P3** *cuide* 1112 ; **P3** *cuident* 1626 — *declore* : **P3** *declot* 944 — *defendre* : **P1** *defent* 71 — *defermer* : **P3** *deferme* 1610 — *departir* : **P3** *depart* 161 — *desarmer* : **P6** *desarment* 1273 — *descendre* : **P3** *descent* 687 — *desmaillier* : **P3** *desmaille* 913 — *desrompre* : **P3** *desront* 123 ; *desrompent* 1772 — *desserrer* : **P3** *desserre* 941 — *destordre* : **P3** *destort* 942 — *devaler* : **P3** *devale* 1043 — *dormir* : **P3** *dort* 288 — *drecier* : **P3** *drece* 342 — *embracier* : **P3** *embrace* 1766 — *embronchier* : **P3** *embronche* 1615 — *encontrer*, *entrencontrer* : **P3** *encontre* 1453 ; **P6** *entrencontrent* 1494 — *ensanglenter* : **P6** *ensanglentent* 1318 — *enseignier* : **P3** *enseigne* 1954

— *entendre* : **P1** *entent* 1810 ; **P3** *entent* 490 ; **P6** *entendent* 57 — *entrer* : **P3** *entre* 827 ; **P6** *entrent* 1624 — *enveier* : **P3** *enveie* 1264 (comme pour *conveier*, le radical fort s'est généralisé à date prélittéraire, peut-être sous l'influence du substantif *veie*, FM *voie* ; [ZINK, 1989, p. 226]) — *escumer* : **P3** *escume* 1073 — *esloignier* : **P6** *esloignent* 1271 — *espargnier* : **P3** *espargne* 1096 — *esrachier* : **P3** *esrache* 919 — *esveillier* : **P3** *esveille* 298 — *falser* : **P6** *falsent* 1763 — *fendre* : **P3** *fent* 1119 — *fier*, *desfier* : **P1** *desfi* 1605 ; **P3** *fie* 191 ; *desfie* 169 — *finer* : **P6** *finent* 1879 — *fuir* : **P3** *fuit* 1904 ; **P6** *fuient* 1203 — *gesir* : **P3** *gist* 959 ; **P6** *gisent* 1635 — *governer* : **P3** *governe* 36 — *guarder*, *esguarder*, *reguarder* : **P3** *guarde* 888 ; *esguarde* 616 ; *reguarde* 450 ; **P6** *guardent* 1186 ; *reguardent* 607 — *guerreier* : **P3** *guerreie* 169 — *halcer* : **P3** *halce* 131 — *haster* : **P3** *haste* 930 — *hurter* : **P3** *hurte* 341 ; **P6** *hurtent* 433 — *lacier* : **P3** *lace* 407 — *laschier* : **P3** *lasche* 909 — *lasser* : **P3** *lasse* 270 — *mander*, *comander*, *demander* : **P1** *mant* 1834 ; *demant* 230 ; **P3** *mande* 623 ; *comande* 298 ; *demande* 116 **; P4** *demandomes* 1918 (P4 Nord/Est : [ZINK, 1989, p. 156]) ; **P5** *mandez* 264 ; *comandez* 1411 ; **P6** *demandent* 1293 — *mentir* : **P5** *mentez* 854 — *merveillier* : **P3** *merveille* 1108 — *monter* : **P3** *monte* 410 — *mostrer* : **P3** *mostre* 342 — *oser* : **P2** *oses* 523 — *otreier* : **P4** *otreions* 1783 — *paistre* : **P3** *paist* 36 — *pasmer* : **P3** *pasme* 930 — *passer*, *trespasser* : **P3** *passe* 129 ; *trespasse* 270 ; **P6** *trespassent* 280 — *pendre*, *apendre* : **P3** *pent* 411 ; *apent* 17 — *penser* : **P3** *pense* 1028 ; **P5** *pensez* 1920 — *perdre* : **P3** *pert* 25 — *plaidier* : **P5** *plaidiez* 1278 — *plaindre* : **P3** *plaint* 1787 ; **P5** *plaigniez* 1946 (*plaindre* est à l'origine un verbe à alternance vocalique, mais le radical fort s'est généralisé à date prélittéraire [FOUCHÉ, 1967, p. 67 et 130-131]) — *poindre* : **P3** *point* 898 — *porter*, *aporter* : **P3** *porte* 20 ; *aporte* 406 ; **P6** *aportent* 329 — *prendre*, *porprendre* : **P1** *pren* 1698 ; **P2** *prenz* 73 ; **P3** *prent* 128 ; **P6** *prenent* 546 ; *porprenent* 282 (*prendre* est normalement un verbe à une base, dont l'infinitif vient du latin *prehendere* > **prendere*, avec voyelle tonique entravée. Mais *prendons*, *prendez*, *prendent* sont peu représentés : on ne relève dans le texte que la P6 *prenent*. On trouve plus souvent *prenons*, *prenez*, *prenent*, probablement analogiques de *tenons*, *tenez* et de *venons*, *venez*. Aux formes faibles, *e* atone se centralise et ne se nasalise pas ; aux formes fortes, *e* se nasalise : il est donc également possible de classer *prendre* parmi les verbes à deux bases) — *raier* : **P3** *raie* 960 — *redoter* : **P3** *redote* 675 — *refuser* : **P3** *refuse* 1792 ; **P5** *refusez* 1829 — *remembrer* : **P3** *remembre* 126 — *rendre* : **P3** *rent* 1263 — *repairier* : **P3** *repaire* 114 — *respondre* : **P3** *respont* 214 ; **P6** *respondent* 445 — *rire* : **P3** *rit* 1177 — *roeillier* : **P3** *roeille* 832 — *sachier* : **P3** *sache* 1338 — *saisir* : **P3** *saisist* 557 — *saluer* : **P3** *salue* 448 — *seignier* :

P3 *seigne* 790 — *sembler, resembler* : **P2** *sembles* 1032 ; *resembles* 1033 ; **P3** *semble* 1210 — *sentir* : **P3** *sent* 958 ; **P6** *sentent* 1234 — *servir* : **P1** *serf* 514 ; **P6** *servent* 469 — *taillier* : **P3** *taille* 412 — *targier, atargier* : **P1** *targe* 897 ; **P3** *targe* 253 ; *atarge* 447 ; **P6** *targent* 1449 — *torner* : **P3** *torne* 446 ; **P6** *tornent* 1268 — **traire* : **P3** *trait* 35 (*traire* est d'abord un verbe à accent fixe, sur le même modèle que *faire.* Mais *traimes, traites* sont rarissimes, car l'ancien français a très tôt refait P4 et P5 en *traions, traiez* ; [JOLY, 1998, p. 105-107]) — *traïner* : **P6** *traïnent* 1773 — *trebuchier* : **P3** *trebuche* 133 — *trenchier* : **P3** *trenche* 970 — *vestir, revestir* : **P3** *vest* 407, *revest* 321 ; **P6** *vestent* 637 — *vivre* : **P1** *vif* 1704 ; **P2** *vis* 205 ; **P4** *vivons* 1064 — *voler* : **P3** *vole* 1047.

• Les verbes à deux bases

Les verbes à deux bases se répartissent selon deux schémas possibles :

— soit une opposition entre la base atone (B1, base de P4 et P5) et la base tonique (B2, base de P1, P2, P3 et P6). Dans ce schéma de flexion, l'alternance peut être syllabique ou vocalique.

— soit une P1 anomale (correspondant en fait à la B3) se distinguant du reste du paradigme pour lequel B1 = B2.

B2 (P1, P2, P3, P6)/B1 (P4, P5)

<u>Alternance syllabique</u>

La base compte une syllabe de plus aux formes fortes qu'aux formes faibles. Par exemple, le verbe *parler* :

P1	*Parol*	
P2	*Paroles*	
P3	*Parole*	
P4		*Parlons*
P5		*Parlez*
P6	*Parolent*	

Relevé : *araisnier* : **P3** *araisne* 451 ; *araisone* 1912 (la forme attendue à la P3 est *araisone* ; au *v.* 451, *araisne* est analogique de la base faible de P4 et P5 : *araisnons, araisniez)* — *parler* : **P5** *parlez* 1421.

<u>Alternance vocalique</u>

Le déplacement de l'accent provoque une évolution différente des bases : le plus souvent, la voyelle atone de B1 se maintient sans grand changement, tandis que la voyelle tonique de B2 se diphtongue.

Alternance [íę]/[ę]. Diphtongaison spontanée de [ę] ouvert ou loi de Bartsch à B2. Par exemple, *lever* au présent de l'indicatif :

P1	*lief*	
P2	*Lieves*	
P3	*Lieve*	
P4		*Levons*
P5		*Levez*
P6	*Lievent*	

Relevé : *cheoir* : **P3** *chiet* 936 — *ferir* : **P3** *fiert* 911 — *lever* : **P3** *lieve* 1743 — *querre*, *requerre* : **P1** *quier* 174 ; *requier* 1641 ; **P2** *quiers* 512 ; *requiers* 217 ; **P3** *quiert* 1797 ; *requiert* 262 ; **P5** *querez* 1572 ; **P6** *quierent* 373 ; *requierent* 347 — *seoir* : **P3** *siet* 142 ; *assiet* 131 ; **P6** *assieent* 1293 — **veer* : **P1** *vié* 85.

Alternance [íę̃]/[ę]. Diphtongaison spontanée de *e* ouvert ou loi de Bartsch, variante nasalisée à B2.

P1	*criem*	
P2	*criens*	
P3	*crient*	
P4		*cremons*
P5		*cremez*
P6	*criement*	

Une occurrence : *criembre* : **P3** *crient* 1854.

Alternance [ẹ́i]/[ę]. Diphtongaison spontanée de [ẹ] fermé à B2.

P1	*crei*	
P2	*creiz*	
P3	*creit*	
P4		*creons*
P5		*creez*
P6	*creient*	

Relevé : *adeser* : **P5** *adesez* 71 — *creire* : **P2** *creiz* 837 ; **P3** *creit* 853 ; **P6** *creient* 1193 — *desreer* : **P3** *desreie* 1209 — *peser* : **P6** *peisent* 1121.

Alternance [ẹ̃́ĩ]/[ę]. Diphtongaison spontanée de [ẹ] fermé, variante **nasalisée** à B2.

P1	*mein*	
P2	*meines*	
P3	*meine*	
P4		*menons*
P5		*menez*
P6	*meinent*	

Relevé : *mener*, *amener* : **P3** *meine* 1521 ; *ameine* 409.

Alternance [úę]/[ǫ]. Diphtongaison soit spontanée soit conditionnée de [ǫ́] ouvert à B2.

P1	*uevre*	
P2	*uevres*	
P3	*uevre*	
P4		*ovrons*
P5		*ovrez*
P6	*uevrent*	

Relevé : *acoillir* : **P3** *acueille* 1485 — *estovoir* : *estuet* 229 (*estovoir* est un verbe impersonnel uniquement attesté à la P3 ; base B1 *estov-* à l'infinitif) — *ovrir* : **P3** *uevre* 1564.

Alternance [ẹ́u̯]/[ọ]. Diphtongaison spontanée de [ọ́] fermé à B2.

P1	*pleur*	
P2	*pleurs*	
P3	*pleure*	
P4		*plorons*
P5		*plorez*
P6	*pleurent*	

À noter que le produit de la diphtongaison de *o* fermé n'apparaît que tardivement dans la graphie, d'où la P3 *plore* dans le texte. En français moderne, le paradigme de *plorer* est aligné sur la base tonique : *il pleure*, *nous pleurons*, tandis que celui de *corre* (FM *courir*) refait sur la base atone : *il court*, *nous courons.*

Relevé : *plorer* : **P3** *plore* 1333 — *corre* : **P3** *cort* 657.

Alternance [ấĩ]/[ã]. Diphtongaison spontanée de *a*, variante nasalisée, à B2.

P1	*aim*	
P2	*aimes*	
P3	*aime*	
P4		*amons*
P5		*amez*
P6	*aiment*	

Relevé : *amer* : **P3** *aime* 170 — *clamer*, *reclamer* : **P2** *claimes* 881 ; **P3** *claime* 32 ; *reclaime* 1225.

Alternance [í]/[ę́i̯]. Diphtongaison conditionnée de [ę́] ouvert devant *y* à B2.

P1	*pri*	
P2	*pries*	
P3	*prie*	

P4		*preions*
P5		*preiez*
P6	*prient*	

Relevé : *eissir* : **P3** *ist* 1855 ; **P6** *issent* 1205 — *preier* : **P1** *pri* 1697 ; **P3** *prie* 1681 ; **P6** *prïent* 908 — *preisier* : **P1** *pris* 843.

Alternance [ę́] ouvert/[ẹ̥]

P1	*appel*	
P2	*apeles*	
P3	*apele*	
P4		*apelons*
P5		*apelez*
P6	*apelent*	

Relevé : *apeler* : **P3** *apele* 255 ; **P6** *apelent* 1163 — *chanceler* : **P3** *chancele* 1136 — *jeter* : **P6** *jetent* 1334. Le paradigme de *jeter* peut avoir une base tonique en *jet-*, comme ici, mais il existe également des formes avec diphtongaison (P3 *giete*, P6 *gietent*, etc.) [Lanly, 1995, p. 89-90] — **reveler* : **P3** *revele* 1601 ; **P6** *revelent* 1614.

B3/B2 = B1 (P2, P3, P4, P5, P6) : P1 anomale

P1	*doing*	
P2		*dones*
P3		*done*
P4		*donons*
P5		*donez*
P6		*donent*

Relevé : *doner* : **P1** *doins* 78 (cette forme sigmatique analogique, au lieu de la P1 nasalisée anomale *doing* attendue (v. subjonctif présent), est privilégiée par le texte au programme) ; **P3** *done* 227 ; **P5** *donez* 314 ; **P6** *donent* 1231(v. subjonctif présent) — *oïr* : **P1** *oi* 1561 ; **P3** *ot* 87 — *plaisir* : **P3** *plaist* 2. La P1 est *plaz* — *salir* : **P3** *salt* 1048. L'ensemble du paradigme tend à s'aligner assez tôt sur la P1 *sail* (*l* palatal, [l̯]) : infinitif *saillir*, P4 *saillons* etc. — *valoir* : **P3** *valt* 837 ; **P6** *valent* 1059. La P1 est *vail* (*l* palatal, [l̯]).

• Les verbes à trois bases

Dans le paradigme des verbes à trois bases, la B1 atone correspond aux P4 et P5, la B2 tonique aux P2, P3 et P6, et la B3 est spécifique à la P1.

Alternance [ẹ́i̯]/[ẹ́i̯]/[ẹ̊]. Diphtongaison par coalescence formée à partir de [ẹ́] et [i̯] < [y] à P1 ; diphtongaison spontanée de [ẹ́] à P2, 3 et 6 ; évolution en [ẹ̊] de [ẹ́] atone à P4, P5.

P1	*dei*	
P2	*deis*	
P3	*deit*	
P4		*devons*
P5		*devez*
P6	*deivent*	

Cette alternance correspond au type de *creire* (*crei/creons*) pour les verbes à deux bases. Je classe dans les verbes à trois bases *veoir* parce que la P1 y a une origine et une formation différentes du reste du paradigme : *video* (latin classique) > **veyyo* (bas latin) > *vei.* La voyelle *e*, tonique mais entravée par la géminée *yy*, ne se diphtongue pas comme aux P2, P3, P6. La géminée une fois réduite (VIIe siècle), *y* se vocalise en *-i* diphtongal, qui forme au IXe siècle avec la voyelle *e* qui précède une diphtongue par coalescence [ẹ́i].

Celle-ci évolue comme le produit de la diphtongaison française de *e* fermé, et rejoint donc l'évolution des autres personnes fortes. C'est la raison pour laquelle il est également possible de classer *veoir* dans les verbes à deux bases au présent de l'indicatif.

Relevé : *devoir* : **P1** *dei* 785 ; **P2** *deis* 77 ; **P3** *deit* 21 ; **P4** *devons* 1174 — *veoir* : **P1** *vei* 575 ; **P2** *veiz* 1105 ; **P3** *veit* 142 ; **P6** *veient* 197.

Alternance [ái̯]/[ẹ́]/[a]. Diphtongaison par coalescence à B3 ; diphtongaison spontanée de [á] à B2 ; [a] atone à B1.

P1	*sai*	
P2	*ses*	
P3	*set*	
P4		*savons*
P5		*savez*
P6	*sevent*	

Relevé : *savoir* : **P1** *sai* 4 ; **P3** *set* 494 ; **P4** *savons* 980 ; **P5** *savez* 1805 ; **P6** *sevent* 847. La P1 *sai*, du bas latin **sayyo*, est le produit d'une diphtongue par coalescence [ai̯], laquelle se réduit à un [ẹ] fermé au XIIIe siècle : elle se confond alors avec la B2 — *haïr* : **P3** *het* 170 [P1 *haz*, P4 *haons*].

Alternance [íę̣n̯]/[íę̣n]/[e̥n]. Diphtongaison conditionnée à B3 ; diphtongaison spontanée à B2 ; [e̥] atone à B1.

P1	*vieng*	
P2	*viens*	
P3	*vient*	
P4		*venons*
P5		*venez*
P6	*vienent*	

Relevé : *tenir*, *retenir*, *sostenir* : **P1** *tieng* 927 ; *retieng* 964 ; **P3** *tient* 1162 ; *sostient* 1547 — *venir*, *covenir* : **P3** *vient* 113 ; *covient* 361 ; **P4** *venons* 1531 ; **P5** *venez* 116 ; **P6** *vienent* 328

Alternance [ái̯n̯]/[ái̯n]/[e̥n]. Diphtongaison par coalescence à B3 ; diphtongaison spontanée à B2 ; [e̥] atone à B1.

Relevé : *remanoir* : **P6** *remainent* 35.

Alternance [ǘi]/[ǘẹ]/[ọ]. Diphtongaison conditionnée à B3 ; diphtongaison spontanée à B2 ; [ọ] atone à B1.

P1	*truis*	
P2	*trueves*	
P3	*trueve*	
P4		*trovons*
P5		*trovez*
P6	*truevent*	

Relevé : *morir* : **P1** *muir* 1259 ; **P2** *muers* 861 ; **P3** *muert* 1063 — *pooir* : **P1** *puis* 171 ; **P2** *puez* 74 ; **P3** *puet* 54 ; **P4** *poons* 203 ; **P6** *pueent* 1187 — *trover* : **P1** *truis* 1845 ; **P3** *trueve* 124 ; **P6** *truevent* 735 — *voloir* : **P1** *vueil* 64 ; **P2** *vuels* 78 ; **P3** *vuelt* 56 ; **P5** *volez* 1362 ; **P6** *vuelent* 212.

Alternance [íü]/[í]/[e̥]

P1	*siu* ou *sui*	
P2	*sius* ou *suis*	
P3	*siut* ou *suit*	
P4		*sevons*
P5		*sevez*
P6	*sivent*	

Relevé : *sivre* : *suit* 1905. *Sivre*, FM *suivre*, vient du latin vulgaire *sĕquere*, et présente de nombreuses formes concurrentes. Aux formes fortes, [ę́] bref tonique se diphtongue en [íę], diphtongue réduite en [i] par [ww], issu de [kʷ]. D'où *siu*, *sius*, *siut* (avec [ww] > [u̯] diphtongal, en position implosive après la chute des voyelles finales atones), *sivent* (avec [ww] > [v] en position intervocalique). Aux formes faibles, [ẹ] atone se centralise : *sevons*, *sevez* (avec [ww] > [v] en position intervocalique).

• Les verbes anomaux

Très fréquents, les verbes anomaux sont des verbes atypiques, dont les bases ne se répartissent pas selon les schémas vus précédemment. Ils peuvent avoir trois ou quatre bases.

Aler

P1	*vois*			
P2		*vais*		
P3		*vait*		
P4			*alons*	
P5			*alez*	
P6				*vont*

Aler est un verbe à quatre bases et à accent mobile.

Relevé : **P3** *vait* 31 ; **P6** *vont* 1188.

Avoir

P1	*ai*			
P2		*as*		
P3		*a*		
P4			*avons*	
P5			*avez*	
P6				*ont*

Avoir est un verbe à quatre bases et à accent mobile.

Relevé : **P1** *ai* 260 ; **P2** *as* 593 ; **P3** *a* 56 ; **P4** *avons* 374 ; **P5** *avez* 415 ; **P6** *ont* 34.

Estre

P1	*sui*		
P2		*es*	
P3		*est*	
P4			*somes*
P5		*estes*	
P6			*sont*

Estre est un verbe à trois bases et à accent fixe (*somes*, *estes*).

Relevé : **P1** *sui* 90 ; **P2** *iés* 73 (variante tonique de *es*) ; **P3** *est* 22 ; **P4** *somes* 417 ; **P5** *estes* 219 ; **P6** *sont* 161 ; *resont* 1525.

Faire

P1	*faz*		
P2		*fais*	
P3		*fait*	
P4		*faimes*	
P5		*faites*	
P6			*font*

Faire est un verbe à trois bases et à accent fixe (*faimes*, *faites*). Comme pour *dire*, il existe des formes refaites de P4 et P5 : *faisons*, *faisez*. Seule la forme de P4 s'impose ; la P5, sous l'influence de l'impératif, d'un emploi fréquent, se maintient telle quelle jusqu'en français moderne.

Relevé : **P2** *fais* 68 ; **P3** *fait* 25 ; **P6** *font* 596.

Le présent du subjonctif - Les bases

• Introduction

Hérité du latin comme l'indicatif présent, le subjonctif présent se définit selon deux critères : le groupe verbal et le nombre de bases. Le subjonctif français n'a pas de paradigme à accent fixe : les désinences de personnes varient en fonction du groupe verbal.

Remarque. Les désinences sont étudiées dans un chapitre à part.

• Les verbes à une base à l'indicatif et au subjonctif

Les verbes à une base au présent de l'indicatif conservent la même base pour l'ensemble du paradigme du subjonctif présent (B1).

Par exemple, le verbe *porter* :

P1	*port*
P2	*portes*
P3	*port*
P4	*portons*
P5	*portez*
P6	*portent*

Relevé : *acreistre* : **P5** *acreissiez* 1546 — *apendre* : **P3** *apende* 16 — *assaillir* : **P2** *assailles* 891 — *beneïstre* : **P3** *beneïe* 168 — *chanter* : **P3** *chant* 9 — *comander* : **P3** *comant* 5 — *confondre* : **P3** *confonde* 1913 — *conseillier* : **P3** *conselt* 797 — *craventer* : **P3** *cravent* 845 — *dire* : **P3** *die* 5 — *enveier* : **P3** *enveit* 1682 — **P4** *enveions* 1780 — *espandre* : **P3** *espande* 1922 — *guarder* : **P5** *guardez* 222 — *guarir* : **P3** *guarisse* 551

— *metre* : **P3** *mete* 1639 — *ocire* : **P3** *ocie* 1024 — *otreier* : **P3** *otreit* 1815 — *passer* : **P3** *past* 1500 — *perdre* : **P2** *perdes* 1608 — *porter* : **P3** *port* 1935 — *remuer* : **P3** *remut* 627 — **retorner* : **P5** *retornez* 455 (il est également possible d'analyser cette occurrence comme un impératif dans la subordonnée) — *secorre* : **P5** *secorez* 1409 — *vanter* : **P3** *vant* 4 — *vivre* : **P1** *vive* 1089.

• Les verbes à deux bases au présent de l'indicatif et du subjonctif (B1/B2)

Les verbes à deux bases au présent de l'indicatif ont également deux bases au présent du subjonctif : B1 est la base atone de P4 et P5 ; B2 est la base tonique de P1, P2, P3 et P6. Ce sont donc les mêmes bases qu'à l'indicatif, avec la même répartition. On retrouve ainsi les deux types d'alternance : alternance syllabique et alternance vocalique.

Alternance syllabique

P1	*aiu*	
P2	*aiuz*	
P3	*aiut*	
P4		*aidons*
P5		*aidiez*
P6	*aiuent*	

Une seule occurrence, celle d'*aidier* : **P3** *aït* 1710, forme analogique fréquemment attestée à P3.

Alternance vocalique

P1	*mein*	
P2	*meinz*	
P3	*meint*	
P4		*menons*
P5		*menez*
P6	*meinent*	

Alternance [íę]/[ę̥]. Diphtongaison spontanée de [ę́] ouvert ou loi de Bartsch à B2. Relevé : *requerre* : **P3** *requiere* 627.

Alternance [ẹ́ĩ]/[ẹ̥]. Diphtongaison spontanée de [ẹ́] fermé, variante nasalisée, à B2. Relevé : *mener*, *ramener* : **P3** *meint* 1988 ; *rameint* 905.

Alternance [í]/[ẹ́i̯]. Diphtongaison conditionnée de [ę́] ouvert + *y* à B2. Relevé : *eissir* : **P3** *isse* 1662 — *preier* : **P3** *prit* 904.

• Les verbes anomaux et les verbes ayant une B3 au présent de l'indicatif

Les verbes comportant une B3 au présent de l'indicatif sont :

— soit des verbes à deux bases avec P1 anomale ;

— soit des verbes à trois bases.

Les bases de ces différents verbes, auxquels s'ajoutent les verbes anomaux, se répartissent au subjonctif différemment qu'à l'indicatif présent. Trois possibilités existent :

— le paradigme est entièrement construit sur la B3 ;

— le paradigme est entièrement construit sur une B4 propre au subjonctif ;

— le paradigme fait alterner deux bases, B3 et B4.

L'ensemble du paradigme est construit sur la B3

Tous les verbes à deux bases avec P1 anomale (base B3) se construisent sur ce modèle au subjonctif présent. Par exemple :

P1	*doinse*
P2	*doinses*
P3	*doinse*
P4	*doinsiens*
P5	*doinsiez*
P6	*doinsent*

Relevé : *doner*, *pardoner* : **P1** *pardoinse* 1736 ; **P3** *doinst* 135, forme analogique pour la forme attendue *doinse*. Le subjonctif peut également se construire sur la base *doign-*, d'après la P1 *doing* au présent de l'indicatif, mais cette base n'est pas attestée dans le texte au programme — *fa(i)llir* : **P3** *faille* 486 — *plaisir* : **P3** *place* 1927 — *toldre* : **P3** *toille* 485. *Toldre* est en principe un verbe à une base, mais l'usage a créé au présent de l'indicatif une P1 *toil*, analogique de *voil*, P1 possible de *voloir.* C'est à partir de cette P1 anomale qu'est fait le subjonctif présent attesté dans le texte. Le subjonctif présent construit sur la B1 *tol-* existe également en ancien français : *tole*, *toles*, etc. — *valoir* : **P3** *vaille* 443.

Quelques verbes à trois bases ont un subjonctif présent construit sur la B3 : — *devoir* : **P3** *deie* 1933 — *remanoir* : **P3** *remaigne* 364 [au présent de l'indicatif, B1 : *man-* ; B2 : *main-* ; B3 : *maing-*].

Enfin, plusieurs verbes anomaux se conjuguent sur ce modèle :

Relevé : *aler* : **P1** *voise* 402 ; **P2** *ailles* 592. Deux paradigmes coexistent : l'un, voise, *voises*, etc. dérive de la P1 *vois* au présent de l'indicatif ; l'autre, *aille*, *ailles*, etc. est analogique du subjonctif présent du verbe *valoir* : *vaille.* L'analogie est rendue possible par l'indicatif présent : *alons*, *alez/valons*, *valez* — *avoir* : **P1** *aie* 1089 ; **P3** *ait* 24 ; **P5** *aiez* 190 ; **P6** *aient* 1506 — *faire* : **P1** *face* 476 ; **P2** *faces* 206 ; **P3** *face* 22 ; **P5** *faciez* 1748.

L'ensemble du paradigme est construit sur une B4

P1	*sache*
P2	*saches*
P3	*sache*
P4	*sachiens*
P5	*sachiez*
P6	*sachent*

Relevé : *estre* : **P1** *seie* 784 ; **P2** *seies* 59 ; **P3** *seit* 1 ; **P5** *seiez* 625 ; **P6** *seient* 1469 — *savoir* : **P1** *sache* 266 ; **P3** *sache* 445.

Le paradigme est construit sur une alternance B3/B4

La B3 est la base tonique de P1, P2, P3 et P6 ; la B4, propre au subjonctif présent, est la base atone de P4 et P5. Très peu employée dans l'ensemble du paradigme, la B4 tend assez tôt à être remplacée par des formes analogiques de B3.

Par exemple :

P1	*muire*	
P2	*muires*	
P3	*muire*	
P4		*moriens*
P5		*moriez*
P6	*muirent*	

Relevé : *morir* : **P1** *muire* 957 ; **P3** *muire* 444. À date prélittéraire, il y a eu une B4 différente de la B2, car la consonne finale [r'] a été légèrement palatalisée, comme l'attestent les désinences *-iens et –iez* ; au XIIe siècle, on pourrait considérer qu'il n'y a plus de B4 et qu'il y a donc une alternance B3/B2 — *pooir* : **P1** *puisse* 223 ; **P2** *puisses* 152 ; **P3** *puist* 98 ; *puisse* 156 ; **P6** *puissent* 1343 [B4 : *poissiens*, *poissiez*] — *sostenir* : **P3** *sostieigne* 938 [B4 : *tegniens*, *tegniez*] — *venir* : **P3** *vieigne* 363 [B4 : *vegniens*, *vegniez*] — *voloir* : **P1** *vueille* 314 ; **P3** *vueille* 187 ; **P6** *vueillent* 1312 [B4 : *voilliens*, *voilliez*].

L'impératif présent

L'impératif présent est un temps assez pauvre, puisqu'il ne compte que trois personnes : P2, P4, P5. De plus, certains verbes sont défectifs à l'impératif, parce que leur sémantisme n'est pas compatible avec l'expression d'un ordre, comme *pouvoir*, *devoir*.

La plupart des verbes se conjuguent à l'impératif avec les mêmes formes (base et désinences) qu'à l'indicatif présent. Quatre verbes s'alignent sur les formes du subjonctif présent.

[Les désinences sont étudiées dans un chapitre à part.]

• Des formes identiques (ou presque) à celles de l'indicatif présent

Les formes de l'impératif présent sont rigoureusement identiques à celles de l'indicatif présent au pluriel, et, au singulier, la désinence de P2 est à l'impératif une désinence *-e* (verbes du premier groupe) ou zéro (verbes du troisième groupe) (v. chapitre sur les désinences des présents). On retrouve donc les mêmes bases aux mêmes personnes.

Verbes à une base

P2	*met*
P4	*metons*
P5	*metez*

Relevé : *adober* : **P5** *adobez* 1646 — *crier* : **P2** *crie* 1722 — *defendre* : **P2** *defent* 784 ; **P4** *defendons* 375 — *dire* : **P2** *di* 862 ; **P5** *dites* 346 — *entendre* : **P5** *entendez* 52 — *fermer* : **P5** *fermez* 1691 — *fuir* : **P4** *fuions* 1195 — *guarder* : **P5** *guardez* 1194 — *laissier* : **P5** *laissiez* 70 — *mander* : **P5** *mandez* 189 — *metre* : **P4** *metons* 96 ; **P5** *metez* 1306 — *ocire* : **P2** *oci* 1254 — *oïr* : **P5** *oiez* (la forme attendue serait *oez* ; *oiez* est analogique de la P1) — *otreier* : **P5** *otreiez* 105 — *pendre* : **P5** *pendez* 489 — *penser* : **P2** *pense* 155 — *prendre* : **P2** *pren* 69 ; **P5** *prenez* 461 (ou bien à deux bases, autre analyse possible, du fait de l'opposition entre *e* nasalisé ou *e* central) — *restreindre* : **P2** *restreing* 893 — *retorner* : **P5** *retornez* 1907.

Rejoignent ce type les verbes à P1 anomale comme *doner* : **P4** *donons* 1341.

Verbes à deux bases

P2	*lieve*	
P4		*levons*
P5		*levez*

Relevé : *aidier* : **P5** *aidiez* 1940 — *ferir, referir* : **P2** *fier* 894 ; *refier* 938 — *lever* : **P2** *lieve* 1733 — *ovrir* : **P2** *uevre* 1530 — *parler* : **P5** *parlez* 475 — *secorre* : **P2** *secor* 381 ; **P5** *secorez* 787 (l'alternance n'est pas visible dans la graphie ; voir *supra* l'alternance [ọ́u̯]/[ọ] dans les alternances vocaliques des présents de l'indicatif).

Les verbes à trois bases au présent de l'indicatif s'alignent sur ce modèle à l'impératif, la P1 étant absente du paradigme.

Relevé : *retenir* : **P5** *retenez* 487 ; *tenir* : **P5** *tenez* 145 — *venir* : **P5** *venez* 1322 — *veoir* : **P2** *vei* 63 ; **P5** *veez* 257.

Verbes anomaux

Les formes sont les mêmes qu'au présent de l'indicatif.

Relevé : *aler* : **P2** *va* 1613 ; **P5** *alez* 403 [P4 *alons*] — *faire* : **P2** *fai* 191 ; **P4** *fesons* 95 ; **P5** *faites* 103. *Fesons* est analogique des désinences des verbes à accent mobile.

• Des formes identiques à celles du subjonctif présent

Seuls quatre verbes se conjuguent à l'impératif d'après les formes du subjonctif présent : il s'agit des verbes *avoir*, *estre*, *savoir* et *voloir* (absent du texte au programme).

Relevé : *avoir* : **P2** *aies* 194 ; **P5** *aiez* 148 — *estre* : **P5** *seiez* 261 — *savoir* : **P5** *sachiez* 1324.

Les désinences des présents de l'indicatif, du subjonctif et de l'impératif

Les désinences des présents de l'indicatif, du subjonctif et de l'impératif sont en partie communes, de sorte qu'elles seront étudiées ensemble.

On verra successivement les désinences du premier, du deuxième et du troisième groupe verbal.

• Les verbes du premier groupe

Il s'agit des verbes à infinitif en *-er* ou *–ier*.

	Indicatif présent	**Subjonctif présent**	**Impératif présent**
P1	*Ø*	*Ø*	
P2	*-es*	*-s*	*-e*
P3	*-e*	*-t*	

P4	*-ons*	*-ons*	*-ons*
P5	*-ez*	*-ez*	*-ez*
P6	*-ent*	*-ent*	

On remarque l'identité totale des désinences des P1, P4, P5, P6, quel que soit le mode. Les P2 et P3 se distinguent par la présence d'un *-e* à l'indicatif et à l'impératif, et par son absence au subjonctif.

Par exemple, le verbe *crier* (du bas latin **critare*, LC *quiritare*) :

	Indicatif présent	**Subjonctif présent**	**Impératif présent**
P1	*cri*	*cri*	
P2	*cries*	*cris*	*crie*
P3	*crie*	*crit*	
P4	*crions*	*crions*	*crions*
P5	*criez*	*criez*	*criez*
P6	*crient*	*crient*	

P1. Au présent de l'indicatif comme au présent du subjonctif, la désinence de P1 est une désinence zéro. En latin, les désinences sont nettement distinctes : **crito* à l'indicatif, **critem* au subjonctif. Mais toutes les voyelles finales autres que *a* s'amuïssent au VIIe siècle, de sorte que le subjonctif et l'indicatif ont la même désinence à la P1.

Lorsque la base se termine par un groupe consonantique conjoint, une voyelle d'appui est nécessaire aux deux modes : *tremulo*, *tremulem* > *tremble.*

P2, P3. Au présent de l'indicatif, la désinence latine des verbes en *-are* est *-as* à la P2, *-at* à la P3. À l'impératif, la désinence de P2 est *-a* : les verbes du premier groupe se caractérisent ainsi par la présence d'un *-e* dans la désinence des P2 et P3 de l'indicatif et du subjonctif.

Au présent du subjonctif, la désinence est *-es*, *-et* en latin, d'où en ancien français des désinence réduites à *-s*, *-t*.

P4. Au présent de l'indicatif, la désinence latine est *-ámus*, désinence tonique dont l'évolution phonétique n'est pas régulière. On suppose que le *a* se vélarise en *-o* : *-ámus* > *-ómos* > *-óms* (VIIe siècle, chute de la voyelle finale) > *-óns* (VIIe siècle, dentalisation de la labiale devant *-s*).

L'impératif latin ne connaît pas de P4 : cette forme, ajoutée en bas latin, est analogique des formes de l'indicatif. La désinence est donc identique.

La désinence latine du subjonctif est *-emus*, mais c'est la désinence *-ámus* > *-óns* qui se généralise au subjonctif à date prélittéraire.

P5. La désinence latine de P5 est *-átis* à l'indicatif : la voyelle tonique subit une diphtongaison spontanée française à partir du VIe siècle, la voyelle finale s'efface au VIIe siècle, de sorte que la dentale se combine avec la sifflante pour former une affriquée [ts] notée *-z*. La désinence *-ez* est donc l'aboutissement phonétique attendu de *-atis*.

Au subjonctif, la désinence latine est *-etis*. Mais comme à la P4, c'est la désinence *-átis* > *-ez* qui s'impose. Il en va de même à l'impératif (latin *-ate*), dont la désinence s'aligne sur celle de l'indicatif.

Lorsque la base se termine par une consonne palatalisée, *a* tonique est soumis à la loi de Bartsch et la désinence est *-iez*, à tous les modes.

P6. À l'indicatif, la désinence des verbes du premier groupe est *-ant* : *a* final atone se maintient au VIIe siècle sous la forme d'un *e* central, d'où la désinence *-ent*.

Au subjonctif, la désinence est *-ent* : *e* final se maintient sous la forme d'un *e* central, car le groupe consonantique *-nt* exige la présence d'une voyelle de soutien. La désinence est donc la même qu'à l'indicatif.

- **Les verbes du deuxième groupe**

Il s'agit des verbes à infinitif en *-ir* et à participe présent en *–issant*.

	Indicatif présent	**Subjonctif présent**	**Impératif présent**
P1	*Ø*	*Ø*	
P2	*-s*	*-es*	*Ø*
P3	*-t*	*-e*	
P4	*-ons*	*-iens*	*-iens*
P5	*-iez*	*-iez*	*-iez*
P6	*-ent*	*-ent*	

Aux désinences s'ajoute à toutes les personnes le suffixe *-is(s)-* caractéristique des verbes du deuxième groupe, et mis en gras dans le tableau ci-après.

Par exemple, le verbe *fenir* (du bas latin **finiscire*, avec suffixe *-isc-*) :

	Indicatif présent	**Subjonctif présent**	**Impératif présent**
P1	*fen**is***	*fen**iss**e*	
P2	*fen**is***	*fen**iss**es*	*fen**is***
P3	*fen**is**t*	*fen**iss**e*	
P4	*fen**iss**ons*	*fen**iss**iens*	*fen**iss**ons*
P5	*fen**iss**iez*	*fen**iss**iez*	*fen**iss**iez*
P6	*fen**iss**ent*	*fen**iss**ent*	

P1, P2, P3. À l'indicatif, les désinences de P1, P2 et P3 sont respectivement *-o*, *-is*, *-it*, tandis que les désinences du subjonctif latin sont *-am*, *-as*, *-at* : les voyelles finales autres que *a* s'amuïssent au VIIe siècle, de sorte qu'en ancien français la voyelle *e* caractérise les désinences du subjonctif (contrairement aux verbes du premier groupe).

La désinence de P2 se confond à l'indicatif avec le suffixe *-is*, si bien que la forme de P2 est identique à la P1.

De même, l'impératif de P2 se confond en ancien français avec l'indicatif :

— impératif : *finisce* > *fen* + *is* + *Ø*

— indicatif : *finiscis* > *fen* + *is* + *s*.

P4, P5, P6. Au pluriel, les désinences des verbes du deuxième groupe sont identiques à celles du premier groupe. Les désinences étymologiques de P4 et P5 à l'indicatif sont *-ímus*, *-ítis*, désinences abandonnées en bas latin au profit de *-ámus*, *-átis*.

Le suffixe *-isc-* se palatalise, la désinence de P5 est donc *-iez* à tous les modes, celle de P4 *-iens* au subjonctif seulement.

• Les verbes du troisième groupe

Il s'agit des verbes à infinitif en *-re*, *-oir* et *-ir*.

	Indicatif présent	**Subjonctif présent**	**Impératif présent**
P1	*Ø*	*-e*	
P2	*-s*	*-es*	*Ø*
P3	*-t*	*-e*	
P4	*-ons*	*-ons*	*-ons*
P5	*-ez*	*-ez*	*-ez*
P6	*-ent*	*-ent*	

Par exemple, le verbe *servir* (du latin *servire*) :

	Indicatif présent	**Subjonctif présent**	**Impératif présent**
P1	*serf*	*serve*	
P2	*sers*	*serves*	*sers*
P3	*sert*	*serve*	
P4	*servons*	*servons*	*servons*
P5	*servez*	*servez*	*servez*
P6	*servent*	*servent*	

P1, P2, P3. À l'indicatif, tout comme au deuxième groupe, les désinences de P1, P2 et P3 sont respectivement *-o*, *-is*, *-it*, tandis que les désinences du subjonctif latin sont *-am*, *-as*, *-at* : les voyelles finales autres que *a* s'amuïssent au VIIe siècle, de sorte qu'en ancien français la voyelle *e* caractérise les désinences du subjonctif (contrairement aux verbes du premier groupe).

P4, P5, P6. Au pluriel, les désinences sont identiques à celles des verbes du premier groupe, avec les mêmes variantes lorsque la base se termine par une consonne palatalisée.

Remarque : le paradigme du verbe *servir* permet de constater l'existence de variantes combinatoires, identiques à celles relevées pour les substantifs.

L'imparfait

La structure de l'imparfait est commune à tous les verbes, quel que soit le groupe : il se compose d'une base faible (B1), suivie d'une désinence toujours tonique *-oie*, *-oies*, *-oit*, *-(i)iens*, *-(i)iez*, *-oient*. Par exemple :

P1	*sav-eie*
P2	*sav-eies*
P3	*sav-eit*
P4	*sav-(i)iens*
P5	*sav-(i)iez*
P6	*sav-eient*

Cette désinence est le produit de l'évolution phonétique des désinences latines de l'imparfait des verbes en *-ere* : *-ébam*, *-ébas*, *-ébat*, etc. Majoritaires, celles-ci se généralisent en bas latin sous leur forme réduite sans *-b-* (par conséquent, les désinences d'imparfait sont identiques à celles du conditionnel, formées sur l'imparfait du verbe *habere*).

• Les désinences en français central

On part des désinences latines suivantes : *-ébam*, *-ébas*, *-ébat*, *-ebámus*, *-ebátis*, *-ébant*.

Au II[e] siècle, les verbes dont la base se termine par un *b* connaissent à l'imparfait un phénomène de dissimilation. Autrement dit, une différence articulatoire se crée entre deux phonèmes identiques : par exemple, pour le verbe *devoir* (< *debere*), *debébat* > **debéat*. En l'occurrence, le second [b] s'efface, tandis que le premier se maintient.

Par analogie, les autres verbes adoptent tous les mêmes désinences réduites : *-éa*, *-éas*, *-éat*, *-eámus*, *-eátis*, *-éant*.

Désinences de P1, P2, 3, 6 : *-éa*, *-éas*, *-éat*, *-éant*

Aux P1, P2, P3 et P6, la voyelle *e* est tonique et libre : se déclenche par conséquent au VIe siècle la diphtongaison française de *e* fermé, d'où la graphie *-ei-* dans le texte au programme, puis *-oi-* à partir du XIIe-XIIIe siècle.

La voyelle *a*, atone, s'affaiblit en *e* central à compter du VIIe siècle.

Les morphèmes de personne évoluent de la façon suivante : *-m* final s'efface à date latine. À la P2 et à la P3, *-s* et *-t* se maintiennent jusqu'au XIIIe siècle dans la prononciation, puis uniquement dans la graphie. À la P6, le groupe *-nt* est également prononcé jusqu'au XIIIe siècle, puis se maintient comme graphie grammaticale.

Désinences de P4 et P5 : *-eámus*, *-eátis*

Le dissyllabisme témoigne d'une évolution particulière des désinences vulgaires (*-e-* atone en hiatus aurait dû se fermer en yod et la désinence aurait été monosyllabique, comme au subjonctif). On suppose une extension analogique de l'élément *-ei-* présent aux autres personnes, qui a sans doute été perçu comme démarcateur du temps ; d'où : **-eiámos*, **-eiátis*. Puis, avec application de la loi de Bartsch, **-eiíemos*, **-eiíetis* qui se réduisent phonétiquement, en dehors de l'accent et placé avant la syllabe accentuée, en *-iiens*, *-iiez*. Le dissyllabisme de ces formes les distingue parfaitement des formes de subjonctif présent.

Comme au conditionnel, la désinence de P4 est susceptible de se combiner avec *-ons* pour produire la désinence *-ions* qui s'impose définitivement en moyen français. Voir *avions* 199.

Relevé : *ardoir* : **P3** ardeit 1021 — *avoir* : **P3** *aveit* 247 ; **P4** *avions* 199 ; **P6** *aveient* 782 — *cuidier* : **P1** *cuideie* 140 ; **P2** *cuideies* 1711 — *deveir* : **P3** *deveit* 1389 — *dire* : **P3** *diseit* 691. Le verbe *dire* a une base propre à l'imparfait : *dis-* (au lieu de *di-*), ce qui est dû à l'évolution phonétique normale de *dicebam* ([k] se palatalise dans un entourage palatal) — *eissir* : **P3** *eisseit* 710 — *esprendre* : **P3** *espreneit* 291 — *faire* : **P2** *faiseies* 1914 ; **P3** *feseit* 297 ; *faiseit* 1021, base propre à l'imparfait — *oïr* : **P1** *oeie* 1990 — *pooir* : **P1** *poeie* 529 — *savoir* : **P2** *saveies* 1559 ; **P6** *saveient* 1301 — *servir* : **P6** *serveient* 987 — *soloir* : **P3** *soleit* 349 ; **P6** *soleient* 1473 — *voloir* : **P2** *voleies* 136 ; **P3** *voleit* 733.

• Les désinences dialectales

Une seule occurrence dans le texte, celle du verbe *tochier* : **P3** *tochot* 955.

À l'Ouest, la désinence *-ēbam*, etc. ne s'étend pas aux verbes du premier groupe. Les désinences étymologiques en *-ábam*, *-ábas*, etc. sont conservées, et aboutissent, par vélarisation, aux désinences suivantes : P1 *-o(u)e*, P2 *-o(u)es*, P3 *-o(u)t*, P6 *-o(u)ent.*

Les désinences de P4 et P5 sont identiques à celles du français central.

• Le cas particulier du verbe *estre*

Paradigme étymologique

Comme au futur, le verbe *estre* a un paradigme étymologique, produit de l'évolution phonétique du paradigme latin *eram*, *eras*, *erat*, etc. Deux paradigmes en découlent :

— un paradigme tonique : *iere*, *ieres*, *iere/iert*, *eriens*, *eriez*, *ierent* (avec diphtongaison romane). Dans le texte au programme : **P3** *iert* 294 ; **P6** *ierent* 112 ;

— un paradigme atone : *ere*, *eres*, *ere/ert*, *eriens*, *eriez*, *erent.*

Paradigme analogique

Le paradigme étymologique se confond en partie avec l'imparfait, de sorte que la langue crée un imparfait sur le même modèle que les autres verbes, peut-être à partir du verbe *stare* : *stábam* > **estéa(m)* (voyelle prosthétique et changement de désinence en bas latin) > *esteie.*

Dans le texte au programme : **P1** *esteie* 1866 ; **P3** *esteit* 295 ; **P6** *esteient* 564.

Le futur et le conditionnel

• Introduction

Futur et conditionnel en latin

Selon le groupe verbal, le futur latin prend des formes différentes : on peut distinguer notamment le futur des verbes en *-are* (*amabo*, *amabis*, *amabit*, etc.) du futur des verbes en *-ere* ou *-ire* (*legam*, *leges*, *leget*, etc.). Quant au conditionnel, il n'existe pas en latin, qui se sert du subjonctif pour l'exprimer.

Formation d'un nouveau futur

Plusieurs phénomènes phonétiques contribuent en bas latin à brouiller les marques désinentielles du futur :

— dans un entourage palatal, [b] se spirantise puis se renforce en [v] au IIIe siècle : *amabit* > *amavit*, forme qui correspond au parfait latin ;

— de plus, le bouleversement vocalique provoque le passage de *i* bref à *e* fermé, également au IIIe siècle. Dès lors, le présent de l'indicatif *legis*, *legit* devient *leges*, *leget*, et se confond donc avec les formes du futur.

Ainsi, l'évolution phonétique provoque un certain nombre de confusions ou d'ambiguïtés, si bien que les formes du futur latin ne sont plus considérées comme suffisamment claires pour être encore employées, d'abord à l'oral, ensuite à l'écrit. C'est pourquoi une périphrase verbale, plus expressive et moins ambiguë, remplace progressivement le futur latin, entre le IIIe siècle et le VIe siècle. Cette périphrase se compose du verbe *habere* conjugué au présent (*habeo*) suivi d'un infinitif. Par exemple :

hábeo tornáre, "je tournerai"

Au même moment se constitue une périphrase exprimant le conditionnel, laquelle se compose du verbe *habere* conjugué à l'imparfait (*habebam*) suivi d'un infinitif. Par exemple :

habébam tornáre, "je tournerais"

Les deux périphrases évoluent de façon à ne plus constituer qu'une seule forme verbale. L'auxiliaire est postposé :

futur : *tornáre hábeo*
conditionnel : *tornáre habébam*

Puis se substituent au verbe *habere* des formes contractes ou amputées du radical. L'infinitif perd son accent et se soude à l'auxiliaire :

futur : *tornare áyyo*, *-ás*, etc. > **tornaráyyo*, **tornarás*, etc.

conditionnel : *tornare -éa*, *-éas*, etc. > **tornaréa*, **tornaréas*, etc.

Structure du futur et du conditionnel français

Le futur et le conditionnel sont ainsi constitués de :

— une base faible, atone, porteuse du sens : *torn-*. Elle correspond en général à la base de l'infinitif, autrement dit à B1 ;

— éventuellement une voyelle thématique *e* ou *i*, variable selon le groupe verbal et d'éventuels accidents phonétiques ;

— un morphème *-r-* qui est caractéristique des temps du futur et du conditionnel. Ce *-r-* vient de la désinence de l'infinitif latin : *tornare ayyo/-ea* ;

— une désinence accentuée, issué pour le futur des formes contractes ou amputées du présent du verbe *habere*, pour le conditionnel des formes amputées de l'imparfait du verbe *habere* :

Désinences du futur

	Latin (*habere* au présent de l'indicatif)	**Bas latin** (formes contractes ou amputées du radical)	**Ancien français** (désinences)
P1	*hábeo*	**ayyo*	*-ai*
P2	*hábes*	**as*	*-as*
P3	*hábet*	**at*	*-a*
P4	*habémus*	**-émus*	*-ons*
P5	*habétis*	**-étis*	*-oiz*
P6	*hábent*	**habunt* > **aunt*	*-ont*

Au futur, la désinence étymologique de P4 est *-émus*, à laquelle se substitue à date prélittéraire *-ámus* > *-ons*, par analogie avec la désinence des présents.

De même, à la P5, la désinence étymologique est *-oiz* < *-étis*. Mais celle-ci tend à être remplacée par *-ez* < *-átis*, par alignement sur la P4 *-ons* < *-ámus*. C'est le cas dans le texte au programme, qui donne toujours la désinence *-ez* : ex. *guarderez* 436.

Désinences du conditionnel

	Latin (*habere* à l'imparfait)	**Bas latin** (formes amputées du radical)	**Ancien français** (désinences)
P1	*habébam*	*-éa*	*-oie*
P2	*habébas*	*-éas*	*-oies*
P3	*habébat*	*-éat*	*-oit*
P4	*habebámus*	*-eámus*	*-(i)iens*
P5	*habebátis*	*-eátis*	*-(i)iez*
P6	*habébant*	*-éant*	*-oient*

Au conditionnel, la désinence de P4 *-iens* se croise avec la désinence *-ons*, d'où *-ions* : p. ex. *celerions* 1827.

Le classement proposé est fait en fonction de la voyelle thématique.

• Les verbes à voyelle thématique *e* (verbes du premier groupe)

Les verbes du premier groupe, en *-er* ou *-ier*, ont une voyelle thématique *e* s'intercalant entre la base et le morphème *r*.

Cas général : Base + *e* + *r* + dés.

	Futur	Conditionnel
P1	*tornerai* (468)	*osereie*
P2	*torneras*	*osereies*
P3	*tornera*	*osereit*
P4	*tornerons*	*oser(i)iens*
P5	*torneroiz*	*oser(i)iez*
P6	*torneront*	*osereient* (573)

Relevé : *assembler* : **P4** *assemblerons* 1007 — *boisier* : **P6** *boisereient* 208 — *celer* : **P1** *celerai* 166 ; **P4** *celerions* 1827 — *conter* : **P6** *conteront* 324 — *eschaper* : **P3** *eschapera* 1197 — *guarder* : **P5** *guarderez* 436 — *oser* : **P6** *osereient* 573 — *porter* : **P3** *portera* 258 — *torner* : **P1** *tornerai* 468 — *trover* : **P1** *troverai* 1702 ; **P5** *troverez* 484.

Avec syncope

Lorsque la base se termine par *n* ou *r*, la voyelle *e* est susceptible de se syncoper. Par exemple, pour le verbe *doner*, on attendrait : *don* + *e* + *r* + désinence. Dans le texte au programme, la syncope de *e* est systématique.

Relevé : *comparer* : **P6** *comparront* 1758 — *demorer* : **P3** *demorra* 442 — *doner* : **P1** *donrai* 441 ; *donreie* 1149 ; **P2** *donreies* 141 ; **P3** *donreit* 613 — *mener*, *amener* : **P1** *amenrai* 1704 ; **P5** *menrez* 1426 — *tirer* : **P3** *tirra* 97.

Amuïssement de *e* après voyelle

Lorsque la base se termine par une voyelle, la voyelle *e* s'efface dès le XIIe siècle en anglo-normand, un peu plus tard dans les autres dialectes [Fouché, 1967, p. 388-389] : *loerai*, P1 futur du verbe *loer*, apparaît dans le texte sous la forme réduite *lorai* (68).

Cas particulier : *laier*

Laier, qui redouble le verbe *laissier*, est un verbe défectif employé essentiellement au futur et au conditionnel, ainsi qu'au présent de l'indicatif.

Relevé : *laier* : **P1** *lairai* 6 ; *laireie* 400 ; **P6** *laireient* 1303.

• Les verbes à voyelle thématique *i* (deuxième ou troisième groupe)

Peu de verbes entrent dans cette catégorie. Les verbes en *-ir* peuvent avoir une voyelle thématique, ou ne pas en avoir comme la plupart des verbes du troisième groupe. Lorsque la voyelle se maintient, elle peut soit se conserver sans changement, soit s'affaiblir en *e* central. Seul ce dernier cas est représenté dans le texte.

Relevé : *ovrir* : **P2** *overreies* 1562. La forme attendue serait *ovr-i-reies*, qui, par analogie, passe à *ovr-e-reies*. La séquence *r-e-r* subit une métathèse, d'où la suite *e-r-r* dans *overreies*.

• Les verbes sans voyelle thématique (deuxième ou troisième groupe)

Cas général : B + *r* + désinence

	Futur	Conditionnel
P1	*dirai* (416)	*direie*
P2	*diras* (1618)	*direies*
P3	*dira*	*direit*
P4	*dirons*	*dir(i)iens*
P5	*diroiz*	*dir(i)iez*
P6	*diront* (198)	*direient*

Relevé : *acreistre* : **P1** *acreistrai* 109 — *atendre* : **P4** *atendrions* 1195 — *avoir*, *ravoir* : **P1** *avrai* 479 ; **P2** *avras* 151 ; **P3** *avra* 98 ; *avreit* 1900 ; **P4** *avrons* 902 ; *ravrons* 1276 ; **P5** *avrez* 483 ; **P6** *avreient* 1992 — *combatre* : **P1** *combatreie* 582 — *destruire* : **P4** *destruiromes* 1919 ; la désinence *-omes* est une forme dialectale propre au Nord et à l'Est ; [Zink, 1989, p. 185] — *dire* : **P1** *dirai* 416 ; **P2** *diras* 1618 ; **P6** *diront* 198 — *ferir* : **P1** *ferrai* 1183 — *metre* : **P1** *metrai* 1513 ; **P4** *metrons* 480 — *morir* : **P2** *morras* 863 ; **P3** *morra* 427 ; **P6** *morront* 333 — *ocire* : **P1** *ocirai* 1929 — *perdre* : **P4** *perdrons* 1798 ; **P6** *perdront* 1259 — *plaisir* : **P3** *plaireit* 10 — *prendre* : **P1** *prendrai* 1367 — *querre*, *conquerre* : **P2** *querras* 1591 ; **P6** *conquerront* 37 — *rendre* : **P1** *rendrai* 108 ; **P3** *rendra* 1507 — *resordre* : **P6** *resordront* 38.

***E* svarabhaktique**

Un même verbe peut avoir la forme attendue (ainsi, *metrai*), ou bien une forme pourvue d'un *e* svarabhaktique, c'est-à-dire un *e* qui s'intercale entre la base et le morphème *r* (*met**e**rez*). Ce trait dialectal est propre au picard et au wallon.

Relevé : *atendre* : **P3** *atendereie* 630 — *avoir* : **P3** *avera* 139 — *metre* : **P5** *meterez* 1544.

Avec consonne épenthétique

Lorsque la base se termine par *l*, *n* ou *s*, sa mise au contact avec *r* provoque l'apparition d'une consonne épenthétique. La présence de la consonne épenthétique est systématique dans le texte au programme.

Relevé : *eissir* : **P1** *istrai* 1324. La forme attendue serait *eistrai*, *eis(s)-* étant la base faible. Mais la base forte du verbe *is(s)-* s'impose à date précoce, d'où *istrai*— *faillir* : **P3** *faldra* 1516 ; **P6** *faldront* 1850 — *remanoir* :

P3 *remandra* 519 — *tenir* : **P6** *tendront* 421 — *tolir* : **P5** *toldrez* 67 — *valoir* : **P3** *valdra* 621 — *venir, covenir* : **P3** *vendra* 1006 ; *covendra* 500 — *voloir* : **P1** *voldreie* 516 ; **P3** *voldra* 1519 ; *voldreit* 1555 ; **P5** *voldriiez* 1831.

Avec une base propre au futur

Le futur du verbe *aler* est construit sur le verbe latin *ire*, alors que le reste du paradigme est formé à partir des verbes *vadere* ou **alare* < *ambulare* : *aler* : **P1** *irai* 437 ; **P3** *ira* 201 ; **P5** *irez* 1660 ; *iriiez* 665.

Faire a une base propre au futur, construite sur l'infinitif **fare* (et non *facere*) : *faire* : **P1** *ferai* 173 ; **P2** *feras* 392 ; **P3** *fereit* 94 ; **P4** *ferons* 1796 ; **P5** *ferez* 66.

Les verbes dont la base se termine en latin par une dentale ont au futur une base spécifique. En effet, la dentale se spirantise, puis est assimilée par *r* pour former une géminée *-rr-* :

Relevé : *cheoir* (latin *cadere*) : **P3** *cherra* 543 — *oïr* (latin *audire*) : **P2** *orras* 795 ; **P5** *orrez* 313 ; **P6** *orront* 1627 — *pooir* (latin **potere*) : **P1** *porreie* 386 ; **P3** *porra* 578 ; *porreit* 693 ; **P4** *porrons* 1585 ; **P5** *porrez* 346 ; **P6** *porront* 1527 — *veoir* (latin *videre*) : **P1** *verreie* 501 ; **P4** *verrons* 106 ; **P5** *verrez* 29.

• Le cas du verbe *estre*

Futur étymologique

Le futur étymologique est le produit de l'évolution phonétique de *ero*, *eris*, *erit*, etc. Deux paradigmes (défectifs) en découlent :

— un paradigme tonique : *ier*, *iers*, *iert*, -, -, *ierent* (avec diphtongaison romane). Dans le texte au programme : *iert* 106 ;

— un paradigme atone : *er*, *ers*, *ert*, -, -, *erent*.

Futur analogique et conditionnel

Le paradigme étymologique, incomplet et se confondant en partie avec l'imparfait, n'est pas perçu comme satisfaisant. Aussi la langue crée-t-elle un futur sur le même modèle que les autres verbes, avec aphérèse : **(es)sere ayyo* > *serai.*

Relevé : **P1** *serai* 894 ; **P2** *seras* 69 ; **P3** *sera* 97 ; **P5** *serez* 1364 ; **P6** *seront* 1628.

Le conditionnel est forgé sur le même principe : **(es)ssere -ea* > *seroie.*

Relevé : **P1** *sereie* 1952 ; **P3** *sereit* 94.

Le passé simple

Le passé simple français est issu du parfait latin.

Quel que soit le type de conjugaison, le parfait latin présente un paradigme à accent mobile : les P1, P3, P4 et P6 sont accentuées sur la base, tandis que les P2 et P5 sont acentuées sur la désinence. En bas latin, la P4 aligne son accentuation sur celle de la P5 : on a donc une opposition entre P1, P3, P6 et P2, P4, P5.

En ancien français, il existe deux catégories de passés simples : les passés faibles, toujours accentués sur la désinence, et les passés forts, à accent mobile (accent sur la base aux P1, P3, P6, sur la désinence aux P2, P4, P5).

• Les passés faibles

Les passés faibles sont toujours accentués sur la désinence. On les classe d'après leur voyelle thématique *a*, *i*, ou *u*, morphème distinctif, toujours tonique, des passés faibles.

Passés faibles en *a*

Ont un passé simple de ce type tous les verbes du premier groupe (infinitif en *-er*, ou en *-ier* si la base a une finale palatale). Par exemple :

P1	*am-ai*
P2	*am-as*
P3	*am-a*
P4	*am-ames*
P5	*am-astes*
P6	*am-erent*

Lorsque le verbe a un infinitif en *-ier*, la P6 a une désinence en *-ierent* : p. ex. *baisierent* 1976.

Relevé : *adober* : **P3** *adoba* 1650 — *afichier* : **P3** *aficha* 1262 — *aidier* : **P3** *aida* 1235 — *aler* : **P2** *alas* 737 ; **P3** *ala* 240 ; **P5** *alastes* 781 ; **P6** *alerent* 1882 — *alever* : **P3** *aleva* 15 — *amer* : **P3** *ama* 308 — *apeler* : **P3** *apela* 835 — *arester* : **P3** *aresta* 271 — *armer* : **P6** *armerent* 636 — *assembler* : **P3** *assembla* 2000 — *baisier* : **P3** *baisa* 1153 ; **P6** *baisierent* 1976 — *baissier, abaissier* : **P3** *baissa* 1082 ; *abaissa* 1109 — *boter* : **P3** *bota* 1686 — *chanter* : **P3** *chanta* 41 — *chargier* : **P3** *charja* 237 — *chevalchier* : **P2** *chevalchas* 989 — *clamer*, *reclamer* : **P3** *clama* 1974 ; *reclama* 676 — *colchier* : **P3** *colcha* 91 — *coler* : **P3** *cola* 771 — *comander* : **P6** *comanderent* 1774 — *comencier* : **P3** *comença* 671 — *cuidier* : **P3** *cuida* 1869 — *deignier* : **P3** *deigna* 654 ; **P5** *deignastes* 720

— *delivrer* : **P1** *delivrai* 965 — *destrosser* : **P6** *destrosserent* 1348 — *detrenchier* : **P3** *detrencha* 312 — *doner* : **P1** *donai* 928 ; **P2** *donas* 1013 ; **P3** *dona* 296 ; **P6** *donerent* 1349 — *doter* : **P3** *dota* 969 — *drecier* : **P3** *dreça* 343 — *embronchier* : **P3** *embroncha* 1120 — *empirer* : **P3** *empira* 1056 — *encliner* : **P3** *enclina* 1960 — *engendrer* : **P3** *engendra* 92 — *entrer* : **P6** *entrerent* 1271 — *eschaper* : **P3** *eschapa* 714 — *escrier* : **P3** *escria* 1604 ; **P6** *escrïerent* 1085 — *espleitier* : **P6** *espleitierent* 300 — *estorer* : **P3** *estora* 464 — *finer* : **P3** *fina* 1943 ; **P6** *finerent* 1166 — *former* : **P2** *formas* 976 ; **P3** *forma* 1927 ; **P5** *formastes* 956 — *guarder* : **P6** *guarderent* 30 — *herbergier* : **P2** *herberjas* 993 — *jeter* : **P3** *jeta* 1126 ; **P6** *jeterent* 1901 — *jurer* : **P3** *jura* 225 — *laissier* : **P3** *laissa* 1958 ; **P5** *laissastes* 740 — *lancier* : **P3** *lança* 967 — *lever* : **P2** *levas* 997 ; **P6** *leverent* 431 — *mangier* : **P6** *mangierent* 702 — *mener* : **P2** *menas* 699 — *monter* : **P2** *montas* 1005 ; **P3** *monta* 164 — *oser* : **P3** *osa* 750 — *passer* : **P3** *passa* 1936 ; **P5** *passastes* 764 — *penser* : **P3** *pensa* 121 — *plorer* : **P3** *plora* 996 ; **P6** *plorerent* 88 — *porter* : **P3** *porta* 1915 — *preisier* : **P1** *preisai* 926 — *rover* : **P3** *rova* 1745 — *sermoner* : **P3** *sermona* 51 — *soner* : **P6** *sonerent* 1199 — *songier* : **P3** *sonja* 289 — *torner* : **P3** *torna* 13 — *trenchier* : **P3** *trencha* 1117 — *trestorner* : **P3** *trestorna* 1035 — *trover* : **P3** *trova* 1707 ; **P6** *troverent* 1270 — *veer* : **P5** *veastes* 983.

Passés faibles en *i*

Désinences en *-i* à toutes les personnes

Ont un passé faible en *-i* tous les verbes du deuxième groupe ainsi que certains verbes du troisième groupe à infinitif en *-ir.*

Par exemple le verbe *ferir* (3e groupe) :

P1	*fer-i*
P2	*fer-is*
P3	*fer-i*
P4	*fer-imes*
P5	*fer-istes*
P6	*fer-irent*

Relevé : *choisir* : **P3** *choisi* 772 — *convertir* : **P2** *convertis* 1015 — *eissir* : **P3** *eissi* 719 — *ferir* : **P3** *feri* 770 — *guarir* : **P2** *guaris* 1016 **;** **P3** *guari* 957 — *guenchir* : **P3** *guenchi* 969 — *guerpir* : **P2** *guerpis* 745 — *oïr* : **P1** *oï* 646 ; **P3** *oï* 544 ; **P5** *oïstes* 1480 ; **P6** *oïrent* 1184 — *plevir* : **P3** *plevi* 1721 — *saisir* : **P3** *saisi* 431 — *sentir* : **P3** *senti* 1686 — *sivre* : **P6** *sivirent* 990 — *sofrir* : **P3** *sofri* 8.

Désinences en *-ié* aux P3 et P6

Par exemple le verbe *tendre* :

P1	*tend-i*
P2	*tend-is*
P3	*tend-ié > -i*
P4	*tend-imes*
P5	*tend-istes*
P6	*tend-ierent > -irent*

Ont un passé faible en *-ié* notamment des verbes du troisième groupe à infinitif en *-re*. Ce type de passé faible, peu représenté, est l'héritage des parfaits latins à redoublement (en *-dedi*). Il tend très tôt à s'aligner sur les passés faibles en *-i*, comme on peut l'observer dans le texte : de nombreuses occurrences de P3 sont en *-i*, et la majorité des formes en *-ié* se trouvent à l'assonance.

Relevé : *batre*, *abatre*, *embatre* : **P2** *abatis* 1019 ; **P3** *bati* 773 ; *abati* 1939 ; *embatié* 128 (à l'assonance) — *cheoir* : **P3** *cheï* 215 — *descendre* : **P3** *descendi* 1676 — *desrompre* : **P3** *desrompié* 935 — *pendre* : **P3** *pendié* 1140 (à l'assonance) — *perdre* : **P3** *perdi* 920 — *rendre* : **P5** *rendistes* 728 — *respondre* : **P3** *respondi* 1703 — *tendre*, *atendre*, *entendre* : **P3** *atendié* 1939 (à l'assonance) ; *entendi* 961 ; **P6** *tendirent* 58 — *tondre* : **P3** *tondi* 1967 — *vendre* : **P3** *vendi* 755 — *vivre* : **P3** *vesqui* 163.

Passés faibles en *u*

Ont un passé faible en *u* certains verbes du troisième groupe à infinitif en *-ir*, en *-re* ou en *-oir*. Ce type est peu représenté ; il se caractérise par la présence d'une désinence en *-t* à P3.

Le verbe *estre* est un cas particulier : il a les désinences d'un passé faible (il n'a pas de *-t* à P3), mais sa base *f-* est spécifique au passé simple.

Par exemple, le verbe *paroir* :

P1	*par-ui*
P2	*par-us*
P3	*par-ut*
P4	*par-umes*
P5	*par-ustes*
P6	*par-urent*

Relevé : *corre* : **P3** *corut* 115 ; **P6** *corurent* 239 — *estre* : **P1** *fui* 1422 ; **P3** *fu* 89 ; **P5** *fustes* 729 ; **P6** *furent* 277 — *paroir* : **P3** *paru* 916 (forme analogique sans *-t*) ; *parut* 947 — *valoir* : **P3** *valut* 914.

• **Les passés forts**

Les passés forts sont des passés à accent mobile, accentués sur la base aux P1, P3, P6 (personnes fortes) et sur la désinence aux P2, P4, P5 (personnes faibles). Ils ont deux bases, une base forte, tonique, propre au passé simple (B5) et une base faible, également propre au passé simple (B6).

Passés forts en *i*

Par exemple, le passé fort non sigmatique du verbe *veoir* :

P1	*vi*	
P2		*veïs*
P3	*vit*	
P4		*veïmes*
P5		*veïstes*
P6	*virent*	

<u>Type *i/e* central, non sigmatique</u>

Relevé : *tenir* : **P3** *tint* 974 — *venir, covenir, devenir, revenir* : **P3** *vint* 215 ; *covint* 704 ; *devint* 1717 ; revint 241 ; **P6** *vindrent* 424 — *veoir* : **P1** *vi* 358 ; **P3** *vit* 673 ; **P5** *veïstes* 559 ; **P6** *virent* 1416.

<u>Type *i/e* central, sigmatique</u>

Le type sigmatique se distingue par la présence d'un *s* à toutes les personnes.

Relevé : *dire* : **P2** *dis* 1863 ; **P3** *dist* 52 — *faire* : **P2** *fesis* 696 ; **P3** *fist* 16 ; **P5** *fesistes* 695 ; **P6** *firent* 744 — *metre, prometre* : **P1** *promis* 234 ; **P2** *mesis* 982 ; **P3** *mist* 87 — *ocire* : **P3** *ocist* 525 — *prendre* : **P3** *prist* 101 — *querre* : **P3** *quist* 1855 — *seoir* : **P3** *sist* 99.

<u>Autre alternance : *e* ouvert/*e* central</u>

Relevé : *remanoir* : **P3** *remest* 243.

<u>Sans alternance vocalique</u>

Relevé : *ceindre* : **P2** *ceinsis* 978 — *clore* : **P2** *closis* 697 — *voloir* : **P3** *volt* 228 ; **P6** *voldrent* 712.

Passés forts en *u*

<u>Type à alternance *o/eü*</u>

Par exemple, le verbe *avoir* :

P1	*oi*	
P2		*eüs*
P3	*ot*	
P4		*eümes*
P5		*eüstes*
P6	*orent*	

Relevé : *avoir* : **P1** *oi* 963 ; **P3** *ot* 14 ; **P6** *orent* 274 — *plaire* : **P1** *plot* 724 — *pooir* : **P1** *poi* 234 ; **P3** *pot* 526 ; **P6** *porent* 703.

Type à alternance *u/eü*

Par exemple, le verbe *boivre* (FM *boire*) :

P1	*bui*	
P2		*beüs*
P3	*but*	
P4		*beümes*
P5		*beüstes*
P6	*burent*	

Relevé : *boivre* : **P3** *but* 851 — *conoistre*, *reconoistre* : **P3** *conut* 1731 ; *reconut* 1684 — *deveir* : **P3** *dut* 1432 — *eslire* : **P3** *eslut* 12 — *movoir*, *esmovoir* : **P3** *mut* 901 ; *esmut* 446 — *reçoivre* : **P1** *reçui* 929 ; **P3** *reçut* 1001.

L'imparfait du subjonctif

• Introduction

Le subjonctif imparfait du latin classique (*amarem*, *amares*, *amaret*, etc.) se confond en bas latin avec différentes formes verbales. Il est donc progressivement remplacé par le plus-que-parfait du subjonctif, aux formes plus caractéristiques : *amavissem*, *amavisses*, *amavisset*, *amavissemus*, *amavissetis*, *amavissent*. La substitution est achevée au VIIe siècle au plus tard.

Ce paradigme est concurrencé dès le latin classique par des formes réduites qui s'imposent en bas latin : **amasse(m)*, **amasses*, **amasset*, **amassemus*, **amassetis*, **amassent*. L'imparfait du subjonctif en français est fait à partir de ces formes.

En ancien français, le subjonctif imparfait est composé d'une base unique faible (B1 pour les verbes à passé faible, B6 pour les verbes à passé fort), d'un morphème de passé *a*, *i*, *u*, d'un morphème de subjonctif imparfait *-ss-* (doublé par *-e* aux P1 et P2, réduit à *-s-* à la P3) et d'un morphème de personne : *Ø*, *-s*, *-t*, *-ons* (*-iens*, *-ions*), *-eiz* (*-oiz*, *-iez*, *-ez*), *-ent*.

Comme on le voit, les désinences de P4 et P5 sont flottantes. À la P5, la désinence attendue est *-étis* > *-eiz*, puis *-oiz*, mais le texte au programme donne uniquement la désinence *-iez* (p. ex. *fesissiez* 517), analogique du subjonctif présent.

• Le type en *-a-*

Se conjuguent sur ce type tous les verbes à passé faible en *-a* (verbes du premier groupe, infinitif en *-er*, *-ier*). On notera que la voyelle thématique de P4 et P5 est toujours *i* en ancien français, *a* aux autres personnes.

Par exemple, le verbe *demander* (base faible : B1) :

P1	*demand-a-sse*
P2	*demand-a-sse-s*
P3	*demand-a-s-t*
P4	*demand-i-ss-ons*
P5	*demand-i-ss-eiz*
P6	*demand-a-ss-ent*

Relevé : *colper* : **P3** *colpast* 125 — *conter* : **P1** *contasse* 269 — *demander* : **P1** *demandasse* 1566 — *mener* : **P6** *menassent* 1358 — *oser* : **P1** *osasse* 1565 — *passer* : **P3** *passast* 1079 — *remuer* : **P3** *remuast* 635 — *trenchier* : **P3** *trenchast* 1246 — *trover* : **P3** *trovast* 874.

• Le type en *-i-*

Se conjuguent sur ce type tous les verbes à passé faible en *-i*, ainsi que les verbes à passé fort en *-i*.

Par exemple, le verbe *prendre* (base faible : B6) :

P1	*pres-i-sse*
P2	*pres-i-sse-s*
P3	*pres-i-s-t*
P4	*pres-i-ss-ons*
P5	*pres-i-ss-eiz*
P6	*pres-i-ss-ent*

Relevé : *avenir* : **P3** *avenist* 1052 ; *covenir* : **P3** *covenist* 710 — *eissir* : **P3** *issist* 1975 (la base forte *is(s)-* s'est substituée à la base faible : voir *eissir* au futur) — *faire* : **P1** *fesisse* 1852 ; **P3** *fesist* 2013 ; **P5** *fesissiez* 517 — *ferir* : **P3** *ferist* 1924 — *fondre* : **P3** *fondist* 1549 — *oïr* : **P3** *oïst* 311 — *prendre* : **P3** *presist* 917 — *rendre* : **P6** *rendissent* 1304 — *tenir* : **P3** *tenist* 658 — *veoir* : **P1** *veïsse* 1358 ; **P3** *veïst* 1892 ; **P5** *veïssiez* 1212 — *voloir* : **P3** *volsist* 471 (le subjonctif imparfait est construit sur la variante sigmatique du passé simple de *voloir*, *vols*, *volsis*, *volst*, etc., alors que, dans le texte au programme, les passés simples du même verbe sont non sigmatiques : *voil*, *volis*, *volt*, etc.).

• **Le type en *-u-***

Se conjuguent sur ce type les verbes à passé faible en *-u*, ainsi que les verbes à passé fort en *-u*.

Par exemple, le verbe *pooir* (base faible : B6) :

P1	*pe-ü-sse*
P2	*pe-ü-sse-s*
P3	*pe-ü-s-t*
P4	*pe-ü-ss-ons*
P5	*pe-ü-ss-eiz*
P6	*pe-ü-ss-ent*

Relevé : *avoir* : **P1** *eüsse* 1228 ; **P3** *eüst* 610 ; **P6** *eüssent* 307 — *devoir* : **P2** *deüsses* 137 ; **P3** *deüst* 610 — *estre* : **P1** *fusse* 1302 ; **P3** *fust* 113 ; **P5** *fussiez* 765 — *plaisir* : **P3** *pleüst* 1548 — *pooir* : **P3** *peüst* 244 ; *poïst* 1475 (*poïst* est une forme secondaire analogique des subjonctifs imparfaits en *-i*) — *savoir* : **P3** *seüst* 876.

SYNTAXE

Présentation

L'exercice est identique dans toutes les épreuves.Comme la partie en synchronie de la question de morphologie, la question s'appuie sur un corpus qu'il s'agit d'identifier et de relever dans le texte du sujet. Le relevé doit être précis : renvoyer à un numéro de vers ne suffit pas, il convient d'analyser chaque occurrence dans son contexte.

Là encore, une introduction est nécessaire, de même qu'un plan détaillé : l'introduction définit le sujet, le plan doit mettre en évidence les différents types d'emplois apparaissant dans le sujet. En 2013, le sujet des lettres modernes portait sur les subordonnées relatives, celui de grammaire sur la subordination (composition principale) ou sur l'emploi de *que* (composition complémentaire). Il est parfaitement possible qu'une construction soit ambiguë, et on saura gré au candidat de s'interroger et de proposer plusieurs analyses. La conclusion doit faire un bilan des emplois recensés, et comparer avec la syntaxe du français moderne.

Une question annexe, de moindre importance, pourrait aussi être donnée, bien que cela ne se soit pas produit depuis des années, qui porterait sur un syntagme particulier que l'on demanderait d'analyser.

Étude de points particuliers

Ne sont relevés ici que quelques points particuliers de la syntaxe du *Couronnement de Louis.*

• Le complément du nom au cas régime absolu

Le complément du nom au cas régime absolu est généralement postposé :

J'ai nom Guillelmes li marchis, a nom Dé,
Filz **Aimeri**, le vieil chenu barbé,
Et **Hermenjart**, ma mere o le vis cler,
Frere **Bernart** de Brubant la cité... (*CL* 818-821)

On notera qu'il peut également être antéposé :

Or seras mais **Looïs** provendiers... (*CL* 1103)

• L'emploi de l'infinitif

Le Couronnement de Louis se distingue par un emploi relativement fréquent de l'infinitif prédicatif. Associé à une négation, l'infinitif prend une valeur prohibitive :

O se ce non, ne la **baillier** tu onques. (*CL* 79)

... Ceste corone de Jesu la te vié,
Filz Looïs, que tu ne la **baillier**. (*CL* 85-86)

On peut retrouver le même type d'emploi en proposition subordonnée conjonctive complétive :

Filz a baron, guarde ne t'**esmaier** (*CL* 1725)

La locution impersonnelle *il n'i a fors de*, “il n'y a rien d'autre à faire/ à attendre que”, introduit un infinitif substantivé :

... il n'i aveit fors des membres **trenchier** (*CL* 246)

N'en avoir que + infinitif, “il n'y a que”, est une construction impersonnelle de sens similaire :

En cels de Rome n'en ot que **esmaier** (*CL* 376)

On distinguera cette construction de *n'avoir que* + infinitif, où *que* introduit une relative à antécédent indéterminé [Ménard, 1988, p. 161] :

Or tost as armes, n'avons que **delaier** (*CL* 374)

• **La subordination**

Comme dans la plupart des textes en vers, l'ellipse du subordonnant, quel qu'il soit, est assez courante :

N'i a celui [n'ait sanglent le visage] (*CL* 1335 ; relative)

De Looïs ne lairai [ne vos chant] (*CL* 6 ; conjonctive complétive)

Nuls om de char, pelerins ne palmiers,
Ne seüst tant errer ne chevalchier
[Plus bele dame peüst nule acointier] (*CL* 1372-1374 ; circonstancielle)

L'antécédent (en gras dans l'exemple suivant) peut être éloigné du pronom relatif :

Deus est prodom, [qui nos governe et paist…] (*CL* 36)

Riens n'eisseit d'els [n'i covenist aler] (*CL* 710 ; parataxe, *qui* omis : littéralement, "personne ne sortait d'eux qui ne dût y aller [en Enfer]")

La relative substantive est éventuellement reprise par un pronom dans la principale :

Tant buer fu nez [qui plenté a d'amis] ! (*CL* 1486 ; relative substantive, sujet de *fu*)

[Qui en lui creit] il n'a nul bon talent. (*CL* 853 ; relative substantive, reprise par le pronom personnel sujet *il* dans la principale, sujet de *a*)

[Qui pert roncin], il li rendra destrier (*CL* 1507 ; relative substantive, reprise par le pronom personnel régime *li* dans la principale, complément d'objet second de *rendre*)

• ***Si m'aït Deus…***

Dans cette tournure, que l'on peut traduire littéralement par "Aussi vrai que Dieu puisse m'aider", *si* est un adverbe qui permet ici de renforcer l'expression du souhait au subjonctif. *Aït* est en effet une forme de subjonctif présent à la P3 du verbe *aidier.* Le sujet du verbe est *Deus.* Enfin, le pronom personnel régime atone *me*, élidé devant voyelle et antéposé au verbe, est le complément d'objet direct du verbe *aidier.* On en relève une occurrence dans le texte au programme, au vers 1710, ainsi qu'une variante, au vers 168 : *si Deus me beneïe*.

Cette variante, qui ne présente pas la postposition attendue du sujet (par rapport au verbe), annonce la confusion ultérieure entre cette tournure optative et la proposition subordonnée circonstancielle introduite par *se.* En effet, alors que *si* impose l'inversion du sujet, *se* entraîne un ordre des mots SV [Ménard, 1988, p. 187].

VOCABULAIRE

Présentation

La question de vocabulaire porte généralement sur deux mots distincts, en lettres modernes et en grammaire (composition principale), un seul mot en grammaire (composition complémentaire).

La question de vocabulaire consiste à étudier l'évolution du sens d'un mot, depuis son étymon jusqu'en français moderne, s'il est encore attesté. Comme en syntaxe et en morphologie, un plan détaillé est de rigueur. Il doit faire apparaître : a) l'étude sémantique de l'étymon ; b) celle du mot en ancien français ; c) l'analyse de l'occurrence remise dans le contexte du sujet (construction ? environnement sémantique et morphologique ? interprétation ?) ; d) le paradigme morphologique et sémantique du mot étudié ; e) l'évolution sémantique de l'ancien français jusqu'au français moderne. Si le mot étudié sort d'usage, il faut préciser à quelle date, pour quelles raisons, et quel mot concurrent lui est préféré.

Il est impératif de rédiger convenablement cette partie, même si les candidats sont souvent pris par le temps.

De nombreux ouvrages de référence proposent des fiches de sémantique : la réussite à cette question est donc le fruit d'un travail régulier. Le seul élément à ajouter à ces fiches – et régulièrement oublié par les candidats – est l'analyse du mot en contexte.

Étude du vocabulaire par champs lexicaux

Sont recensés ci-après les termes pouvant prêter à une étude sémantique. La liste n'a aucune prétention à l'exhaustivité.

Les mots ont été regroupés par thèmes. Seule une unique occurrence par mot est indiquée, ainsi que la référence aux manuels de sémantique traitant ce mot. Le paradigme morphologique est mentionné lorsqu'il est attesté dans le texte.

Les verbes sont indiqués à l'infinitif, les substantifs et les adjectifs au cas régime singulier.

• L'être humain

Termes génériques

feme 1432. [Guillot, 2008 ; Hélix, 1999 ; Bertrand-Menegaldo, 2006]

gent 8 (substantif féminin, du latin *gentem*). [Guillot, 2008 ; Bertrand-Menegaldo, 2006] *ome* 1192, *omage* 922. [GUILLOT, 2008 ; BERTRAND-MENEGALDO, 2006]

persone 1911. [GUILLOT, 2008 ; BERTRAND-MENEGALDO, 2006]

Le corps : parties du corps, apparence, blessures

afolé 784, *foler* 181.

char 390. [GUILLOT, 2008 ; ANDRIEUX-REIX, 1987 ; HÉLIX, 1999 ; BERTRAND-MENEGALDO, 2006]

chenu 819.

chief 125. [GUILLOT, 2008 ; ANDRIEUX-REIX, 1987 ; HÉLIX, 1999 ; BERTRAND-MENEGALDO, 2006]

chiere 1066. [GUILLOT, 2008 ; HÉLIX, 1999]

cors 720. [GUILLOT, 2008]

embronchier 1615 [BERTRAND-MENEGALDO, 2006]

murtri 1469. [HÉLIX, 1999]

navré 958. [HÉLIX, 1999 ; BERTRAND-MENEGALDO, 2006]

parcreü 786.

teste 507. [GUILLOT, 2008 ; HÉLIX, 1999 ; BERTRAND-MENEGALDO, 2006]

Statut et fonction sociale

Les femmes

dame 1374. [GUILLOT, 2008 ; HÉLIX, 1999 ; BERTRAND-MENEGALDO, 2006]

moillier 351.

Les hommes

bacheler 1369. [GUILLOT, 2008 ; ANDRIEUX-REIX, 1987 ; HÉLIX, 1999 ; BERTRAND-MENEGALDO, 2006]

baron 10/*ber* 1254, *barnage* 267. [GUILLOT, 2008 ; ANDRIEUX-REIX, 1987 ; HÉLIX, 1999 ; BERTRAND-MENEGALDO, 2006]

borgeis 1874.

chevalier 88, *chevaleros* 1777. [GUILLOT, 2008 ; ANDRIEUX-REIX, 1987 ; HÉLIX, 1999 ; BERTRAND-MENEGALDO, 2006]

clerc 399. [GUILLOT, 2008 ; BERTRAND-MENEGALDO, 2006]

compaignon 1015, *compaigne* 1611. [GUILLOT, 2008 ; HÉLIX, 1999 ; BERTRAND-MENEGALDO, 2006]

dameisel 1946. [GUILLOT, 2008 ; BERTRAND-MENEGALDO, 2006]

enfant 1468/*enfes* 1723, *enfançon* 990. [GUILLOT, 2008 ; BERTRAND-MENEGALDO, 2006] *garçon* 1817. [Guillot, 2008 ; Hélix, 1999 ; Bertrand-Menegaldo, 2006]

per 715 (renvoie aussi bien à un homme qu'à une femme). [Guillot, 2008 ; Bertrand-Menegaldo, 2006]

seneschal 661. [Hélix, 1999 ; Bertrand-Menegaldo, 2006]

seignor 1/*sire* 103. [Guillot, 2008 ; Hélix, 1999 ; Bertrand-Menegaldo, 2006]

vilain 206, *vilainement* 852. [Guillot, 2008 ; Andrieux-Reix, 1987 ; Hélix, 1999 ; Bertrand-Menegaldo, 2006]

• Équipement du chevalier, vêtement

Cheval

alferant 1603 (adjectif). [Guillot, 2008]

cheval 644, *chevalchier* 1373. [Guillot, 2008 ; Hélix, 1999 ; Bertrand-Menegaldo, 2006]

destrier 1507. [Guillot, 2008 ; Bertrand-Menegaldo, 2006]

mulet 1654. [Guillot, 2008]

palefrei 1654. [Guillot, 2008 ; Bertrand-Menegaldo, 2006]

roncin 1507. [Guillot, 2008 ; Bertrand-Menegaldo, 2006]

somier 1654. [Guillot, 2008 ; Bertrand-Menegaldo, 2006]

Armes, partie de l'équipement

brant 1132. [Bertrand-Menegaldo, 2006 ; Bertrand-Menegaldo, 2006]

escu 278, *escuier* 277. [Hélix, 1999 ; Bertrand-Menegaldo, 2006 ; Bertrand-Menegaldo, 2006]

espee 1036. [Guillot, 2008 ; Hélix, 1999 ; Bertrand-Menegaldo, 2006 ; Bertrand-Menegaldo, 2006]

forbi 1524. [Guillot, 2008]

glaive 333. [Hélix, 1999]

gonfanon 413. [Guillot, 2008 ; Bertrand-Menegaldo, 2006]

guarnemenz 223, *guarni* 1580. [Guillot, 2008 ; Andrieux-Reix, 1987 ; Bertrand-Menegaldo, 2006]

halberc 1582. [Guillot, 2008 ; Hélix, 1999 ; Bertrand-Menegaldo, 2006]

helme 1651. [Guillot, 2008 ; Hélix, 1999 ; Bertrand-Menegaldo, 2006]

lance 654. [Hélix, 1999 ; Bertrand-Menegaldo, 2006]

Préparatifs : se vêtir, s'armer

adober 1646, *adobé* 493. [GUILLOT, 2008 ; ANDRIEUX-REIX, 1987 ; BERTRAND-MENEGALDO, 2006]

afaitié 643. [GUILLOT, 2008 ; BERTRAND-MENEGALDO, 2006]

apareillié 124. [GUILLOT, 2008 ; HÉLIX, 1999 ; BERTRAND-MENEGALDO, 2006]

araisnier 451. [GUILLOT, 2008 ; BERTRAND-MENEGALDO, 2006]

atorné 1581. [GUILLOT, 2008]

conreé 1580. [GUILLOT, 2008 ; ANDRIEUX-REIX, 1987 ; BERTRAND-MENEGALDO, 2006]

drap 1582. [GUILLOT, 2008 ; HÉLIX, 1999 ; BERTRAND-MENEGALDO, 2006]

- **Sentiments**

cuer 1031, *corage* 904. [GUILLOT, 2008 ; HÉLIX, 1999 ; BERTRAND-MENEGALDO, 2006]

Joie, plaisir

aise 1113. [GUILLOT, 2008 ; BERTRAND-MENEGALDO, 2006]

balt 1952.

buer 1486.

eüré 768. [GUILLOT, 2008 ; BERTRAND-MENEGALDO, 2006]

haitié 1157. [HÉLIX, 1999 ; BERTRAND-MENEGALDO, 2006]

joie 1167, *joiant* 1552. [GUILLOT, 2008 ; HÉLIX, 1999 ; BERTRAND-MENEGALDO, 2006]

lié 1552. [GUILLOT, 2008 ; HÉLIX, 1999]

plaisir 1723. [GUILLOT, 2008 ; HÉLIX, 1999 ; BERTRAND-MENEGALDO, 2006]

talent 125, *maltalent* 870. [GUILLOT, 2008 ; ANDRIEUX-REIX, 1987 ; HÉLIX, 1999 ; BERTRAND-MENEGALDO, 2006]

Peur, chagrin, souffrance

angoisse 930. [GUILLOT, 2008 ; BERTRAND-MENEGALDO, 2006]

corrocier 1734, *corroços* 236. [GUILLOT, 2008 ; BERTRAND-MENEGALDO, 2006]

damage 1410. [GUILLOT, 2008 ; BERTRAND-MENEGALDO, 2006]

destreit 349. [GUILLOT, 2008 ; BERTRAND-MENEGALDO, 2006]

dolor 1401, *dolent* 1248. [GUILLOT, 2008 ; HÉLIX, 1999 ; BERTRAND-MENEGALDO, 2006]

duel 469. [GUILLOT, 2008 ; BERTRAND-MENEGALDO, 2006]

esfreé 289. [GUILLOT, 2008 ; BERTRAND-MENEGALDO, 2006]

esmaié 545. [GUILLOT, 2008 ; HÉLIX, 1999 ; BERTRAND-MENEGALDO, 2006]

ire 934, *irier* 524, *irié* 89, *irascu* 1248. [GUILLOT, 2008 ; ANDRIEUX-REIX, 1987 ; HÉLIX, 1999 ; BERTRAND-MENEGALDO, 2006]

laborer 705. [GUILLOT, 2008 ; BERTRAND-MENEGALDO, 2006]

mar 121. [GUILLOT, 2008 ; ANDRIEUX-REIX, 1987]

peine 1209. [GUILLOT, 2008 ; BERTRAND-MENEGALDO, 2006]

peser 1121. [GUILLOT, 2008 ; HÉLIX, 1999 ; BERTRAND-MENEGALDO, 2006]

sofrir 8. [GUILLOT, 2008 ; BERTRAND-MENEGALDO, 2006]

traveillier 1176. [GUILLOT, 2008 ; ANDRIEUX-REIX, 1987 ; HÉLIX, 1999 ; BERTRAND-MENEGALDO, 2006]

• Valeurs morales et chevaleresques

Termes mélioratifs

avenant 3, *avenir* 1052.

bel 608. [GUILLOT, 2008 ; HÉLIX, 1999 ; BERTRAND-MENEGALDO, 2006]

bonté 689.

chier 767. [BERTRAND-MENEGALDO, 2006]

corteis 379. [ANDRIEUX-REIX, 1987 ; HÉLIX, 1999 ; BERTRAND-MENEGALDO, 2006]

de bon aire 461. [HÉLIX, 1999 ; BERTRAND-MENEGALDO, 2006]

dreit 102, *dreiturier* 345. [GUILLOT, 2008 ; ANDRIEUX-REIX, 1987 ; BERTRAND-MENEGALDO, 2006]

fier 354, *fierté* 813. [GUILLOT, 2008 ; HÉLIX, 1999 ; BERTRAND-MENEGALDO, 2006]

franc 325. [GUILLOT, 2008 ; ANDRIEUX-REIX, 1987 ; HÉLIX, 1999 ; BERTRAND-MENEGALDO, 2006]

gent 1649 (adjectif). [HÉLIX, 1999 ; BERTRAND-MENEGALDO, 2006]

gentil 256. [GUILLOT, 2008 ; ANDRIEUX-REIX, 1987 ; HÉLIX, 1999 ; BERTRAND-MENEGALDO, 2006]

halt 1603. [GUILLOT, 2008]

hardement 591. [GUILLOT, 2008]

large 899. [GUILLOT, 2008 ; BERTRAND-MENEGALDO, 2006]

loer 823, *los* 25 (mais *losengier* 111, *losenge* 139 sont des termes dépréciatifs). [GUILLOT, 2008 ; BERTRAND-MENEGALDO, 2006]

maistre 303 (adjectif). [GUILLOT, 2008 ; HÉLIX, 1999 ; BERTRAND-MENEGALDO, 2006]

noble 189, *nobile* 1501. [GUILLOT, 2008 ; BERTRAND-MENEGALDO, 2006]

pris 1669, *preisier* 1849, *preisié* 1733. [GUILLOT, 2008 ; BERTRAND-MENEGALDO, 2006]

pro 609, *prodome* 678. [GUILLOT, 2008 ; ANDRIEUX-REIX, 1987 ; HÉLIX, 1999 ; BERTRAND-MENEGALDO, 2006]

riche 267. [GUILLOT, 2008 ; BERTRAND-MENEGALDO, 2006]

vaillant 2. [GUILLOT, 2008 ; HÉLIX, 1999 ; BERTRAND-MENEGALDO, 2006]

vasselage 389.

veir 1568, *veirement* 725. [GUILLOT, 2008 ; BERTRAND-MENEGALDO, 2006]

vertu 918, *vertuos* 932. [GUILLOT, 2008 ; BERTRAND-MENEGALDO, 2006]

Termes dépréciatifs

chaitif 306. [GUILLOT, 2008 ; HÉLIX, 1999 ; BERTRAND-MENEGALDO, 2006]

culvert 831. [GUILLOT, 2008 ; ANDRIEUX-REIX, 1987]

estrange 60. [GUILLOT, 2008 ; BERTRAND-MENEGALDO, 2006]

failli 1699. [GUILLOT, 2008 ; ANDRIEUX-REIX, 1987 ; BERTRAND-MENEGALDO, 2006]

felon 969. [GUILLOT, 2008 ; HÉLIX, 1999 ; BERTRAND-MENEGALDO, 2006]

fol 800, *foleiement* 844, *folage* 927, *folie* 1129, *foleté* 702. [GUILLOT, 2008 ; BERTRAND-MENEGALDO, 2006]

gloton 1545/*gloz* 135. [GUILLOT, 2008 ; BERTRAND-MENEGALDO, 2006]

guaste 1306. [GUILLOT, 2008 ; BERTRAND-MENEGALDO, 2006]

honir 156. [GUILLOT, 2008 ; BERTRAND-MENEGALDO, 2006]

honte 703. [GUILLOT, 2008 ; HÉLIX, 1999 ; BERTRAND-MENEGALDO, 2006]

lait 505. [GUILLOT, 2008 ; BERTRAND-MENEGALDO, 2006]

mal 984. [GUILLOT, 2008 ; BERTRAND-MENEGALDO, 2006]

malvais 1482. [BERTRAND-MENEGALDO, 2006]

oltrage 433, *oltre* 1070. [GUILLOT, 2008 ; HÉLIX, 1999 ; BERTRAND-MENEGALDO, 2006] *orguel* 805, *orgoillos* 1512. [GUILLOT, 2008 ; HÉLIX, 1999 ; BERTRAND-MENEGALDO, 2006]

tort 22.

• Société, liens féodaux et religieux

Groupes

ban 1503, *bandon* 982. [GUILLOT, 2008 ; ANDRIEUX-REIX, 1987 ; BERTRAND-MENEGALDO, 2006]

lignage 1104. [GUILLOT, 2008 ; BERTRAND-MENEGALDO, 2006]

maisnie 1503. [GUILLOT, 2008]

Accord, échanges, liens hiérarchiques

baillier 410, *baillie* 167. [GUILLOT, 2008 ; BERTRAND-MENEGALDO, 2006]

besoing 1527, *besoigne* 105. [GUILLOT, 2008 ; HÉLIX, 1999 ; BERTRAND-MENEGALDO, 2006]

congié 230. [GUILLOT, 2008 ; HÉLIX, 1999 ; BERTRAND-MENEGALDO, 2006]

covent 1415, *covenir* 1418. [GUILLOT, 2008 ; HÉLIX, 1999]

eslire 12.

estovoir 1106. [GUILLOT, 2008 ; HÉLIX, 1999 ; BERTRAND-MENEGALDO, 2006]

fei 1721. [GUILLOT, 2008 ; BERTRAND-MENEGALDO, 2006]

fié 1550. [GUILLOT, 2008 ; BERTRAND-MENEGALDO, 2006]

gré 1563. [GUILLOT, 2008 ; HÉLIX, 1999 ; BERTRAND-MENEGALDO, 2006]

guaaignier 1620. [GUILLOT, 2008 ; BERTRAND-MENEGALDO, 2006]

guarantir 1696, *guarant* 939. [GUILLOT, 2008 ; BERTRAND-MENEGALDO, 2006]

guarir 551, *guarison* 971. [GUILLOT, 2008 ; BERTRAND-MENEGALDO, 2006]

guerredon 985. [GUILLOT, 2008 ; BERTRAND-MENEGALDO, 2006 ; BERTRAND-MENEGALDO, 2006]

merci 1158. [GUILLOT, 2008 ; ANDRIEUX-REIX, 1987 ; HÉLIX, 1999 ; BERTRAND-MENEGALDO, 2006]

mestier 199. [GUILLOT, 2008 ; ANDRIEUX-REIX, 1987 ; HÉLIX, 1999 ; BERTRAND-MENEGALDO, 2006]

norri 1701. [GUILLOT, 2008 ; HÉLIX, 1999 ; BERTRAND-MENEGALDO, 2006] *onor* 338. [Guillot, 2008 ; Andrieux-Reix, 1987 ; Hélix, 1999 ; Bertrand-Menegaldo, 2006]

otreier 1980. [Guillot, 2008 ; Bertrand-Menegaldo, 2006]

paistre 36. [Guillot, 2008 ; Hélix, 1999 ; Bertrand-Menegaldo, 2006]

plait 35, *plaidier* 1994. [Guillot, 2008 ; Hélix, 1999 ; Bertrand-Menegaldo, 2006]

quite 394. [Guillot, 2008 ; Bertrand-Menegaldo, 2006]

servir 155. [Guillot, 2008 ; Bertrand-Menegaldo, 2006]

tolir 84. [Guillot, 2008 ; Bertrand-Menegaldo, 2006]

À la guerre

bataille 427. [Guillot, 2008 ; Hélix, 1999 ; Bertrand-Menegaldo, 2006]

escremir 1033. [Guillot, 2008 ; Bertrand-Menegaldo, 2006]

ferir 710. [Guillot, 2008 ; Hélix, 1999 ; Bertrand-Menegaldo, 2006]

fraindre 1896. [Guillot, 2008 ; Bertrand-Menegaldo, 2006]

guaite 1642. [Guillot, 2008 ; Bertrand-Menegaldo, 2006]

ost 74. [Guillot, 2008 ; Hélix, 1999 ; Bertrand-Menegaldo, 2006]

- **Communication, échanges verbaux**

Parole

conter 324, *aconter* 279. [Guillot, 2008 ; Andrieux-Reix, 1987]

mander 264, *comander* 298, *demander* 116, *comandement* 840. [Guillot, 2008 ; Hélix, 1999 ; Bertrand-Menegaldo, 2006]

message 1384. [Guillot, 2008 ; Bertrand-Menegaldo, 2006]

noncier 368. [Guillot, 2008 ; Bertrand-Menegaldo, 2006]

parler 1825, *emparlier* 1737, *parole* 682. [Guillot, 2008 ; Bertrand-Menegaldo, 2006]

Réflexion, conseil

chasteier 134.

conseil 461. [Guillot, 2008 ; Hélix, 1999 ; Bertrand-Menegaldo, 2006]

creire 837, *creables* 265, *mescreü* 1203. [Guillot, 2008 ; Bertrand-Menegaldo, 2006]

cuidier 9. [Guillot, 2008 ; Bertrand-Menegaldo, 2006]

cure 1477. [Guillot, 2008 ; Bertrand-Menegaldo, 2006]

devis 1673, *devision* 1037. [GUILLOT, 2008 ; HÉLIX, 1999]

enseignier 1953, *enseigne* 871. [GUILLOT, 2008 ; HÉLIX, 1999 ; BERTRAND-MENEGALDO, 2006]

penser 1028, *pensee* 593. [GUILLOT, 2008 ; ANDRIEUX-REIX, 1987 ; HÉLIX, 1999 ; BERTRAND-MENEGALDO, 2006]

raison 490. [GUILLOT, 2008 ; ANDRIEUX-REIX, 1987 ; HÉLIX, 1999 ; BERTRAND-MENEGALDO, 2006]

sage 327. [GUILLOT, 2008 ; BERTRAND-MENEGALDO, 2006]

sen 1112. [GUILLOT, 2008 ; HÉLIX, 1999 ; BERTRAND-MENEGALDO, 2006]

Tromperie

engeignier 90. [GUILLOT, 2008 ; BERTRAND-MENEGALDO, 2006]

• Perception

choisir 772. [BERTRAND-MENEGALDO, 2006]

entendre 57. [GUILLOT, 2008 ; ANDRIEUX-REIX, 1987 ; HÉLIX, 1999 ; BERTRAND-MENEGALDO, 2006]

escolter 317. [GUILLOT, 2008 ; HÉLIX, 1999 ; BERTRAND-MENEGALDO, 2006]

guarder 888, *esguarder* 616, *reguarder* 450. [GUILLOT, 2008 ; HÉLIX, 1999 ; BERTRAND-MENEGALDO, 2006]

merveillier 1108, *merveille* 545. [GUILLOT, 2008 ; HÉLIX, 1999 ; BERTRAND-MENEGALDO, 2006]

noise 1621. [GUILLOT, 2008 ; BERTRAND-MENEGALDO, 2006]

oïr 87. [GUILLOT, 2008 ; HÉLIX, 1999 ; BERTRAND-MENEGALDO, 2006]

sembler 1032, *resembler* 1033, *assembler* 1007. [GUILLOT, 2008 ; BERTRAND-MENEGALDO, 2006]

• Espace et temps

Lieux, situation dans l'espace

chartre 264. [GUILLOT, 2008]

cité 331. [GUILLOT, 2008 ; ANDRIEUX-REIX, 1987 ; HÉLIX, 1999 ; BERTRAND-MENEGALDO, 2006]

destre 1603. [GUILLOT, 2008 ; HÉLIX, 1999 ; BERTRAND-MENEGALDO, 2006]

herbergier 993. [GUILLOT, 2008 ; ANDRIEUX-REIX, 1987 ; BERTRAND-MENEGALDO, 2006]

loge 827. [GUILLOT, 2008 ; BERTRAND-MENEGALDO, 2006]

mostier 1975. [GUILLOT, 2008 ; BERTRAND-MENEGALDO, 2006]

ostel 162, *ostage* 487, *oste* 284. [GUILLOT, 2008 ; ANDRIEUX-REIX, 1987 ; HÉLIX, 1999 ; BERTRAND-MENEGALDO, 2006]

palais 30. [GUILLOT, 2008 ; HÉLIX, 1999 ; BERTRAND-MENEGALDO, 2006]

point 143. [GUILLOT, 2008]

prison 309, *emprisoné* 304. [GUILLOT, 2008 ; HÉLIX, 1999 ; BERTRAND-MENEGALDO, 2006]

senestre 1959. [GUILLOT, 2008 ; HÉLIX, 1999 ; BERTRAND-MENEGALDO, 2006]

tref 614.

Voyage, mouvement, chemins

adrecier 185. [GUILLOT, 2008]

aroter 423.

chacier 114, *enchalcier* 529. [GUILLOT, 2008]

chemin 780, *acheminé* 281. [GUILLOT, 2008]

conduit 472. [GUILLOT, 2008]

eissir 710. [GUILLOT, 2008]

errer 231. [GUILLOT, 2008 ; HÉLIX, 1999 ; BERTRAND-MENEGALDO, 2006]

esmovoir 446.

espleitier 1519. [GUILLOT, 2008 ; BERTRAND-MENEGALDO, 2006]

guenchir 969. [GUILLOT, 2008 ; BERTRAND-MENEGALDO, 2006]

guerpir 745. [GUILLOT, 2008 ; BERTRAND-MENEGALDO, 2006]

laissier 740. [GUILLOT, 2008]

mener 760. [GUILLOT, 2008 ; BERTRAND-MENEGALDO, 2006]

mesler 1959. [GUILLOT, 2008]

part 516, *depart* 161, *departir* 239 . [GUILLOT, 2008 ; BERTRAND-MENEGALDO, 2006]

poindre 1955. [GUILLOT, 2008 ; BERTRAND-MENEGALDO, 2006]

querre 174, *conquerre* 1620, *requerre* 217. [GUILLOT, 2008 ; BERTRAND-MENEGALDO, 2006]

repairier 528. [GUILLOT, 2008 ; BERTRAND-MENEGALDO, 2006]

sentier 1268.

torner 446, *trestorner* 1035, *retorner* 1272, *destorner* 1499. [GUILLOT, 2008 ; BERTRAND-MENEGALDO, 2006] *traire* 315, *retraire* 1144. [GUILLOT, 2008 ; ANDRIEUX-REIX, 1987 ; HÉLIX, 1999 ; BERTRAND-MENEGALDO, 2006]

trespas 843, *trespasser* 898. [GUILLOT, 2008 ; ANDRIEUX-REIX, 1987]

trover 1270. [GUILLOT, 2008]

val 181, *a val* 336, *devaler* 1043. [HÉLIX, 1999 ; BERTRAND-MENEGALDO, 2006]

veie 1453. [GUILLOT, 2008 ; ANDRIEUX-REIX, 1987 ; BERTRAND-MENEGALDO, 2006]

Immobilité

demorer 442, *demorable* 440, *demoree* 1080. [GUILLOT, 2008 ; BERTRAND-MENEGALDO, 2006]

ester 699. [GUILLOT, 2008]

gesir 959. [GUILLOT, 2008 ; HÉLIX, 1999 ; BERTRAND-MENEGALDO, 2006]

remanoir 519. [GUILLOT, 2008]

seoir 142, *asseoir* 131. [GUILLOT, 2008 ; BERTRAND-MENEGALDO, 2006]

Temporalité

eage 259. [GUILLOT, 2008 ; BERTRAND-MENEGALDO, 2006]

isnelement 1787. [GUILLOT, 2008 ; BERTRAND-MENEGALDO, 2006]

jor 739, *jornee* 1451, *ajorné* 759, *sejorné* 687. [GUILLOT, 2008 ; ANDRIEUX-REIX, 1987 ; BERTRAND-MENEGALDO, 2006]

legier 1185, *legierement* 878 (ici sens propre d'"aisément"). [GUILLOT, 2008 ; BERTRAND-MENEGALDO, 2006]

siecle 257. [GUILLOT, 2008 ; HÉLIX, 1999]

tost 374. [GUILLOT, 2008]

vespre 1830, *avespré* 313. [GUILLOT, 2008 ; BERTRAND-MENEGALDO, 2006]

• Objets

chose 204. [GUILLOT, 2008 ; HÉLIX, 1999 ; BERTRAND-MENEGALDO, 2006]

rien 1446. [GUILLOT, 2008 ; ANDRIEUX-REIX, 1987 ; HÉLIX, 1999 ; BERTRAND-MENEGALDO, 2006]

BIBLIOGRAPHIE

Édition de référence

Le Couronnement de Louis, chanson de geste du XIIe siècle, éd. E. Langlois, Paris, Champion, coll. "CFMA", n° 22, 1920, 152 p. ; 2e éd., 1925, xvii p. + 169 p.

Autres éditions

Le Couronnement de Louis, chanson de geste du XIIe siècle, éd. E. Langlois, Paris, Didot, SATF, 1888, clxxvii p. + 236 p.

Les rédactions en vers du Couronnement de Louis, éd. Y.G. Lepage, Genève, Droz, TLF, n° 261, 1978, xxx p. + 520 p.

Traductions

Le Couronnement de Louis, chanson de geste du XIIe siècle, trad. A. Lanly, Paris, Champion, 1983, 149 p.

Le Couronnement de Louis, dans *Le Cycle de Guillaume d'Orange*, choix, trad. et prés. D. Boutet, Paris, LGF, Le Livre de Poche, coll. "Lettres gothiques", 1996. [Extraits de l'éd. Langlois de 1888 et traduction partielle]

Autres chansons du cycle de Guillaume

Cycle de Narbonne (ou "petit cycle")

Girart de Vienne, par Bertrand de Bar-sur-Aube, éd. W. Emden, Paris, SATF, 1977, 405 p.

Girart de Vienne, trad. B. Guidot, Paris, Champion, 2006, 320 p.

Aymeri de Narbonne, éd. H. Gallé, Champion, 2008, 767 p.

Aymeri de Narbonne, chanson de geste du trouvère Bertrand de Bar, trad. C. Chacornac, ill. Y. Lanore, Paris, F. Lanore, 1930, 203 p.

Les Narbonnais, éd. H. Suchier, Paris, Didot, 1898, 2 vol. : I, texte, 320 p. ; II, introduction, appendices, vocabulaire et corrections, 250 p.

Le Siège de Barbastre, éd. B. Guidot, Paris, Champion, coll. "CFMA", 2000, 484 p.

Le Siège de Barbastre, trad. B. Guidot, Paris, Champion, coll. "CFMA", 2002, 368 p.

Guibert d'Andrenas, éd. M. Ott, Paris, Champion, 2003, 460 p.

La Mort Aymeri de Narbonne, éd. P. Rinoldi, Milano, Unicopli, 2000, 546 p.

Cycle de Guillaume

Les Enfances Guillaume, éd. P. Henry, Paris, SATF, 1935, 167 p.

Le Charroi de Nimes, éd. et trad. Cl. Lachet, Paris, Gallimard, coll. "Folio classique", n° 3204, 1999, 243 p.

La Prise d'Orange [1967], éd. Cl. Régnier, Paris, Klincksieck, 1997, 161 p.

La Prise d'Orange, trad. Cl. Lachet et J.-P. Tusseau, Paris, Klincksieck, 1997, Paris, 99 p.

Aliscans, éd. Cl. Régnier, prés. et notes J. Subrenat, trad. A. et J. Subrenat, Paris, Champion coll. "CFMA", 21, 2007, 640 p.

La Chanson de Guillaume, éd. F. Suard, Paris, LGF, Le Livre de Poche, coll. "Lettres gothiques", 2008, 350 p.

Le Moniage Guillaume, éd. N. Andrieux-Reix, Paris, Champion, 2003, 358 p.

LITTÉRATURE

Sur la chanson de geste

BOUTET D., *La Chanson de geste*, Paris, PUF, coll. "PUF écriture", 1993, 271 p.

CALIN W., "Textes médiévaux et tradition : la chanson de geste est-elle une épopée ?", *Perspectives médiévales*, n° 8, 1982, p. 117-124.

CHAILLEY J., "Études musicales sur la chanson de geste et ses origines", *Revue de musicologie*, 1948, t. 27, p. 1-27.

COMBARIEU DU GRÈS M. de, *L'idéal humain et l'expérience morale chez les héros des chansons de geste des origines à 1250*, Publications Université de Provence, 1979, 2 vol., 1031 p.

GITTON B., "De l'emploi des chansons de geste pour entraîner les guerriers au combat", dans *La Chanson de geste et le mythe carolingien, Mélanges René Louis*, Saint-Père-sous-Vézelay, Musée archéologique régional 1982, t. I, p. 3-20.

GSTEIGER M., "Note sur les préambules des chansons de geste", *Cahiers de civilisation médiévale*, 2, 1959, p. 213-220.

ISSARTEL G., *La Geste de l'ours, L'épopée romane dans son contexte mythologique – XIIe-XIVe siècles*, Paris, Champion, 2010, 781 p.

KIMMEL A.S., "Le jongleur héros épique", dans *Actes du VIe congrès international de la Société Rencesvals (1973)*, Aix-en-Provence, Université de Provence, 1974, p. 461-472.

LEJEUNE R., "Technique formulaire et chansons de geste", *Le Moyen Age*, 1954, 60, p. 311-334.

MARTIN J.-P., "À propos du style formulaire dans les chansons de geste : définitions et propositions", dans *Les Valenciennes*, n° 11, *Victor Hugo pour un centenaire*, 1986, p. 133-145.

MARTIN J.-P., "Sur les prologues des chansons de geste : structures rhétoriques et fonctions discursives", *Le Moyen Age*, 1987, t. 93, n° 2, p. 189-201.

MARTIN J.-P., *Les Motifs dans la chanson de geste : définition et utilisation*, Villeneuve d'Ascq, Université de Lille 3, Centre d'Études médiévales et dialectales, 1992, 396 p.

MCMILLAN D., "Notes sur quelques clichés formulaires dans les chansons de geste de Guillaume d'Orange", dans *Mélanges de linguistique romane et de philologie médiévale offerts à M. Maurice Delbouille, II, Philologie médiévale*, Gembloux, Duculot, 1964, p. 477-493.

MÉNARD Ph., "Les jongleurs et les chansons de geste", dans *La Chanson de geste et le mythe carolingien, Mélanges René Louis*, Saint-Père-sous-Vézelay, Musée archéologique régional, 1982, t. I, p. 33-50.

MOISAN A., *Répertoire des noms propres de personnes et de lieux cités dans les chansons de geste françaises et les œuvres étrangères dérivées*, Genève, Droz, 1986, 2 t., 5 vol., 1484 et 1085 p.

PERRET M., "Les types de fin : modèles et déviances", *Bien dire et bien aprandre*, n° 19, *Prologues et épilogues dans la littérature du Moyen Age, Actes du colloque du Centre d'études médiévales et dialectales de Lille 3 (23-24 septembre 1999)*, 2001, p. 191-200.

POIRION D., "Chanson de geste ou épopée ? Remarques sur la définition d'un genre", *Travaux de Linguistique et de Littérature*, 1972, t. X, 2, p. 7-20.

RIQUER M. de, "Épopée jongleresque à écouter et épopée romanesque à lire", dans *La Technique littéraire des chansons de geste, Actes du colloque de Liège, 1957*, Paris, Les Belles Lettres, 1959, p. 75-84.

ROSSELL A., "Pour une reconstruction musicale de la chanson de geste romane", *Charlemagne in the North, Proceedings of the Twelth International Conference of the Société Rencesvals*, Edinburgh, Société Rencesvals British Branch, 1993, p. 531-545.

ROSSI M., "Les séquences narratives stéréotypées : un aspect de la technique épique", *Mélanges de langue et de littérature françaises offerts à Pierre Jonin*, 1979, Aix-en-Provence, Publications du CUER MA, coll. "*Senefiance*", 7, p. 593-608.

RYCHNER J., "La *Vie de Saint Alexis* et les origines de l'art épique", *Études de langue et de littérature françaises offertes à A. Lanly*, Nancy, Publications de Nancy 2, 1980, p. 329-345.

RYCHNER J., *Essai sur l'art épique des jongleurs*, Genève, Droz, coll. "Publications romanes et françaises", 1955, 175 p.

SUARD F., "De la *Chanson de Guillaume* à *Aliscans* : quelques aspects de l'art épique au XIIe s.", dans *Comprendre et aimer la chanson de geste (À propos d'*Aliscans*)*, Fontenay-aux-Roses, ENS, coll. "Feuillets de l'ENS de Saint-Cloud", mars 1994, p. 27-46.

SUARD F., *Guide de la chanson de geste et de sa postérité littéraire (XIe-XVe siècle)*, Paris, Champion, coll. "Moyen Âge – Outils et synthèses", 2011, 536 p.

SUARD F., *La Chanson de geste*, Paris, PUF, coll. "Que sais-je ?", n° 2808, 1993, 127 p.

VAN EMDEN W., "Contribution à l'étude de l'évolution sémantique du mot 'geste' en ancien français", *Romania*, 96, 1975, p. 105-122.

WATHELET-WILLEM J., "À propos de la technique formulaire dans les plus anciennes chansons de geste", dans *Mélanges de linguistique romane et de philologie médiévale offerts à M. Delbouille, II, Philologie médiévale*, Gembloux, Duculot, 1964, p. 705-727.

Sur le cycle de Guillaume d'Orange

ANDRIEUX-REIX N., "Écriture d'un cycle, écriture de geste : l'exemplarité d'un corpus", *Romania*, 108, 1987, p. 146-164.

ANDRIEUX-REIX N., "Des *Enfances Guillaume* à la *Prise d'Orange* : premiers parcours d'un cycle", *Bibliothèque de l'École des chartes*, 147, 1989, p. 343-369.

ANDRIEUX-REIX N., "Au cœur du cycle", *Comprendre et aimer la chanson de geste (À propos d'*Aliscans*)*, Fontenay-aux-Roses, ENS, coll. "Feuillets de l'ENS de Saint-Cloud", mars 1994, p. 13-26

BÉDIER J., *Les Légendes épiques, Recherches sur la formation des chansons de geste*, t. 1 : *Le cycle de Guillaume d'Orange*, Paris, Champion, 1924, 465 p.

FRAPPIER J., *Les chansons de geste du cycle de Guillaume d'Orange*, Paris, t. I : *La Chanson de Guillaume, Aliscans, La Chevalerie Vivien*, Paris, SEDES, 1955, 311 p. ; t. II : *Le Couronnement de Louis, Le Charroi de Nîmes, La Prise d'Orange*, Paris, SEDES, 1965, 319 p.

GRISWARD J.H., "Aymeri de Narbonne ou la royauté masquée", *Hommage à Jean-Charles Payen, Farai Chansoneta Novele, Essais sur la liberté créatrice au Moyen Age*, Caen, Centre de publications de l'Université de Caen, 1989, p. 199-210.

GUIDOT B., "Constitution de Cycles épiques : étude de quelques jalons" dans *Sommes et cycles (XIIe-XIVe siècles), Actes des colloques de* Lyon (31 mars 1998 et 5-6 mars 1999), *Cahiers de l'Institut catholique de Lyon*, 30, 2000, p. 25-47.

GUIDOT B., *Recherches sur la chanson de geste au XIIIe siècle d'après certaines œuvres du cycle de Guillaume d'Orange*, Aix-en-Provence, Publications de l'Université de Provence, 1986, 2 vol., 1220 p.

HENDRICKSON W.L., "Geste de Guillaume ou de Garin de Monglane ?", dans *Miscellanea Mediaevalia, Mélanges offerts à Ph. Ménard*, Paris, Champion, 1998, t. I, p. 667-677.

HOGGAN D., *La Biographie poétique de Guillaume d'Orange*, Université de Strasbourg, 1953, t. I : 297 p., t. II : 289 p.

JEANROY A., "Études sur le cycle de Guillaume au court nez", *Romania*, 25, 1896, p. 353-380 ; 26, 1897, p. 1-33 et p. 175-207.

LACHET, Cl., *La* Prise d'Orange *ou la parodie courtoise d'une épopée*, Paris, Champion, 1986, 239 p.

LOT F., "Études sur les légendes épiques françaises. Le cycle de Guillaume d'Orange", *Romania*, 53, 1927, p. 449-473.

TYSSENS M., *La geste de Guillaume d'Orange dans les manuscrits cycliques*, Paris, Les Belles Lettres, coll. "Bibliothèque de la Faculté de philosophie et lettres de l'Université de Liège", fasc. 178, 1967, 474 p.

Sur *Le Couronnement de Louis*

ADLER A., "The dubious nature of Guillaume's loyalty in *Le couronnement de Louis*", *Symposium*, 2, 1948, p. 179-191.

AZZAM W., "Guillaume couronné. La royauté dans *Le couronnement de Louis*", dans *L'épopée romane au Moyen Âge et aux temps modernes. Actes du XIVe Congrès international Rencesvals*, éd. S. Luongo, Napoli, Fridericiana Editrice Universitaria, 2001, t. 1, p. 163-171.

BATANY J. [trad. J. Reader], ""Home and Rome", a device in epic and romance : *Le couronnement de Louis* and *Ille et Galeron*", *Approaches to Medieval Romance*, *Yale French Studies*, 51, 1974, p. 42-60.

BATANY J., "Rome dans un schéma narratif bipolaire au Moyen Âge", *Influence de la Grèce et de Rome sur l'Occident moderne. Actes du Colloque des 14, 15, 19 décembre 1975*, éd. R. Chevallier, Paris, Les Belles Lettres, coll. "Caesarodunum bis", 12, 1977, p. 43-51.

BATANY J., "Propagande carolingienne et mythe carolingien. Le programme de Louis le Pieux chez Ermold le Noir et dans le *Couronnement de Louis*", dans *La Chanson de geste et le mythe carolingien*, *Mélanges René Louis*, Saint-Père-sous-Vézelay, Musée archéologique régional, 1982, t. I, p. 313-340.

BATANY J., RORY J., "Idéal social et vocabulaire des statuts", *Langue française*, 9, 1971, p. 110-118.

BAUMGARTNER E., "Trouvères et *losengiers*", *Cahiers de civilisation médiévale*, n° 99-100, juillet-décembre 1982, p. 171-178.

BECKER Ph. Aug., *Der südfranzösische Sagenkreis und seine Probleme*, Halle, Niemeyer, 1898.

BECKER Ph. Aug., *Die altfranzösische Wilhelmssage und ihre Beziehung zu Wilhelm dem Heiligen*, Halle, Niemeyer, 1896.

BECKMANN G.A., "Die erste Branche des *Couronnement de Louis* und die drei Typen epischer 'Historizität'", *Germanisch-romanische Monatsschrift*, 24, 1974, p. 358-408.

BENNETT Ph., "Des jongleurs et des rois : réflexions sur le 'prologue' du *Couronnement de Louis*", dans *La chanson de geste e il ciclo di Guglielmo d'Orange*, *Atti del Convegno di Bologna* (1996), *Medioevo Romanzo*, vol. 21, fasc. 2-3, 1997, p. 296-312.

BENNETT Ph., "Poetic structures in the *Couronnement de Louis*", dans *Littera et Sensus, Essays presented to John Fox*, Exeter, University of Exeter, 1989, p. 17-30.

BENNETT Ph., *Carnaval héroïque et écriture cyclique dans la geste de Guillaume d'Orange*, Paris, Champion, 2006, 430 p.

BESNARDEAU W., *Représentations littéraires de l'étranger au* XIIe *siècle. Des chansons de geste aux premières mises en roman*, Paris, Champion, 2007, 872 p.

BLUMENFELD-KOSINSKI R., "Praying and reading in the *Couronnement de Louis*", *French Studies*, 40, 1986, p. 385-392.

BOUTET D., "La politique et l'histoire dans les chansons de geste", *Annales ESC*, 31-6, 1976, p. 1119-1130.

BOUTET D., "Les chansons de geste et l'affermissement du pouvoir royal (1150-1250)", *Annales ESC*, 37-1, 1982, p. 3-14.

BOUTET D., *Charlemagne et Arthur ou le roi imaginaire*, Paris, Champion, 1992, 656 p.

BOUTET D., "Chevalerie et chanson de geste au XIIe s. : essai d'une définition sociale", *Revue des langues romanes*, 110-1, 2006, p. 35-56.

BRAULT G., "Narrative technique in the *Couronnement de Louis*", *Mittelalterstudien : Erich Köhler zum Gedenken*, Heidelberg, Winter, 1984, p. 68-74.

COMBARIEU DU GRÈS M. de, "La violence dans *Le Couronnement de Louis*", dans *Mélanges de littérature du Moyen Age au XXe siècle offerts à Mademoiselle Jeanne Lods par ses collègues, ses élèves et ses amis*, Paris, École normale supérieure de jeunes filles, 1978, p. 126-152

CONTINI G., "La canzone della *Mort Charlemagne*", dans *Mélanges de linguistique romane et de philologie médiévale offerts à Maurice Delbouille, professeur à l'Université de Liège*, Gembloux, Duculot, 1964, t. 2, p. 105-126.

CURTIUS E.R., "Über die altfranzösische Epik. IV. Zum *Couronnement Louis*", *Romanische Forschungen*, 62, 1950, p. 342-349.

DUFOURNET J., "Note sur le *Couronnement de Louis* (à propos d'un ouvrage de M. Frappier)", *Revue des langues romanes*, 1966, p. 103-118.

DUGGAN J.J., "Formulaic diction in the *Cantar de Mio Cid* and the Old French epic", *Forum for Modern Language Studies*, 10, 1974, p. 260-269 ; réimpr. dans *Oral Literature : Seven Essays*, éd. J.J. Duggan, Edinburgh, Scottish academic Press, 1975, p. 74-83.

FASSO A., "Le petit cycle du Guillaume et les trois péchés du guerrier", *La chanson de geste e il ciclo di Guglielmo d'Orange, Atti del Convegno di Bologna* (1996), *Medioevo Romanzo*, vol. 21, fasc. 2-3, 1997, p. 421-440.

FLORI J., "Le héros épique et sa peur, du *Couronnement de Louis* à *Aliscans*", *PRIS-MA*, 10, 1994, p. 27-44.

FLORI J., "De la chevalerie féodale à la chevalerie chrétienne ? La notion de service chevaleresque dans les très anciennes chansons de geste françaises", dans *Militia Christi et crociata nei secoli XI-XII (Atti della settimana internazionale di studio, Mendola, 28 agosto – 1 settembre 1989)*, Milano, Vita e pensiero, 1992, p. 67-101 ; repris dans *Croisade et chevalerie, XIe-XIIe siècles*, Bruxelles, De Boeck Université, 1998, p. 109-159.

FLORI J., "L'idée de croisade dans quelques chansons de geste du cycle de Guillaume d'Orange", dans *La chanson de geste e il ciclo di Guglielmo d'Orange, Atti del Convegno di Bologna* (1996), *Medioevo Romanzo*, vol. 21, fasc. 2-3, Roma, Salerno, 1997, p. 476-495.

FRAPPIER J., "Notes sur la composition du *Couronnement de Louis*", *Le Moyen Âge*, 69, 1963, p. 116-120.

FRAPPIER J., "Remarques sur le prologue du *Couronnement de Louis* (*v.* 1-11)", dans *Studies in Medieval Literature in Honor of Professor Albert Croll Baugh*, éd. M.E. Leach, Philadelphia, University of Pennsylvania Press, 1961, p. 159-167.

FRAPPIER J., "Les thèmes politiques dans le *Couronnement de Louis*", dans *Mélanges de linguistique romane et de philologie médiévale offerts à M. Maurice Delbouille, professeur à l'Université de Liège*, Gembloux, Duculot, 1964, t. 2, p. 195-206.

GAREL J., "La prière du plus grand péril", dans *Mélanges de langue et de littérature médiévales offerts à Pierre Le Gentil*, Paris, SEDES-CDU, 1973, p. 311-318.

GAUTIER L., *Les Épopées françaises*, Osnabrück, Otto Zeller, 1882 ; réimp. 1966, 4 vol. ["Analyse du *Couronnement de Louis*", t. IV, partie II, livre II, chap. XIV, p. 334-369]

GYÖRY J., "Les prières de Guillaume d'Orange dans le *Couronnement de Louis*", dans *Mélanges offerts à Rita Lejeune*, Gembloux, Duculot, 1969, p. 769-777.

HAIDU P., "Toward a socio-historical semiotics : power and legitimacy in the *Couronnement de Louis*", *Kodikas/Code*, 2, 1980, p. 155-169.

HEINEMANN E., "The Art of Repetition in the Short Cycle of *William of Orange* (The printed AB Version)", *Olifant*, 19 (3-4), 1994-1995, p. 177-206.

HEINEMANN E.A., "Sur l'art de la laisse dans le *Couronnement de Louis*", dans M. Tyssens et Cl. Thiry (dir.), *Charlemagne et l'épopée romane. Actes du VIIe Congrès international de la Société Rencesvals, Liège, 28 août-4 septembre 1976*, éd. M. Tyssens et Cl. Thiry, Paris, Les Belles Lettres, 1978, t. 1, p. 383-391.

HOGGAN D., "L'unité artistique du *Couronnement de Louis*", *Romania*, 89, 1968, p. 313-339

HOGGAN D.G., "La formation du noyau cyclique *Couronnement de Louis-Charroi de Nîmes-Prise d'Orange*", dans *Société Rencesvals. Proceedings of the Fifth Conference (Oxford, 1970)*, éd. G. Robertson-Mellor, Salford, University Press, 1977, p. 22-44.

HOGGAN D.G., "La version abrégée du *Couronnement de Louis* a-t-elle connu une grande diffusion?", dans *Guillaume d'Orange and the* chanson de geste *: Essays Presented to Duncan McMillan in Celebration of His Seventieth Birthday by His Friends and Colleagues of the Société Rencesvals*, éd. W. Van Emden, Ph.E. Bennett et A. Kerr, Reading, Reading University, 1984, p. 55-66.

HOLTSCHNEIDER F., *Die dritte Branche des* Couronnement de Louis, Rostock, Adlers Erben, 1913, ix + 144 p.

IOGNA-PRAT D., "La figure idéale du laïc constructeur (Languedoc, Aquitaine, Île-de-France, XIe-XIIe siècles)", dans *Entre histoire et épopée. Les Guillaume d'Orange (IXe-XIIIe siècles), Actes du colloque international organisé par FRAMESPA (UMR 5136) les 29 et 30 octobre 2004*, éd. L. Macé, Toulouse, CNRS-Université de Toulouse-Le Mirail, Toulouse, 2006, p. 85-115.

JEANROY A., "Études sur le cycle de Guillaume au Court Nez : le *Couronnement de Louis*", *Romania*, 25, 1896, p. 353-380.

KENT C., "Fidelity and Treachery : Thematic and Dramatic Structuring of the Laisses in an episode of the *Couronnement de Louis* (laisses 43-54), *Olifant*, 19 (3-4), 1994-1995, p. 223-238.

KOSS R., *Family, kinship and lineage in the* Cycle de Guillaume d'Orange, Lewiston/Queenston/Lampeter, Edwin Mellen Press, 1990, 217 p. [Chap. 3 consacré au *Couronnement de Louis*]

KUNSTMANN P., "Ancien et moyen français sur le Web : textes et bases de données", *Revue de linguistique romane*, 64, 2000, p. 17-42.

KUNSTMANN P., "Le lexique de la chanson de geste : étude du vocabulaire de trois chansons (*Roland*, *Couronnement de Louis*, *Prise d'Orange*) en contraste avec celui des œuvres historiques de Wace et des romans de Chrétien de Troyes", dans *L'épopée romane. Actes du XVe congrès international Rencesvals, Poitiers, 21-27 août 2000*, éd. G. Bianciotto et Cl. Galderisi, Poitiers, Université de Poitiers, Centre d'études supérieures de civilisation médiévale, 2002, t. 2, p. 909-916.

LANGLOIS E., "À propos du *Coronement Looïs*", *Romania*, 46, 1920, p. 330-375.

LARMAT J., "L'orphelin, la veuve et le pauvre dans le *Couronnement de Louis*", dans *Charlemagne et l'épopée romane, Actes du VIIe congrès international de la Société Rencesvals*, Paris, Belles Lettres, 1978, t. I, p. 191-204.

LEFÈVRE Y., "L' 'Arche' de Saint-Pierre de Rome dans *Le Couronnement de Louis*", *Romania*, 90, 1969, p. 111-121.

LEGROS H., "Le vocabulaire de l'amitié, son évolution sémantique au cours du XIIe siècle", *Cahiers de civilisation médiévale*, n° 90, avril-juin 1980, p. 131-139.

LEGROS H., "La réalité sociale dans le *Couronnement de Louis*", dans *Guillaume d'Orange and the* chanson de geste *: Essays Presented to Duncan McMillan in Celebration of His Seventieth Birthday by His Friends and Colleagues of the Société Rencesvals*, éd. W. Van Emden, Ph.E. Bennett et A. Kerr, Reading, Reading University, 1984, p. 67-74.

LEPAGE Y.G., "Bestiaire des songes médiévaux", *Le récit de rêve. Fonctions, thèmes et symboles*, éd. C. Vandendorpe, Québec, Nota Bene, 2005, p. 75-97.

LINNENKOHL P., *Branche I und II des "Couronnement de Louis", gegenwärtiger Stand der Forschung*, Schwerin, Bärensprung, 1912, 104 p.

LOUTCHITSKAJA S., "L'idée de conversion dans les chroniques de la première croisade", *Cahiers de civilisation médiévale*, n° 177, janvier-mars 2002, p. 39-53.

MADDOX D. et S. STURM-MADDOX, "Le chevalier à l'oraison : Guillaume dans le *Couronnement de Louis*", *Charlemagne et l'épopée romane, Actes du VIIe congrès international de la Société Rencesvals*, Paris, Belles Lettres, 1978, t. 2, p. 609-616.

MARTIN J.-P., "Les Sarrasins, l'idolâtrie et l'imaginaire de l'Antiquité dans les chansons de geste", dans *Littérature et religion au Moyen Âge et à la Renaissance, Études recueillies par J.-Cl. Vallecalle*, Lyon, PUL, p. 27-46.

MERCERON J., *Le message et sa fiction : la communication par messager dans la littérature française des XIIe et XIIIe siècles*, Berkeley/Los Angeles/London, University of California Press, 1998, 499 p.

MICHA A., "*Le couronnement de Louis*. État présent des questions", *L'information littéraire*, 17, 1965, p. 185-192.

MOROLDO A., "Le portrait dans la chanson de geste", *Le Moyen Âge*, 86, 1980, p. 387-419 et 87, 1981, p. 5-44.

NEGRI A., "Le conseil des barons dans l'épopée française médiévale : lien juridique et écart littéraire", dans *L'épopée romane au Moyen Âge et aux temps modernes. Actes du XIVe Congrès international Rencesvals*, éd. S. Luongo, Napoli, Fridericiana Editrice Universitaria, 2001, t. 1, p. 353-364

NICHOLS S. Jr., "Sign as (hi)story in the *Couronnement de Louis*", *Romanic Review*, 71, 1980, p. 1-9.

NIEMEYER K.H., "Le *Couronnement de Louis* et le mythe de Guillaume", dans *Société Rencesvals pour l'étude des épopées romanes. VIe Congrès international, Aix-en-Provence, 29 août-4 septembre 1973. Actes*, Aix-en-Provence, Université de Provence, 1974, p. 639-650.

PERRET M., "Ancien français : quelques spécificités d'une énonciation *in praesentia*", *Langue française*, 149, 2006, p. 16-30.

PICKENS R.T., "Art épique et versification. Problèmes narratifs dans le *Couronnement de Louis*", *Vox Romanica*, 45, 1986, p. 116-149.

PICKENS R.T., "Comedy, history and jongleur art in the *Couronnement de Louis*", *Olifant*, 11, 1986, p. 205-218.

PICKENS R., "Le sens du terme *cortois* dans les premiers poèmes du Cycle de Guillaume d'Orange", *Philologies Old and New : Essays in Honor of Peter Florian Dembowski*, éd. J. Tasker Grimbert et C.J. Chase, Princeton, Edward C. Armstrong Monographs, coll. "Edward C. Armstrong Monographs on Medieval Literature", 12, 2001, p. 141-157.

ROQUES M., "L'élément historique dans *Fierabras* et dans la branche II du *Coronement de Looïs*", suivi d'un complément de G. Paris, *Romania*, 30, 1901, p. 161-183

ROSSI M., "La prière de demande dans l'épopée", dans *La prière au Moyen Age (littérature et civilisation)*, Université de Provence, Publications du CUER MA, coll. " *Senefiance*", 10, 1981, p. 449-475.

ROUSSEL Cl., "Le siège de Rome dans les chansons de geste tardives", *La Chrétienté au péril sarrasin*, Université de Provence, CUER MA, coll. "*Senefiance*", 46, 2000, p. 219-230

ROUSSEL H., "*L'Os de la gole.* Réflexions sur le coup de poing meurtrier de Guillaume (*Couronnement de Louis*, vers 129-133)", dans *La Chanson de geste et le mythe carolingien, Mélanges René Louis*, Saint-Père-sous-Vézelay, Musée archéologique régional, 1982, t. II, p. 591-606.

RYCHNER J., "Observations sur le *Couronnement de Louis* du manuscrit B.N., fr. 1448", dans *Mélanges de linguistique romane et de philologie médiévale offerts à M. Maurice Delbouille, professeur à l'Université de Liège*, Gembloux, Duculot, 1964, t. 2, p. 635-652.

SALTZMANN H., *Die innere Einheit in* Li Coronemenz Looïs, Königsberg, Hartung, 1897, 44 p.

SCHELUDKO D., "Neues über das *Couronnement de Louis*", *Zeitschrift für französische Sprache und Litteratur*, 55, 1932, p. 425-474.

SCHENCK D., "*Li coronement Looïs* : a mythic approach to unity", *Romanic Review*, 69, 1978, p. 159-171.

SIMONI F., "La tesi di Bédier e le prospettive attuali della storiografia sui pellegrinaggi. III. Le due France", dans *Au carrefour des routes d'Europe : la chanson de geste. Tome I. X^e^ congrès international de la Société Rencesvals pour l'étude des épopées romanes, Strasbourg, 1985*, Aix-en-Provence, Publications de l'Université de Provence, coll. "*Senefiance*", 20, 1987, p. 53-75.

SUCHIER H., "Recherches sur les chansons de Guillaume d'Orange", *Romania*, 32, 1903, p. 353-383

SUCHIER H., *Die gekurzte Fassung von Ludwigskrönung (B.N. fr. 1448)*, Halle, 1901.

TROTIN J., "La transition dans le *Couronnement de Louis*", *Perspectives médiévales*, 2, 1976, p. 39-45.

VALLECALLE J.-C., *Messages et ambassades dans l'épopée française médiévale : l'illusion du dialogue*, Paris, Champion, 2006, 629 p.

VAN WAARD R., "Le *Couronnement de Louis* et le principe de l'hérédité de la couronne", *Neophilologus*, 30, 1946, p. 52-58.

ZENKER R., "Die historischen Grundlagen der zweiten Branche des *Couronnement de Louis*", dans *Beiträge zur romanischen Philologie. Festgabe für Gustav Gröber* [1899], Genève, Slatkine, 1975, p. 171-232.

LANGUE

Rapports du jury

Il est vivement recommandé de lire les rapports du jury, disponibles en ligne pour les plus récents : http://www.education.gouv.fr/ cid4927/sujets-des-epreuves-admissibilite-rapports-des-jurys.html. Ces derniers donnent une idée précise des exigences du jury et permettent également de s'entraîner.

Dictionnaires

GREIMAS A.-J., *Dictionnaire de l'ancien français jusqu'au milieu du XIVe siècle* [1968], Paris, Larousse, 2007. [Les étymologies ne sont pas toujours fiables]

GODEFROY F., *Dictionnaire de l'ancienne langue française et de tous ses dialectes du IXe au XVe siècle* [1881-1902], 10 t. (dont 3 t. de supplément), Paris, Librairie des sciences et des arts, 1937-1938.

TOBLER A. et E. LOMMATZSCH, *Altfranzösisches Wörterbuch*, Berlin-Stuttgart, 1915-2002, 11 vol.

On utilisera avec profit DicFro (http ://micmap.org/dicfro/), où l'on trouve plusieurs dictionnaires d'ancien français, notamment le Godefroy ainsi que le glossaire du *Couronnement de Louis* dans l'édition Langlois de 1888.

Phonétique et graphies

ANDRIEUX-REIX N., *Ancien et moyen français. Exercices de phonétique*, Paris, PUF, 1997.

FOUCHÉ P., *Phonétique historique du français*, Paris, Klincksieck, 1952, 3 vol.

FOUCHÉ P., *Phonétique historique du français*, Klincksieck, 1952, 1958, 1961, 3 vol.

JOLY G., *Fiches de phonétique*, Paris, A. Colin, 1999.

JOLY G., *Précis de phonétique historique du français*, Paris, A. Colin, 1995.

LABORDERIE N., *Précis de phonétique historique*, Paris, Nathan-Université, coll. "128", n° 59, 1994.

ZINK G., *Phonétique historique du français*, Paris, PUF, 1986, 4e éd. 1994.

Morphologie et syntaxe

ANDRIEUX N. et E. BAUMGARTNER, *Systèmes morphologiques de l'ancien français. A. Le verbe*, Bordeaux, Bière, 1983.

ANDRIEUX-REIX N. et E. BAUMGARTNER, *Ancien français. Exercices de morphologie*, Paris, PUF, 3e éd., 1996.

ANDRIEUX-REIX N., C. CROIZY-NAQUET, F. GUYOT et É. OPPERMANN, *Petit traité de langue française médiévale*, Paris, PUF, 2000.

BAZIN-TACCHELLA S., *Initiation à l'ancien français*, Paris, Hachette, 2001.

BONNARD H. et Cl. RÉGNIER, *Petite grammaire de l'ancien français*, Paris, Magnard, 1989.

BRAGANTINI-MAILLARD N. et C. DENOYELLE, *Cent verbes conjugués en français médiéval*, Paris, A. Colin, 2012.

BURIDANT Cl., *Grammaire nouvelle de l'ancien français*, Paris, SEDES, 2000.

FOUCHÉ P., *Le verbe français - Étude morphologique*, Paris, Klincksieck, 1967.

FOULET L., *Petite syntaxe de l'ancien français*, Paris, Champion, 1963.

JOLY G., *L'ancien français*, Paris, Belin, 2004 (morphologie + syntaxe).

JOLY G., *Précis d'ancien français*, Paris, Armand Colin, 1998. [Morphologie et syntaxe]

LANLY A., *Morphologie historique des verbes français*, Paris, Champion, 1995.

MÉNARD Ph., *Syntaxe de l'ancien français*, Bordeaux, Bière, 1988, 1994.

MOIGNET G., *Grammaire de l'ancien français*, Paris, Klincksieck, 1973.

PICOCHE J., *Précis de morphologie historique du français*, Paris, Nathan, 1979.

THOMASSET Cl. et K. UELTSCHI, *Pour lire l'ancien français*, Paris, Nathan-Université, coll. "128", n° 43, 1993. [Morphologie et syntaxe]

ZINK G., *Morphologie du français médiéval*, Paris, PUF, 1989, 1997.

Lexique

ANDRIEUX-REIX N., *Ancien français - Fiches de vocabulaire*, Paris, PUF, 1987.

BAUMGARTNER E. et Ph. MÉNARD, *Dictionnaire étymologique et historique de la langue française*, Paris, LGF, Le Livre de Poche, coll. "La Pochothèque", 1996.

BERTRAND O. et S. MENEGALDO, *Vocabulaire d'ancien français – Fiches à l'usage des concours*, Paris, A. Colin, 2006.

GUILLOT R., *L'épreuve d'ancien français aux concours - Fiches de vocabulaire*, Paris, Champion, coll. "Unichamp Essentiel", 2008.

HÉLIX L., *L'épreuve de vocabulaire d'ancien français, fiches de sémantique*, Paris, Éditions du Temps, 1999.

BLOCH. O. et W. von WARTBURG, *Dictionnaire étymologique de la langue française*, Paris, PUF, 1932.

DAUZAT A., J. DUBOIS et H. MITTERAND, *Nouveau dictionnaire étymologique et historique*, Paris, Larousse, 1964.

Dictionnaire historique de la langue française, dir. A. Rey, Paris, Le Robert, 1992

WARTBURG W. von, *Französisches etymologisches Wörterbuch*, Bâle, Zbinden Druck und Verlag AG, 1922-2002, 23 vol.

Enfin, DicFro, site déjà mentionné, permet aussi l'accès au *Dictionnaire du moyen français*, au *Littré*, à plusieurs *Dictionnaires de l'Académie française* (à partir du *DVLF*, *Dictionnaire vivant de la langue française*), ou encore au CNRTL (Centre national de ressources textuelles et lexicales).

Éditions Atlande
F - 92200 Neuilly

Achevé d’imprimer sur les presses de Laballery
à Clamecy (Nièvre) en décembre 2013.

Dépôt légal décembre 2013.
N° d'impression : 311286